수 필 로
배 우 는
글 읽 기

수필로 배우는 글읽기(제3판)

제1판 제1쇄 1994년 11월 10일
제1판 제4쇄 1996년 3월 15일
제2판 제1쇄 2001년 3월 5일
제2판 제19쇄 2015년 2월 5일
제3판 제1쇄 2016년 7월 25일
제3판 제3쇄 2023년 2월 28일

지은이 최시한
펴낸이 이광호
펴낸곳 ㈜문학과지성사
등록번호 제1993-000098호
주소 04034 서울 마포구 잔다리로 7길 18(서교동 377-20)
전화 02)338-7224
팩스 02)323-4180(편집) 02)338-7221(영업)
전자우편 moonji@moonji.com
홈페이지 www.moonji.com

ⓒ 최시한, 1994, 2001, 2016. Printed in Seoul, Korea.
ISBN 978-89-320-2882-8 43800

이 도서의 국립중앙도서관 출판예정도서목록(CIP)은 서지정보유통지원시스템 홈페이지(http://seoji.nl.go.kr)와
국가자료공동목록시스템(http://www.nl.go.kr/kolisnet)에서 이용하실 수 있습니다.(CIP제어번호: CIP2016016806)

제3판

수필로
배우는
글읽기

최시한 지음

문학과지성사

서문

이 책은 문해력의 한 축인 독해력을 기르는 데 도움을 주고자 1994년에 태어났다. 7년 뒤인 2001년에 개정을 하여 '고치고 더한 판'을 내었고, 이제 두번째 개정하여 제3판을 낸다. 지난 20여 년 동안 이 책이 꾸준히 읽혀온 것은 정말 기쁘고 놀라운 일이다. 하지만 다시 개정하자는 요청을 받았을 때, 과연 읽을 만한 무엇이 여전히 들어 있는지 의문이 들었다.

이 책이 쇄를 거듭하는 동안, 세상은 많이 변하였다. 무엇보다 복합매체 혁명의 거센 물살이 문화 지형을 바꾸고 교육 환경 또한 크게 변화시켰다. 따라서 '글'이라든가 '글읽기'의 성격과 위상도 전과 같지 않게 되었다.

이 개정판은 그러한 변화를 의식하면서 본문 전체를 손보고, 수필 작품과 연습 문제를 여럿 바꾸거나 새로 넣었다. 또 수필 가운데 '이야기(서사적) 수필'의 특성을 강조하고, '소재'라는 용어를 '제재'로 바꾸기도 하였다. 그러나 그동안 쌓인 읽기 연구 성과를 충분히 수렴하지 못한 점, '사상과 문체'라는 장을 넣으려던 뜻을 거두고 부분적으로만 반영하고 만 점 등이 유독 아쉽다.

읽기 학습은 읽기에 관한 학습이라기보다 읽기 능력을 기르는 학습이다. 그리고 이 '읽기 학습'은 '학습 읽기'를 지향해야 한다. 학습 읽기란 모든 학습이 읽기를 바탕으로 이루어지므로, 그 기본 능력을 길러 모든 종류의 학습을 돕는 읽기이다. 과목이나 학문의 경계를 뛰어넘어 인간의 근본적 인식과 사고 훈련으로서 읽기에 접근하는 것이다.

한국의 교육은 모국어 ─ '어머니 언어'를 체계적인 단계에 따라 능력 기르기 중심으로 가르친다고 보기 어렵다. 이 땅에서 읽기와 학습, 학습과 삶은 분리되어 있다. 이는 한국 문화가 언어 교육을 통해 인간적 품성은 물론 문화 전반을 발전시킬 수 있음을 충분히 인식하지 못한 결과이다.

이 책이 지난 세월처럼 앞으로도 '학습 능력 기르기'로서의 읽기의 중요성을 깨우치고, 문해력 전반을 기르는 데 이바지할 수 있기 바란다.

2016년 7월
최시한

서문

처음 이 책을 낼 때에, 오랫동안 읽히는 책이 되기를 바랄 수 없었다. 그런데 이 방면의 책이 너무 없어서였는지, 의외로 여러 사람에게 읽혔다. 일부가 학교 교재에 수록되기도 하고 가상(사이버) 강좌에 띄워지기도 했다. 그러다가 사정이 겹쳐 제4쇄를 끝으로 찍지 않은 지 몇 해 되었다.

이 책을 다시 내기로 하면서 마음이 편치 않았다. 책의 모자람도 모자람이지만, 그동안 우리 사회에서 읽기 교육이라든가 읽는 능력의 수준이 별로 향상되거나 다양해지지 않은 것 같았기 때문이다.

전체적으로 표현을 다듬었으며, 수필 작품과 딸린 문제들을 일부 바꾸거나 고쳤다. 답과 해설도 보완하고 책 뒤로 자리를 옮겼다. 하지만 읽기 이론이 너무 빈약한 상황을 극복해보고자 각 장 앞에 해놓았던 설명들을 크게 손대지는 못하였다. 그러니 그곳이 지루한 독자는,

제1장과 4장의 '자세히 읽기' 부분만 본 다음, 곧바로 연습 문제에 해당하는 '함께 읽기'를 해나가도 좋겠다.

2001년 2월

최시한

서문

　말을 사용하는 능력이 얼마나 중요한지는 누구나 잘 알고 있다. 인류가 오늘의 문명을 이룬 것이나 우리 민족이 한 나라와 문화를 이룩하고 사는 것이 모두 말의 사용과 관계가 깊다. 한 개인으로 볼 때도, 깊이 알고 창조적으로 생각하며 스스로 결정하여 올바로 행동할 수 있는 정신 능력의 소유자가 되기 위해서는, 우선 말을 잘 부려 쓸 줄 알아야 한다.

　그토록 소중한 것이 언어 능력임에도 불구하고 그것을 과학적으로, 높은 수준까지 기르기 위한 우리의 노력은 놀라우리만큼 빈약했다. '읽기'만 보아도 그렇다. 학교에서 읽기 위주로 수업하므로 그것만큼은 발전되었을 것 같지만, 사실은 읽기라기보다 외우기를 되풀이해 왔다. 그리고 참고 도서들은 독해력은 길러주지 못하고 외운 것의 양을 평가만 해왔을 뿐이다. 그러다 보니 우리는 엄청난 외울 거리들 속에서 길을 잃고 '독해력'이라는 말조차 까마득히 잊게 되었다. 이러한 상황에서는 사고력이라든지 고급의 '수학 능력(修學能力)'을 기르기 어려우며, 외국어 학습 역시 제자리에서 맴돌기 쉽다.

그러나 지금이라도 우리는 스스로 질문해보아야 한다. 나는 줄곧 읽어왔는데 과연 무엇을, 어느 정도까지, 얼마나 적절하게 읽을 수 있는가? 나의 독해력은 어느 수준이며 그것이 나 자신과 내가 하는 일들에 어떤 영향을 끼치고 있는가?

이 책은 바르고 깊이 있게 독해력을 기르는 데 도움을 주기 위해 쓰였다. 읽기의 기초 훈련에 가장 적합한 수필을 대상으로 기본 원리를 세우고 그에 따라 실제 연습을 하도록 마련하였다. 원리와 용어가 체계적으로 확립되어 있지 않다 보니 언급해야 될 것이 많아 설명이나 해답란의 해설이 다소 길어지기도 했지만, 어디까지나 지식보다는 활동 중심, 읽은 결과보다는 그 과정 중심이 되도록 힘썼다.

따라서 수필 자료들도 훈련 과정과 읽는 능력의 단계에 맞추어 뽑고 배열하였다. 지금 우리의 교육 현실에서 독해력을 기르려면 이제까지의 방법과 태도를 반성하는 한편, 과대평가된 글들의 재평가가 필요하다. 중·고등학교 교과서나 선집류에 자주 실리는 글들을 많이 택하고, 그것을 대상으로 오류 분석 작업을 펼친 것은 그 때문이다.

이러한 일들이 글을 즐기려는 사람한테서 즐거움을 빼앗고, 재미를 돋우기는커녕 아예 읽기를 두려워하게 만들지도 모르겠다. 하지만 진정한 재미는 이런 과정을 통해 기본 능력을 갖춰야만 맛볼 수 있다고 생각한다. 이 책에 제시된 원리와 방법이 특히 국어 공부 현장에서 바람직한 학습 내용, 평가 방법 등의 마련에 보탬이 되었으면 한다.

이 책이 나오기까지 도움을 주신 여러 분들께 감사드린다. 이 책이 정보 시대에 요긴한 능력을 갖추고 '책 속의 길'을 발견하는 데 디딤돌이 된다면, 그것은 우리 모두의 큰 기쁨이 될 터이다.

1994년 초가을

최시한

차례

제3판 서문 5

고치고 더한 판(제2판) 서문 7

제1판 서문 9

일러두기 15

제1장 글, 읽기, 읽는 힘

1. 글읽기의 중요성 19 ǀ 2. 읽기의 단계와 연습 21 ǀ 3. 글이란 26

4. 읽기란 32 ǀ 5. 「설해목」 자세히 읽기 35

함께 읽기 1―「조숙」 57

함께 읽기 2―「어느 날 자전거가 내 삶 속으로 들어왔다」 61

제2장 글을 잘 읽으려면

1. 많이 읽어야 한다 68 ǀ 2. 주체적으로 읽어야 한다 70

3. 글 자체에 충실하게 읽어야 한다 72

4. 새로운 사실과 가치를 찾으려는 비판적 태도로 읽어야 한다 74

5. 글의 형식과 매체를 고려하여 읽어야 한다 77

6. 선명한 이해에 도달할 때까지 거듭 읽어야 한다 79

함께 읽기 3/오류 분석―「병과 인내심」 82

함께 읽기 4―「학유에게 부치노라」 85

함께 읽기 5/오류 분석―「미운 간호부」 88

함께 읽기 6―「독서의 내공 없이는 인터넷도 헛것」 91

제3장 수필이라는 읽기 자료

1. 수필이란 97 | 2. 읽기 자료로서의 수필 104

○ 함께 읽기 7─「까치」 107

○ 함께 읽기 8/오류 분석─「인생의 으뜸 과제」 114

제4장 필자의 상황과 관점

1. 상황과 관점이란 122 | 2. 상황과 관점 읽기 127

3. 「시골 한약국」 자세히 읽기 130

○ 함께 읽기 9─「'파는' 문화와 '읽고 쓰는' 문화」 143

○ 함께 읽기 10─「삼등석」 147

○ 함께 읽기 11/오류 분석─「현이의 연극」 153

○ 함께 읽기 12─「플루트 연주자」 160

○ 함께 읽기 13─「호민론」 163

제5장 단락과 구성

1. 부분과 전체 171 | 2. 단락, 단락 읽기 175

○ 함께 읽기 14─『월든』에서 186

○ 함께 읽기 15─「상상력의 빈곤」 190

3. 구성, 구성 읽기 194

○ 함께 읽기 16/오류 분석─「설야 산책」 203

○ 함께 읽기 17─「문명 비판과 복고 취향」 207

○ 함께 읽기 18─「별들을 잃어버린 사나이」 211

○ 함께 읽기 19/오류 분석─「나무」 216

제6장 제재와 주제

1. 제재, 제재 읽기 227

💬 함께 읽기 20—「 ？」 236

💬 함께 읽기 21/오류 분석—「들국화」 242

2. 주제, 주제 읽기 248

💬 함께 읽기 22—「품위」 256

💬 함께 읽기 23—「딸깍발이」 262

💬 함께 읽기 24/오류 분석—「슬견설」 272

💬 함께 읽기 25—「보리」,「권태」 279

제7장 종합 연습

💬 함께 읽기 26—「언어의 경제학」 289

💬 함께 읽기 27—「모자철학」 294

💬 함께 읽기 28—「삶의 광택」 301

💬 함께 읽기 29—「한국인—사고의 자립」 306

💬 함께 읽기 30—「서문과 독자」 313

💬 함께 읽기 31—「자유로운 책읽기에 대하여」 323

용어 찾아보기 333

답과 해설 337

일러두기

1. 이 책은 읽기 능력(독해력)을 기르기 위한 것이다. 그러므로 보람을 얻으려면 반드시 지시된 활동을 실제로 해보아야 한다. 특히 연습 문제에 해당하는 '함께 읽기'의 경우, 답을 맞히고 못 맞히는 결과보다는 시행착오를 무릅쓰고 스스로 최선의 답(으로 적절한 표현)을 찾는 과정이 중요함을 명심하기 바란다.

2. 인용된 글들은 원문에 충실하고자 힘썼다. 하지만 맞춤법, 한자 표기, 표현 등에 있어 꼭 다듬을 필요가 있는 부분은 최소한으로 손질을 하였다. 간혹 읽기 좋게 단락을 나누기도 하였다. 생략한 부분은 그 사실을 표시하였다.

3. 거의 모든 문제의 답을 제시하고, 필요한 데에는 도움말(★길잡이)과 해설(➡)을 덧붙였다. 여러 가지 답(표현, 판단, 해석)이 가능할 경우에는 모두 적을 수 없어서 중요한 것만 적었다. 답이 자기가 마련한 답과 토씨까지 완선히 일치하는 경우는 흔치 않을 터이고, 꼭 그래야 할 필요도 없을 것이다. 제시된 답은 가

장 정확한 답이라기보다 필자가 가장 적절하다고 본 답이므로, 자기가 마련한 답이 어느 정도 그에 가까운가, 다른 점이 있다면 왜 그렇게 달라졌는가를 가늠해보는 태도가 바람직하다.

4. '용어 찾아보기'를 뒤에 붙였다. 주요 용어들의 뜻과 활용법을 익히는 데 적극 활용하기 바란다.

5. 사용되는 기호의 뜻은 다음과 같다.

　＼ : 대립 관계

　／ : 같거나 비슷한 관계. 이 기호를 사이에 두고 나열되는 말들은 같은 자격을 지님. 따라서 해답에서 사용될 경우, 그 말들 가운데 하나(에 가깝게)만 적었으면 답을 적절하게 한 셈임.

　☞ : 참조할 곳. 연결하여 읽기를 권하는 이 책의 다른 곳 안내.

　예 : 예로 제시함. 주로 해답에서 사용됨. 위의 ' / ' 기호를 써서 일일이 나열하기 어려울 때 여러 답들 가운데 하나만 제시하는 경우에 주로 사용.

제1장
글, 읽기, 읽는 힘

읽을 줄 모르는데 무엇을 쓰겠으며,

입력이 빈약한 터에 무엇이 출력될 것인가?

책 속에 길이 있고 스승이 있다지만,

걷는 법을 모르니 어떻게 그 길에서

삶의 뜻을 찾고 질을 높여갈 수 있겠는가?

1. 글읽기의 중요성

우리는 읽으면서 산다. 상대방의 마음을 읽고 세상 돌아가는 형편을 읽는다. 하늘을 바라보며 날씨의 변화를 읽는가 하면 길에서 교통신호를 읽기도 한다. 글 읽는 일도 우리가 살아가면서 하는 이러한 여러 가지 '읽기' 가운데 하나이다.

그런데 글읽기는 세상 형편이나 날씨를 읽는 것과 차이가 있다. 글이라는 대상은 그 성질과 가치가 다르기 때문이다. 글은 단순히 세상 형편이나 날씨 같은 사물이 아니라 그들에 '관해' 필자가 알아내고 생각한 바를 정리하여 문자로 적어놓은 것이다.

'세상이 좋아지고 있다'는 말은, 세상의 형편에 대한 말이면서 세상 형편을 그렇게 보는 화자의 생각과 느낌을 표현하고 전달하는 말이다. 이렇게 말은 무엇에 '관해' 알려주는 수단인 동시에, 그것을 사용하는 일 자체가 뜻을 지닌 행동이다. 그러므로 말을 문자로 적어놓은 글(글말)에는 필자가 세상을 '읽어서' 얻은 결과와 함께 그것을 얻고 전달하는 태도와 과정이 아울러 담기게 되고, 그것을 '읽는' 동안 독자는 그 두 가지를 한꺼번에 얻게 된다. 필자의 세상 만물 읽기를 엿보며 그 방법을 배워 익히는 동시에, 필자가 얻어낸 지식과 지혜를 나누어 갖는 것이다. 사물을 '아는 능력'과 그로써 얻어낸 '앎,' 이 두 가지가 얼마나 중요한가는 굳이 강조할 필요가 없을 터이다. 공부는 물론이고 삶의 거의 모든 분야에서 기본이 되는 그것을, 우리는 글읽기를 통해 기르고 쌓는다. 이렇게 글읽기는 글을 통한 인식과 표현 능력 곧 문해력의 한 축이요 그것을 기르는 훈련 과정이다.

하지만 많은 사람들이 이 중요한 일을 좋아하지 않는다. 글을 별로 읽지 않을뿐더러 읽어도 억지로, 건성으로 읽는다. 그 구실이야 어떻든, 즐기지 않다 보니 할 줄 모르게 되고 잘 읽을 줄 모르니까 아예 읽는 것을 두려워하게 되어, 책이 아니라 텔레비전이나 스마트폰에 눈을 빼앗긴 채 살아가고 있다. 읽어야 알고 알아야 읽는다. 그런데 읽는 힘과 밑천이 적으므로 글이 조금만 길어도 앞에서 읽은 것을 잊어버리는가 하면, 공부를 해도 이해를 하는 게 아니라 외운다. 필자와 진지한 대화를 나누는 맛, 무엇을 골똘히 생각하고 궁리하는 재미는 알지 못한 채 그저 외우려고만 한다. 그러다가 지치면, 이른바 '독서'는 하지 않아도 되는 일종의 취미이거나 하지 않을 수 없는 직업을 가진 사람만 해야 하는 의무처럼 치부해버린다. 게다가 교육은 이러한 현실을 바로잡기는커녕 오히려 부채질함으로써 상황을 악화시키고 있다.

그러나 이해하지 못한 것은 활용하기 어렵다. 아무리 외우고 기억해봐야 근본 원리와 체계의 이해 없이 마구 쓸어 담은 정보는 한낱 잡동사니에 가깝다. 무엇을 잔뜩 알고 있어 보았자, 어떤 일에 부딪혔을 때 그것을 해결하는 데 적절히 활용할 줄 모르면 별 소용이 없다. 개인이든 국가든 간에 글 읽는 힘(독해력)의 수준이 생각하는 힘(사고력)과 문화 수준의 척도라고 볼 때, 우리의 이러한 '읽기로부터의 도피 현상' 혹은 '읽는 힘 결핍 상태'는 참으로 걱정스러운 노릇이 아닐 수 없다.

사람은 자신과 세계를 이해하는 데서 즐거움을 느끼며 성장해가는 존재이다. 또 앞사람이 남긴 글을 뒷사람이 읽고, 그것을 바탕으로 새로 무엇을 보탬으로써 진보를 거듭해왔다. 그런데 읽을 줄 모르는데 무엇을 이해하고 쓰겠으며, 입력(入力)된 게 빈약한 터에 무엇이 출력(出力)될 것인가? 책 속에 길이 있고 스승이 있다지만, 걷는 법을 모르니 어떻게 그 길에서 삶의 뜻을 찾고 질을 높여갈 수 있겠는가? 한 편의 글, 한 권의 책이 개인의 인생은 물론 인류의 역사까지 바꿔놓을 수 있다는 사실을 어찌 짐작이나 할 수 있겠는가?

2. 읽기의 단계와 연습

글을 잘 읽지 못하는 사람이 많다니, 초등학교 1학년생도 읽을 줄 아는데 그런 말이 어디 있느냐고 되물을지 모른다. 그러나 문자를 소리 내어 읽는다고 다 읽은 게 아니다. 다른 일과 마찬가지로 글읽기에도 수준과 단계가 있다. 하나를 읽고 열을 아는가 하면 열을 읽고 하나도 제대로 모를 수 있다.

사람은 주로 말로써 표현하고 이해한다. 서너 살이 되면 말을 본격적으로 배우기 시작하는데, 음성을 사용하는 이때의 '말'은 말 중에서 입말(음성언어)이다. 사람은 이것을 배우는 능력을 타고난다. 그래서 생활에 기초적인 입말을 하고 듣는 공부는 비교적 쉬워서 선생님과 학교가 따로 필요치 않다. 어머니가 선생님이요, 가정이 학교다.

입말 다음에는 글자를 사용하는 또 하나의 말, 즉 글말(문자언어)을 배운다. 이 '글말'의 줄임말이 '글'이다. 입말을 사용하여 말하기와 듣기를 하는 활동에 비해 글말을 가지고 쓰기와 읽기를 하는 활동은 훨씬 복잡하고 어렵다. 우선 문자를 익혀야 한다. 그리고 글말은 단순한 의사소통 도구에 머물지 않고 경험과 지식을 체계적으로 저장하고 전달하는 수단이므로, 글말 활동은 지식과 문화의 학습으로 나아간다. 따라서 글말을 잘 읽고 쓰려면 선생님과 학교가 필요하다. 이른바 '유식(有識)한 사람'이란 좁은 의미로 글을 아는 사람을 가리키는데, 인류 역사에서 이 글 아는 사람이 모르는 사람보다 수가 많아진 것은 그리 오래되지 않았다.

'읽기'란 이 '글말'을 가지고 이해하고 소통하는 활동이다.

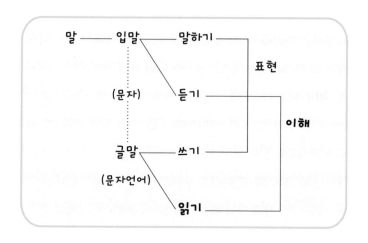

글읽기의 첫 단계는 종이에 적힌 문자를 올바로 소리 내고 해당 사물과 관련짓는 '문자 읽기'이다. 소리 읽기, 기호 읽기라고도 할 수 있는 이 과정은 낱말이나 쉬운 문장을 표면적인 차원에서 알고

구별하는 수준의 읽기로, 유치원과 초등학교 저학년 단계이다.

문자 읽기 단계를 거치면 문장들의 집합 곧 글의 내용을 파악하는 '뜻읽기,' 곧 독해(讀解) 또는 이해의 단계로 접어든다. 이 단계에서는 문자 읽기와는 비교할 수 없을 정도로 복잡한 정신 활동, 곧 '뜻'을 파악하는 데 필요한 갖가지 바탕 지식과 경험을 동원하여 느끼고 생각하며 비판하고 상상하는 여러 활동이 일어난다. 이때 독자는 글의 순서와 질서에 따라 시간적·수평적으로 읽는가 하면, 그것을 초월하여 제재의 의미, 이미지 등의 비슷하고 대조되는 관계에 따라 공간적·수직적으로 읽기도 한다.

글은 크게 허구적(예술적)인 것과 비허구적(실용적)인 것으로 나눌 수 있는데, 여기서는 후자 중심으로 예를 들어 살펴보자. 건강하게만 살아온 사람이 질병에 시달리는 이의 괴로움에 관한 글을 읽는 경우를 생각해보라. 또 경제 현상에 관심도 없고 그에 관한 용어라고는 '이자율' 정도밖에 모르는 사람이 국가의 경제 정책에 관한 책을 읽는다고 상상해보라. 글자는 읽어도 뜻을 깊이 있게 읽어내기는 어려울 것이다. 어떤 글이든 그 속뜻을 파악하고 나아가 자기 나름대로 소화할 수 있으려면, 그 방면에 대한 관심과 경험, 지식 등이 있어야 한다. 그런데 그 지식은 시행착오를 거듭하는 오랜 글읽기 과정에서 축적된다. 관심과 경험 역시 그러는 과정에서 깊어지고 세련되는 것이다. 읽기는 하나의 활동, 능력을 요구하는 활동이기 때문이다.

그런데 읽기에 관한 한 한국 사회는 기초 단계를 벗어나지 못한 듯하다. 예로부터 독서가 곧 공부요, 공부는 바로 교육적인 훈련이게 마련인데도 이런 말이 아무렇지 않게 나오곤 한다—많이 읽다 보면 저절로 잘 읽게 마련이지, 무슨 연습이나 훈련 따위가 필요한 가? 글의 내용을 실천하는 게 중요하지, 어떻게 읽든 그게 무에 그 리 중요한가?

하지만 많이 읽는 게 다름 아닌 연습의 일종이요, 읽는 행동 자 체가 곧 값진 실천이라고 할 수 있다. 우리는 읽는 동안 어떤 생각 을 하거나 수정하며, 여러 의미 맥락과 가치 규범을 동원하여 세상 사를 판단하고 깨닫는다. 그게 곧 연습이고 실천의 시작이다. 잘 못 이해한 것을 올바로 실천할 수는 없다. 그 점을 인정한다면, 읽 기와 실천을 굳이 나누거나 좀더 잘 읽기 위한 노력을 낮잡아 보는 일은 없을 터이다.

물론 연습이 전부는 아니고, 과학적으로 검증된 연습 방법이 뚜 렷이 세워져 있지 않음도 사실이다. 억지 공부를 하다가 공부의 진 짜 재미를 잃는 수가 있듯이, 지나치게 연습을 중요시하다 보면 정 작 글읽기의 즐거움은 놓쳐버릴 수 있다. 하지만 이미 우리는 알게 모르게 읽는 연습을 해왔고, 쓸모 있는 읽기 방법이 있기는 있으 며, 연습을 할수록 더욱더 잘 읽으리라는 것도 부정하기 어려운 사 실이다.

이렇게 볼 때, 뜻읽기 속에 다시 단계를 설정할 수 있다. 글의 문 면(文面)에 서술되어 '있는 것'을 알아내는(문면 읽기) 단계는 기본 이고, 그것을 바탕으로 '있을 수 있는 것'까지 추리·상상하면서 읽 는 단계와, 나아가 자기의 경험과 가치관에 따라 여러 맥락을 동원 하여 비판적으로 읽는 단계가 있다. 이런 단계를 거쳐 필자와 창조적 대화를 하며, 마침내 자기의 글을 써서 스스로 필자가 되는 데까지 나아가기 위해서, 우리는 체계를 잡아 합리적으로 연습할 필요가 있다.

여기에 한 가지 오해가 있을 수 있다. 글이나 글읽기에 관한 지식, 가령 글에는 어떤 종류가 있으며 내용에 들어 있는 사실과 의견을 구별하는 기준은 무엇이라는 식의 지식을 많이 알면 글을 잘 읽을 수 있으리라는 오해이다. 물론 그런 지식이야 많을수록 좋겠지만 지식이 곧 능력(힘)은 아니다. 농구에 관해 많이 안다고 해서 꼭 농구를 잘하지는 않는다. 농구를 잘하려면 농구에 관한 지식을 담은 책을 읽을 필요도 있겠지만 무엇보다 잘하는 사람의 도움을 받아가며 실제로 많이 해봄으로써 경험을 쌓고 능력을 길러야 한다.

초급 국어, 중급 국어, 고급 국어라는 말을 들어본 적이 있는가? 이상하게도 영어 능력은 급수를 따지면서 국어는 그러지 않는다. 같은 언어이므로 부려 쓰는 능력에 급수를 매긴다면 마땅히 국어에서도, 아니 국어니까 더욱 엄밀하게 수준을 나누고 그에 알맞은 훈련을 해야 될 텐데 말이다. 글 읽는 힘, 곧 '독해력'이라는 말만 해도 그렇다. 우리가 정작 깊이 '해석'을 할 수 있는 것은 외국어가 아니라 국어이고, 국어를 못하면서 외국어를 잘할 수는 없는 법인데, 거꾸로 외국어 시간에나 그 말이 자주 쓰이고 있다.

이렇게 글 읽는 힘을 아예 중요한 능력으로 치지도 않고, 그것을 고급 수준으로 길러야 한다는 생각조차 품지 않는 게 우리의 현실이다. 이런 상황에서는, 한글이라는 우수한 문자 덕택에 대부분의 사람이 문자 읽기 문맹 곧 '문자맹(文字盲)'은 면해도 뜻읽기 문맹 곧

'문의맹(文意盲, 필자가 지어낸 말)'은 면하기 어렵다. 읽어봐야 그 뜻을 잘 모르는 문의맹도 문맹은 문맹이다. 문맹은 문화인이라고 할 수 없으며, 깊고 정확한 사고력과 풍부한 감정을 지닌 교양인이 결코 될 수 없다. 글[文]을 읽고 쓰는 능력이 빈약한 사람이 어떻게 문화(文化) 수준을 높이며 문명(文明) 세상에 참여할 수 있겠는가?

3. 글이란

읽는 방법을 마련하고 그에 따라 연습도 하려면, 먼저 읽는 활동의 대상이 되는 글에 대하여 잘 알아야겠다. 글은 읽기의 출발점이자 종착점이다. 글을 이해하고 해석하는 것이 좁은 뜻에서 읽기의 시작이요 끝이다.

그런데 오늘날 읽기의 대상은 글 혹은 그것이 인쇄된 책에 한정되지 않는다. 근래 우리는 어쩌면 책보다 더 많은 시간을 화면 혹은 영상을 '보거나' '읽는' 데 보내고 있다. 인쇄매체 혁명(구텐베르크 혁명) 이후 최대의 매체 혁명, 즉 20세기 말엽부터 폭발적으로 전개된 전자매체 혁명으로 말미암아, 이른바 '복합매체(멀티미디어) 시대'가 도래하였기 때문이다. 우리는 이전보다 엄청나게 많은 양의 정보와 경험을, 글자는 물론 소리, 형상, 움직임, 색깔 등의 매재(媒材)로 표현하여 텔레비전, 컴퓨터, 스마트폰 같은 매체(媒體)를 통해 주고받는 시대에 살고 있다. 따라서 전통적인 의미의 읽고 쓰는 능력 곧 문해력(literacy)에 더하여 영상 문해력(visual literacy)

이 중요해졌다. 사진, 그림 같은 시각적 요소를 중심으로 이루어진 '새로운 언어'를 읽고 활용하는 능력이 더 필요해진 것이다. 따라서 오늘날 읽기의 '대상' 혹은 텍스트는 문자를 기록한 책만으로 국한하기 어려우며, 그와 더불어 '읽기'의 의미와 방법도 확장되었다. 하지만 언어의 기능과 중요성은 여전하고, 그것이 온갖 소통의 기반을 이루므로, 여기서는 전통적인 방식에 따라 일단 문자언어로 된 책 중심으로 읽기 활동과 그 대상을 설명하고, 필요한 때에 추가 설명을 덧붙이기로 한다.

읽기 대상으로서 '글'의 정체를 좀더 또렷하게 알려면 먼저 언어활동 전체의 기본 상황을 살펴볼 필요가 있다. 앞서 살폈듯이, 말은 매체에 따라 둘로 나뉜다. 음성을 사용하는 입말과 그것을 문자로 적어 소통하는 글말이 그것이다. 언어활동은 이 두 가지의 말, 그리고 그 말을 하는 자(화자, 필자), 말을 받는 자(청자, 독자), 말의 대상(사물), 이렇게 네 가지 기본 요소로 이루어진다. 언어활동의 기본 상황을 도식으로 나타내보면 다음과 같다.

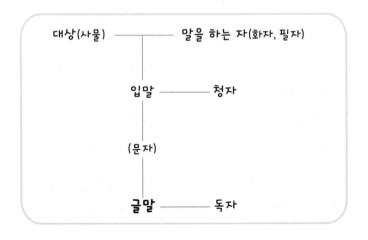

글은 이러한 관계 속에서 한자리를 차지하고 있다. 앞의 도식을 보면 글은 말의 덩어리요, 필자가 어떤 사물에 관해 알아내고 생각한 결과임을 알 수 있다. 그리고 필자와 독자를 연결하는 의사소통의 매개물이라는 사실도 알 수 있다.

입말을 이해하려면 그 말만 알면 되지만, 글말을 이해하기 위해서는 그와 함께 문자도 알아야 한다. 입말은 달라도 문자는 주로 알파벳을 쓰는 유럽의 여러 말들에서 볼 수 있듯이, 입말과 문자의 관계는 의외로 복잡하다. 그것이 매우 단순한 한국에서도 공식적으로 입말은 한국어 하나만 쓰지만 문자는 한글과 한자 두 가지를 섞어 쓰다가 한글 위주로 바뀌고 있다.

말은 같은 말이라도 쓰기에 따라 뜻과 느낌이 달라진다. 또 낱낱의 말, 즉 낱말들이 모여 한 편의 글을 이룰 때, 그것들은 오랜 시간에 걸쳐 굳어진 어떤 형식에 따라 사용되고 조직된다. 그래서 글은 다음과 같은 면을 지닌다.

말(글말)

말의 덩어리 ───────────── 낱말, 문장, 단락

말의 덩어리들의 조직 ───────────── 구성

말의 투(말투) ───────────── 화법, 문체

말의 표현 형식 ───────────── 기법, 갈래(장르), 양식

한편 필자가 어떤 사물에 관해 알고, 느끼고, 생각한 것들이 글

의 재료와 내용을 이룬다. 앞의 도식(☞ 27쪽)에서 본 '사물'이란, '사과'나 '돌멩이' 같이 구체적인 것은 물론이고 '민주주의' '미움' 따위처럼 추상적이거나 내면적인 것까지 모두 가리킨다. 필자가 관찰하고 사색하는 대상이면 모두 그에 해당되는데, 이들이 일단 글의 재료 혹은 대상이 된다.

필자는 재료에 관하여, 혹은 재료를 통하여 어떤 내용을 표현하고 전달한다. 이 재료에 '관한,' 혹은 그것을 '통해' 제시되는 어떤 사실, 느낌, 생각 등이 바로 글의 내용을 형성한다. 그런데 여기서 유의할 점은, 첫째 필자는 언제나 어떤 상황 속에서, 그리고 나름대로의 어떤 관점과 맥락에서 대상을 관찰하고 해석하여 글의 내용을 형성한다는 점이다(☞ 제4장 1절). 그리고 글에서 어떤 사물이 글의 대상이나 재료로 읽히면, 그것은 이른바 '소재(素材)'라기보다 주체(필자)에 의해 의미가 부여되고 모습이 변용된, 그리하여 이미 글의 일부가 된 것—'제재(題材)'라고 할 수 있다는 점이다(☞ 제6장 1절). 이 제재는 구체적·추상적인 글의 감(글감)으로서, 중심된 제재는 내용의 초점을 이룬다.

둘째, 글 전체의 내용을 지배하는 의미 곧 주제(主題)는 개인적인 것이면서 집단적인 것이라는 점이다. 필자는 한 개인이자 사회의 일원이고, 그 사회의 사상적·문화적 맥락에 서서, 그에 따르거나 그것을 비판하는 사람이기 때문이다.

요컨대 글의 내용은 크게 제재와 주제, 그 두 가지 측면에서 살필 수 있다.

제재

제재에 관한,

제재를 통해 제시되는 사실, 느낌, 생각 ―――――――― 주제

이제까지 글이란 어떤 것인가를 살펴보았다. 그것을 바탕으로 글을 읽을 때 눈여겨보아야 할 사항들을 알아보자.

(1) 글이 태어난 조건: 필자는 제재 및 독자를 어떤 상황에서, 어떤 관점으로 대하는가?

(필자는 대상을 어떤 입장에서 보고 있는가?)

(2) 글의 형식과 구조: 말이 어떻게 사용되어 어떤 구조를 이루는가?

(글의 단락들은 어떻게 구성되어 하나의 전체를 이루는가? 그 형식과 매체의 관습적인 면과 개성적인 면은?)

(3) 글의 내용: 중심적인 제재는 무엇이며 그것에 관한, 혹은 그것을 통해 제시되는 주제는 무엇인가?

(무엇에 관해 어떤 생각이나 사실을 제시하는 글인가? 나아가 필자의 사상과 그것을 표현하는 문체의 특징은?)

여기에 더하여, 읽는 동안 내내 놓쳐서는 안 될 것이 한 가지 더 있다. 바로 독자 자신이 글을 읽는 행위의 목적이다. 똑같은 글을 읽어도 지식을 얻기 위해 읽는 경우와 즐기기 위해 읽는 경우는 다르며, 또 정보만 얻으려는 경우와 자기의 문제를 해결하려는 경우

의 읽기는 같지 않다.

물론 글을 읽는 목적이 글 자체를 이루는 요소는 아니지만, 읽는 활동의 주체인 독자에게는 중요한 문제이다. 그러므로 아울러 짚고 넘어가지 않을 수 없다. 앞에서 첫번째로 지적한 것이 필자의 상황과 관점이라면 이는 '독자의' 상황과 관점에 해당된다고 할 수 있다.

(4) 글을 읽는 목적: 나는 왜 이 글을 읽는가?

이제까지 글이란 어떤 것이며 무엇에 유의하여 읽어야 하는지를 간단히 살펴보았다. 그런데 다소 엉뚱하게 여길 수 있지만, 여기서 다시 질문해보자. 우리가 흔히 '글'이라고 하는 것은 어디에 있는 가? 두말할 것 없이 책 속에 있다. 그러면 글은 책 속 어디에 있는 가? 이 질문은 좀 까다롭다. 책 속에는 종이에 글자와 그림이 인쇄 되어 있는데, 그것은 어디까지나 책이나 글의 겉모습일 뿐이기 때 문이다.

글은 과연 어디에 있다고 해야 하는가? 쓰기와 읽기의 기본 상 황을 이루는 네 요소─필자·사물·말·독자─로 돌아가 보자. 우 선 글은 '말'로 되어 있고 말 속에 있다. 그리고 그 말 속에는 '필 자'가 생각하는 '사물'에 관한 무엇이 담겨 있다. 그런데 다시 그것 은 '독자'가 읽어야만, 말하자면 독자 속에서 의미를 지닐 때에야 생명을 갖게 된다. 글은 어디에 있는가? 그 네 가지 가운데 어느 것 하나 속에 있다기보다 그들 사이의 어딘가에 있을 성싶다. 고정된 모습보다는 유동적인 모습으로, 꽉 찬 상태가 아니라 채워야 할 빈틈이 많은 상태로, 필자와 독자, 말과 사물, 사물과 필자…… 등등의 사이 어딘가에 있는 듯하다. 아니 어느 곳에 놓여 있다기보다 그들 모두가 뜨겁게 만나는 공간 그 자체가 글이라는 게 적절할 터이다. 과연 그렇다면, 글이란 단지 의사소통의 '매개물'이라기보다 드넓은 '광장'이라고 해야 옳다.

4. 읽기란

앞에서 살핀 결과를 바탕으로 대강 뜻매김해보면, 읽기란 글을 이해하는 것, 곧 글에서 제재에 관한 주제나 정보를 붙잡는 정신 활동이며, 글을 통해 필자와 독자가 만나는 일이라고 할 수 있다. 말이야 간단하지만 그 활동은 결코 단순하지가 않다. 무엇보다 독자의 지식과 경험, 읽는 목적과 관심의 방향 등이 큰 변수로 작용하며, 글의 갈래(장르)나 형식에 따라서도 달라진다. 가령 수필은 수필답게, 설명문은 설명문에 어울리게 읽어야 한다.

하지만 여기서 그런 차이는 일단 접어두고, 폭넓게 '산문 읽기'를 중심으로 그 정신 활동의 일반적인 모습을 엿보기로 하자. 글의 내용이 아니라 그것을 읽는 행동, 그리고 읽은 결과보다는 그 과정에 초점을 맞추어 살핌으로써, 읽기라는 것의 정체는 무엇이며 읽는 힘을 기르기 위해서는 어떻게 해야 할지를 모색해보자.

위의 그림은 생텍쥐페리의 『어린 왕자』 앞머리에 나오는 그림이다. 『어린 왕자』 속의 나이 어린 '나'는 이 그림을 어른들에게 보여주면서 "이것, 무섭지 않아요?"라고 묻는다.

만약 우리가 그 질문을 받았다면, 우리는 (1) 그림에 나타나 있는 형체를 요모조모 살펴보고, (2) 자신의 경험과 지식을 동원하여, 짧은 시간이기는 하지만 복잡한 과정을 거친 끝에 "모자인 것 같다"고 하거나, "『어린 왕자』에 나오는 그림이지? 배 속에서 코끼리를 소화시키고 있는 보아구렁이 그림이야"라고 말할 것이다. 그리고 나중에는 (3) 상상력이 부족한 사람들의 고정관념이나 선입견을 알아보는 데 좋은 그림이라든지, 그림이 잘 그려지지 않았다든지 하는 나름대로의 생각과 평가를 덧붙일 것이다.

이렇게 '그림을 읽는' 행동을 가만히 관찰해보면, 읽는 동안 몸은 별로 움직이지 않아도 머릿속에서 일어나는 정신 활동은 대단히 분주하고 복잡함을 알 수 있다. 그리고 그림이니까 한눈에 보고 거의 동시에 생각했지만, 글일 경우에는 한 줄 한 줄 보면서 알아내거나 떠올린 것들을 점차 눈덩이 뭉치듯 뭉쳐나갈 것이라는 추측도 할 수 있다. 말하자면 한눈에 순간적으로 들어오는 그림 읽기와는 달리, 글읽기는 2차원의 평면에 적힌 글자들을 3차원의 입체 공간 같은 곳에 풀어놓고, 긴 시간 동안 그 공간에서 의미의 조각들을 꿰맞추고 질서 지어야 한다. 그것은 종이에 인쇄된 기호에서, 혹은 그 기호를 매개로, 의미를 추출하고 재구성하는 사고 활동이다. 또한 그것은 그림을 놓고 어린 왕자와 우리가 대화했듯이, 글(책)을 매개로 한 필자와 독자 사이의 긴 대화라고 할 수 있는 작업이다(☞ 제5장 2절).

'읽는 힘' 곧 독해력이란 사람의 여러 다른 능력들과 별개의 것이 아니다. 앞에서 살폈듯이 그림을 보는 능력과 글을 읽는 능력은 따로따로가 아니다. 독해력은 인간이 무엇을 느끼고 생각하는 온갖 능력(감각·기억·분석·종합·추리·상상·판단 등)이 결합된 능력, 혹은 그것들을 적절하게 결합하여 글을 읽는 데 활용하는 능력이다. 독해력이 발달되면 느끼고 생각하는 힘 전체가 함께 발달되는 까닭이 여기에 있다. 이렇게 볼 때 읽기는 단지 국어 과목 '학습의 일부'가 아니라 모든 과목 '학습의 도구'이다. 그리고 그것은 쓰기와 함께 인간의 '학습 능력' 훈련, 그것도 고도의 종합적 훈련이다.

여러 내면적 능력을 종합적으로 발휘하여 글을 읽는 것을 우리는 흔히 '이해한다' '해석한다' '감상한다'고 한다. 그 말들 사이에 뜻의 차이가 없지는 않지만, 그런 말들을 되씹어보면 읽기란 무엇을 단지 외우고 기억한다기보다 독자가 참여하는 종합적인 체험이요, 합리성을 추구하는 높은 수준의 정신 활동임을 짐작할 수 있다.

그러면 이제까지의 관찰을 바탕으로 읽기란 무엇인지 일단 정리해보자.

읽기란, 독자가 자신의 경험과 지식을 바탕으로

　(1) 글 속에 나타나 있는 사실, 생각, 느낌 등을 알아내어 요약
　　　하고,

　(2) 글에 암시, 함축되어 있는 것까지 추리하고 상상해서 내용
　　　을 확장하거나 빈틈을 메우고, 전체 내용의 논리(문맥)를
　　　구축하며,

　(3) 글이 놓여 있는 여러 사상적·문화적 맥락을 검토, 비판하
　　　면서 나름대로 평가하고,

　(4) 그러한 행위를 통해 자신과 세상을 보다 합리적이고 가치
　　　있게 변화시키는 활동이다.

5. 「설해목」 자세히 읽기

앞에서 읽기란 무엇인가를 간략히 풀이하였다. 하지만 이런 식
의 설명은 어디까지나 설명일 뿐이어서, 추상적이고 모호한 상태
를 벗어나기 어렵다. 그러므로 이번에는 실제 읽는 행동을 관찰해
봄으로써 읽기란 어떤 활동인가를 구체적으로 살피기로 하자.

우선 다음 글을 함께 읽어보자(각 단락의 번호는 설명하기 좋게 임의
로 덧붙인 것이다. 이후의 다른 작품에 들어간 단락 번호, 밑줄 등 역시 마찬가
지이다).

설해목雪害木

법정(1932~2010): 승려, 수필가. 수필집 『무소유』 『산방한담(山房閑談)』 등과 번역서 『숫타니파타』 『진리의 말씀[法句經]』 등이 있음.

　해가 저문 어느 날, 오막살이 토굴에 사는 노승(老僧) 앞에 더벅머리 학생이 하나 찾아왔다. 아버지가 써준 편지를 꺼내면서 그는 사뭇 불안한 표정이었다. ─ ❶

　사연인즉, 이 망나니를 학교에서고 집에서고 더 이상 손댈 수 없으니, 스님이 알아서 사람을 만들어달라는 것이었다. 물론 노승과 그의 아버지는 친분이 있는 사이였다. ─ ❷

　편지를 보고 난 노승은 아무런 말도 없이 몸소 후원에 나가 늦은 저녁을 지어왔다. 저녁을 먹인 뒤 발을 씻으라고 대야에 가득 더운 물을 떠다 주었다. 이때 더벅머리의 눈에서는 주르르 눈물이 흘러내렸다. ─ ❸

　그는 아까부터 훈계가 있으리라 은근히 기다려지기까지 했지만 스님이 한마디 말도 없이 시중만 들어주는 데에 크게 감동한 것이다. 훈계라면 진저리가 났을 것이다. 그에게는 백천 마디 좋은 말보다는 다사로운 손길이 그리웠던 것이다. ─ ❹

　이제는 가버리고 안 계신 한 노사(老師)로부터 들은 이야기다. 내게는 생생하게 살아 있는 노사의 모습이다. ─ ❺

　산에서 살아보면 누구나 다 아는 일이지만, 겨울철이면 나무들이 많이 꺾인다. 모진 비바람에도 끄떡 않던 아름드리나무들이, 꿋꿋하게 고집스럽기만 하던 그 소나무들이 눈이 내려 덮이면 꺾이게 된다. 가지 끝에 사뿐사뿐 내려 쌓이는 그 가볍고 하얀 눈에 꺾이고 마는 것이다. ─ ❻

깊은 밤, 이 골짝 저 골짝에서 나무들이 꺾이는 메아리가 들려올 때, 우리들은 잠을 이룰 수 없다. 정정한 나무들이 부드러운 것 앞에서 넘어지는 그 의미 때문일까. 산은 한겨울이 지나면 앓고 난 얼굴처럼 수척하다. ─ ❼

사밧티의 온 시민들을 공포에 떨게 하던 살인귀(殺人鬼) 앙굴리말라를 귀의(歸依)시킨 것은 부처님의 불가사의한 신통력(神通力)이 아니었다. 위엄도 권위도 아니었다. 그것은 오로지 자비(慈悲)였다. 아무리 흉악무도한 살인귀라 할지라도 차별 없는 훈훈한 사랑 앞에서는 돌아오지 않을 수 없었던 것이다. ─ ❽

바닷가의 조약돌을 그토록 둥글고 예쁘게 만든 것은 무쇠로 된 정이 아니라, 부드럽게 쓰다듬는 물결이다. ─ ❾

─『무소유』(범우사, 제3판, 1999)

'설해목'이라는 제목에서부터, 우리는 눈으로 문자들을 **본다**.

그러면서 낱말 하나하나의 뜻을 기억의 창고에서 **끌어낸다**. 그런데 어떤 낱말, 예를 들어 ❼에 나오는 '정정하다'(나무 같은 것이 우뚝 솟아 있다)라든가 ❽에 나오는 '귀의' '신통력' '자비' 같은 말의 뜻이 기억의 창고에 들어 있지 않다면, 사전을 참고하거나 글 앞뒤의 문맥을 따져 그 뜻을 **짐작한다.** 앞글의 제목 '설해목'처럼 흔히 쓰이지 않는 낱말의 경우, 처음에는 **의문을 품다**가 ❻의 내용을 바탕으로 '설해(雪害) 입은 나무'로 그 뜻을 **파악하게** 되면, 기억의 창고에 다시 그 단어를 **넣기도** 한다.

설명이야 차례로 할 수밖에 없어 이제 하지만, 실상 우리는 낱말들의 뜻을 기억 속에서 끌어낼 때 그와 동시에 눈덩이 만들 듯이 그것들을 계속 **덩이 지운다.** 작은 덩이로 뭉치는 한편 다른 덩이와 구별하여 나누고, 나누어진 덩이들을 다시 더 큰 덩이로 뭉쳐가서, 마침내 글 전체를 하나의 덩어리로 뭉뚱그리는 이 작업이 바로 읽기의 핵심이다. 그것은 글을 단락보다 적은 수의 덩이로 **묶고 결합하며,** 그러면서 간략하게 **요약해가는** 일이다. 또한 그것은 여러 층(層)에서, 갖가지 방법으로, 한꺼번에 이루어지는 입체 작업이다. 그것이 얼마나 복잡하고 신비로운지, 아직도 인간은 그 작업의 정체를 대강밖에는 밝혀내지 못하고 있다.

이제부터는 '보람'이라는 학생을 설정하여 그가 앞의 글을 읽어나가는 동안 일어나는 그러한 정신 활동을 구체적으로 살펴보기로 하자. 그의 정신세계에서 짧은 동안에, 또 거의 한꺼번에 뒤얽혀 일어나는 일들을, 말하자면 영화의 느린 재생 장면처럼 천천히 다시 보며 관찰해보는 것이다.

(1) 문맥 잡기
보람이는 처음 이 글을 읽기 시작하면서 왠지 자기 얘기 같다는 느낌이 들었다. "훈계라면 진저리가 났을 것이다"라는 말에 이르렀을 때, 잠시 옛날 일이 **떠올랐다**. 자기도 자신이 왜 자꾸 못난 짓을 하는지 몰라서 미치겠는데, 좋은 소리도 한두 번이지, 사람들이 도무지 가만 놔두지 않던 적이 있었던 것이다. 그러고 보니 필자한테도 그런 쓰디쓴 경험이 있나 보다고 **추측해본다**…… 이렇게 낱낱이 적다 보면 앞글을 읽는 약 3분 동안 일어난 일을 다 적는 데 3일도 더 걸릴지도 모르니 여기서는 글 자체를 자세히 뜯어 읽는 일 중심으로 중요한 것만 살펴본다.

앞글은 단락이 9개이므로 일단 뜻덩이를 9덩이로 전제하고, 다시 그것을 보다 크거나 상위 차원의 뜻덩이, 곧 구조단락(☞ 제5장 3절)으로 묶어가게 마련이다. 거기서부터 살피자. 보람이는 **⑤**까지 읽고 **⑥**으로 막 들어가는 순간 다음과 같이 한다.

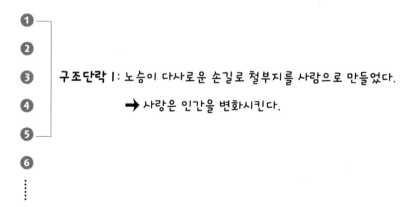

보람이는 '더벅머리'에서 '나무'로 제재가 바뀌자 **①~⑤**를 덩이 짓고, **요약하고**, 그것을 **⑥** 이하와 **나눈** 셈이다. 또 철부지라는 말이

나오지 않는데도 더벅머리의 생김새와 행동거지를 **상상하면서** 그를 철부지라고 **부르고(이름 짓고)** 있다. 그리고 노승과 더벅머리 사이에서 일어난 개인적인 사건을 가지고, 필자가 '사랑은 인간을 변화시킨다'는 일반적인 진실을 표현한다고 **해석하고** 있다. 그렇게 글의 중심된 의미 맥락, 즉 **문맥(文脈)을 잡아보는** 것이다. 바꾸어 말하면, 보람이는 구체적인 사건에서 추상적인 관념을 뽑아내며(**추상화하며**), 특수한 일을 사회 일반에 존재하는 '사랑'이라는 관념(사상)의 맥락에 놓고 의미를 부여하고(**일반화하고**) 있는 것이다.

이 글이 사랑을 제재로 삼은 것이라는 '임시 해석'을 바탕으로, 보람이는 계속해서 ❻을 읽어간다. ❶~❺는 제재를 기준으로 덩이 지었고, ❽에서는 제재가 앙굴리말라로 바뀌었으니까, 이번에는 나무 이야기인 ❻~❼로 한 구조단락을 삼는다.

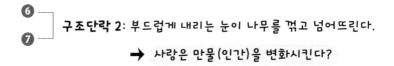

구조단락 2: 부드럽게 내리는 눈이 나무를 꺾고 넘어뜨린다.
➔ 사랑은 만물(인간)을 변화시킨다?

보람이는 막연한 짐작으로, '흰 눈은 흔히 순결과 차별 없는 사랑의 상징이니까, 구조단락 2 역시 사랑의 힘을 말하고 있다'고, 눈에 대해 갖고 있던 평소의 느낌과 지식을 그대로 **적용한다.** 그것은 구조단락 1과 2를 반복의 관계로 **관련짓고,** 나무는 인간이 아니므로, '인간'이라는 말을, 좀더 위에 있고 폭이 넓어 둘 다 아우를 수 있는 '만물' 같은 말로 바꿔보는 정도만 손을 댈 뿐, 1의 해석을 2에 거의 그대로 **대입하는** 셈이다.

그때 불현듯 보람이는 이상한 느낌이 든다. 그래서 차근차근 논리를 **따진다**. 나무를 꺾고 넘어뜨리는 게 사랑이라니? 상대를 파괴하고 죽이는데도? 이거 이상하다. 문맥이 서지 않는다. 1과 2를 **비교해**보면, 노승은 철부지를 사람으로 만들었지만, 눈은 나무를 해롭게 하지 않았는가? 둘은 무엇인가 비슷하면서도 다른 얘기를 하고 있는 것 같다. 그래서 보람이는 사랑 운운한 1의 해석을 2에 대입하지 않고 그 해석 자체를 수정이 필요한 것으로 보고 일단 **보류한다**.

(2) 제재 분석, 정보 요약

그런데 계속 읽어보아도 이 글이 사랑 이야기를 하고 있다는 생각밖에는 들지 않는다. 그래서 보람이는 읽어나가는 동안, 혹은 다 읽고 난 뒤에 각 구조단락의 중심제재를 챙기는 일부터 새로 시작해본다.

하지만 보람이는 만족스럽지 않다. 이렇듯 각 구조단락의 제재를 찾고 늘어놓기만 해서는 글의 구성이나 내용이 분명하게 파악되지 않기 때문이다. 더벅머리, 나무 등에 관한 얘기이기는 한데, 그게 어쨌단 말인가?…… 그래서 더욱 꼼꼼히 **분석하고, 추리하고, 상상하게** 된다.

우선 각 구조단락마다 앞에 나열한 제재에 어떤 행위를 하는 존재가 있으며, 또 그들의 행동이 같거나 비슷하다는 공통점을 분석해낸다. 그래, 어쩐지 이 글은 어느 방향으로 곧장 나아간다기보다 반복되거나 맴도는 구성, 구조, 뼈대…… 뭐 그런 얼개의 글 같더라……

(43쪽 그림을 참조. ⇨)

뭔가 풀릴 것 같다는 심정으로, 보람이는 **뽑고 추린** 앞의 말들을 연결해본다. 그러자 각 덩이가 문장(소주제문) 하나씩으로 요약된다. 말하자면 1은 '노승이 더벅머리를 감동시켰다'로 요약된다. 그렇게 해놓고 보니, 글의 내용이 다소 또렷하게 잡히는 듯하다. 3, 4가 1처럼 대상을 이롭게 하는 행동들의 되풀이인 것 같다는 사실을 새로 **알게 된다.** 그러나 2가 잘 연결되지 않는 건 여전하다. '꺾고 넘어뜨린다'가 나무를 해롭게 하는 일이어서 다른 서술어들과 공통점이 없고, 오히려 대립되는 듯하다. 2를 어떻게 하면 나머지와 자연스럽게 통합할까? 어떤 구멍에 실을 꿰어야, 어떤 각도에서 바라보아야, 모두가 하나의 줄기로 이어지고 합쳐질까?

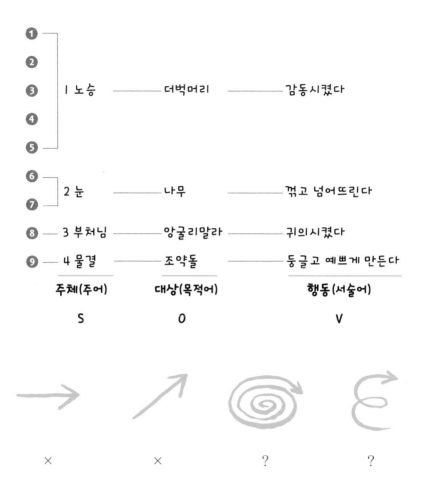

	주체(주어)	대상(목적어)	행동(서술어)
1 노승	더벅머리	감동시켰다
2 눈	나무	꺾고 넘어뜨린다
3 부처님	앙굴리말라	귀의시켰다
4 물결	조약돌	둥글고 예쁘게 만든다

보람이는 돌파구를 찾기 위하여, 이제까지 자기가 해놓은 일 자체를 **돌이켜본다.** 2도 문제지만, 자기가 한 요약이 단지 일어난 일에 관한 정보를 간추리기만 했지 그 속뜻을 드러내고 있지 못하다는 것이 더 큰 문제이다. 말하자면 수박 겉핥기식이어서 요약 작업 자체가 깊이 있는 해석이 되지 못하고 있는 것이다. 요약이 제대로 이루어져서 글 전체의 주제가 잡히기만 한다면, 그때 2가 연결되

지 않는 문제는 저절로 해결될지도 모른다.

(3) 필자의 상황과 관점 파악, 글의 재구성

보람이는 글을 처음부터 **다시 읽어본다.** 앞에서 추린 것들을 제외하고, 1에서부터 4까지를 연결할 어떤 말이나, 거기에서 되풀이되는 관념 따위를 **찾는다.** 1과 3은 행동의 주체와 대상이 모두 사람이라고 할 수 있으니까 어떤 목적에서 행동을 '하는' 인간 세계의 이야기인데, 2와 4는 그게 모두 자연물이므로 누가 어떻게 하는 게 아니라 본래가 그렇게 되어 '있는' 자연계 이야기이고…… 미꾸라지 같은 2의 제재를 가지고 글의 제목을 삼은 걸 보면, 필자가 그것을 부정적으로 바라보지는 않은 듯한데……

보람이는 이제 필자에게 관심을 돌려본다. 그리고 스스로 **물음을 던진다.** 필자는 어떤 상황에 놓여 있지? 시대적 배경은 잘 모르겠지만, ❺를 보면 돌아가신 스승님께서 하셨던 일을 추억하고 있다. 그런 다음 역시 스승처럼 '산에 사는' 자기가 알고 있는 설해목에 관한 일—인간 세계가 아닌 자연계의 일로 관심을 확대하고 있다. 그러면 필자는 어떤 관점에 서서 그 두 세계를 바라보고 있나? 필자는 두 세계를 차별하지 않고 똑같이 보는 것 같다. 그렇다면 인간의 입장에만 서서 이로움과 해로움, 사랑과 미움 등을 따져서는 두 세계를 하나로 보는 필자의 생각에 접근하기 어려울 것이다. 그러고 보니 2에서 눈이 나무를 부러뜨리는 일은 사랑 때문도 아니지만 미움 때문이라고 하기도 어렵고…… 법칙에 따라 움직일 뿐인 자연계의 일을, 사랑이라는 인간 마음의 측면에서 바라보려던 시도는 그래서 제대로 이루어질 수 없었다. 그 맥락을 벗어나야 한다. 다른 맥락, 일관되고 통일된 해석이 이루어질 수 있는 어떤 **다른 관점 혹은 논리의 줄기를 찾아야** 한다.

그러한 전환이 일어난 지 얼마 뒤엔가, 갑자기 네 구조단락을 고리처럼 연결하는 말들이(운 좋게 글이 마침 그렇게 되어 있기도 해서) 네 곳 모두에서 보인다. 그렇다. 대상(O)을 어떻게 하는(V) 주체(S)의 수단 혹은 방법, 한마디로 '~하다(V)'의 '어떻게?'에 해당되는 사항에 주목하지 않았던 것이다. 노승(S)은 더벅머리(O)를 감동시켰다(V), '다사로운 손길'로!

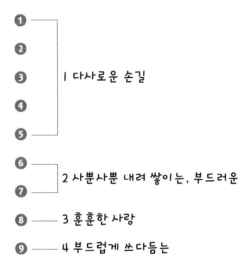

그러자 보람이는 어느 사이엔가 그 말들과 통하거나 대립되는 말들을 글 속에서 저절로 찾게 된다. 찾게 된다기보다 그 말들이 앞에 달려와 한 계열을 이루며 정렬한다. 이쯤 되면 보람이가 글 속에 들어가서 어떤 작업을 벌이는 게 아니라 글이 보람이 속에 들어와서 **의미를 생산해낸다고** 하는 편이 어울린다.

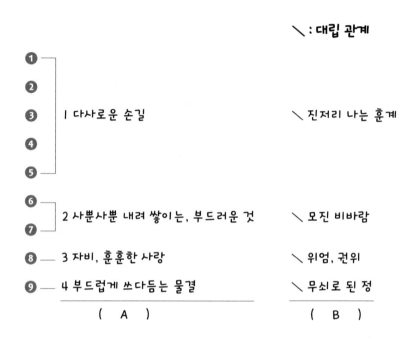

\ : 대립 관계

1 다사로운 손길	\ 진저리 나는 훈계
2 사뿐사뿐 내려 쌓이는, 부드러운 것	\ 모진 비바람
3 자비, 훈훈한 사랑	\ 위엄, 권위
4 부드럽게 쓰다듬는 물결	\ 무쇠로 된 정
(A)	(B)

이제 구조단락 2의 '눈'은 1의 '노승'과 통하는 행동을 하는 주체이자 '모진 비바람'과 대립된 의미를 지닌 것이라는 사실이 밝혀졌다. 그것들만이 아니라 이 글의 중요한 제재들 모두가 이 글에서 지니고 있는 의미의 윤곽이 드러난 셈이다. 보람이는 각 제재의 뜻과 그들의 관계를 더욱 분명히 하기 위해 같은 편(계열)에 모인 것들의 공통점에 해당하는, 그것들 전체를 아우르는 적절한 **말(개념)을 찾는다.** 아니 저희들이 한 식구라고 같은 방에 모여들었으니 그 방의 문패를 달아주려고 한다.

A에는 무엇이 좋을까? 그러고 보니 아까 '사랑'을 넣었다가 잠시 보류했던 곳이 바로 그곳이다. 그걸 다시 넣는다면, 앞의 해석—사랑은 만물(인간)을 변화시킨다—을 되살리고 확산시키는 셈이 된다. 그런 해석이 2에는 안 맞지만 3에는 들어맞는다는 사실, 바꿔 말하면 3이 1의 반복임을 알게 된다. 그러나 A에 '사랑'을 넣는 것, 그러니까 그쪽에 놓인 1~4의 공통 요소를 '사랑'이라고 분석하는 것은 여전히 문제가 있다. 이미 알아챈 대로, 눈송이가 '사뿐사뿐 내려 쌓이'는 '가볍고' '부드러운 것'임에는 틀림없으나 그게 나무를 꺾고 넘어뜨리는(V) 것은 사랑에서 비롯된 것으로 보기 어렵기 때문이다. 이제 와서 보니, 문제되는 게 2만이 아니다. 4도 문제점이 있다. '부드럽게 쓰다듬는'다지만, 물결이 조약돌을 사랑해서 둥글고 예쁘게 만든다고 할 수는 없지 않은가?

하지만 보람이는 '사랑'을 그대로 밀고 나간다. 그게 왜 안 되는지를 확실히 알아야만 되겠기 때문이다. 이번에는 **방향을 조금 바꿔본다**. B를 먼저 채워보는 것이다. A가 '사랑'이라면 B는 무엇이 되나? A와 B는 대립 관계에 있으니까 보람이는 금세 '미움'을 **추리해낸다**. 그때 심각한 문제가 새로 드러난다. B쪽에 놓인 것들이 모두 미움하고는 별 관계가 없는 것이다. 주위 사람들이 더벅머리에게 훈계를 한 것은 미워서가 아니라 '사랑'해서였다. '비바람'도 잘 자라는 나무가 미워서 몰아치는 게 아니다. '사랑'은 정말 안 되겠다. 그걸 넣으면 ×표투성이가 된다.

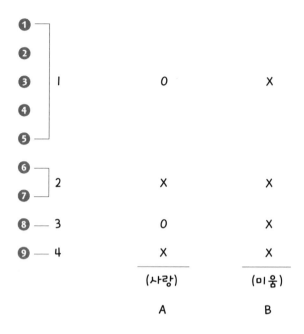

보람이의 머릿속에서 작성된 x투성이의 표

		A	B
1~5	1	O	X
6~7	2	X	X
8	3	O	X
9	4	X	X
		(사랑)	(미움)

　사랑의 힘이라든가 위대함 같은 것에 관한, 대충 그렇고 그런 얘기라고 해두고 넘어가 버리지 뭘…… 내가 글읽기 전문가가 되려는 것도 아닌데…… 하다가 말고, 보람이는 반문한다. 도대체 이만한 글도 나름대로 확신을 갖고 읽어내지 못한다면, 내가 읽을 수 있는 글이 과연 얼마나 될까?

　이번에는 A쪽과 B쪽 모두를 아울러 고려하면서, 보람이는 다시 적당한 **말을 찾는다**. 다른 데서 찾을 것 없이 뽑아놓은 말들 가운데 2와 4에 두 번이나 나오는 말을 택하여 A 자리에 '부드러운 것'을 **넣는다**. 그러자 B에는 자동적으로 그 반대말인 '딱딱한 것' 또는

'억센 것'이 **들어간다.** 그리고 각각의 사촌뻘 되는 말들이 갑자기 어깨동무를 하고 **모여든다.** 그것들은 이제까지의 '사랑'하고는 다른, 온갖 자연물에 존재하는 어떤 이치에 관한 **새로운 의미 맥락을 형**성한다.

A	B
부드러운 것	딱딱한 것 (억센 것, 굳은 것)
연한 것	질긴 것
따뜻한 것	차가운 것, 추운 것
매끄러운 것	거친 것
둥근 것	모난 것
⋮	⋮
약해 보이는 것	강해 보이는 것
⋮	⋮
자연스러운 것	부자연스러운 것, 무리인 것
⋮	⋮

　이러한 대립쌍들 가운데 맨 처음의 '부드러운 것＼딱딱한 것' 짝이 가장 나은 것 같다. 그래서 그런 이름(개념)에 맞지 않는 점들이 있나 하고 한 단락씩 **검토해본다.** 2를 포함하여 모든 구조단락 양쪽에 동그라미만 그려진다. 됐다! 보람이는 주제를 **확정한다.** '부드러운 것이 딱딱한 것보다 강하다' 혹은 '부드러운 것이 강한 것이다.' 그러자 그와 비슷한 진실을 담은 역설(逆說)들이 보람이의 기억 창

고에서 줄지어 걸어 나온다. '버리는 것이 얻는 것이다' '지는 것이 이기는 것이다' '비우는 길이 채우는 길이다'……

주제가 확정되자, 무슨 화학 반응이 일어난 것처럼 다르게 보였던 것들이 같게 보이는가 하면 **안 보이던 것들이 보인다.** '자비'라든가 '무쇠로 된 정' 같이 처음에는 그 뜻이 또렷이 잡히지 않았던 말들도, 부드러운 것과 딱딱한 것의 대립이라는 이 글의 맥락 속에서 뜻이 분명해진다. '자비'는 곧 부드러운 것—'너그러움'이다. 그리고 '무쇠로 된 정'은 딱딱한 것—'무력' '폭력' '권력' 등의 강제적인 힘을 비유한다.

(4) 빈틈 메우기, 평가하기

물론 2는 부드러운 것에 대한 얘기 가운데 하나로 자리 잡으면서 다른 단락들과 자연스럽게 연결된다. 하지만 2에서 줄곧 의문이던 다음 구절은 여전히 얼른 이해되지 않는다. 보람이는 아무래도 한 단계를 더 거쳐야 한다는 느낌으로 다시 읽어본다.

> 깊은 밤, 이 골짝 저 골짝에서 나무들이 꺾이는 메아리가 들려올 때, 우리들은 잠을 이룰 수 없다. 정정한 나무들이 부드러운 것 앞에서 넘어지는 그 의미 때문일까.

"정정한 나무들이 부드러운 것 앞에서 넘어지는 그 의미"가 무엇이기에 잠을 이룰 수 없다는 걸까? 그것은 1에 속한 단락 ❸과 ❹의 경우와는 달리 필자가 밝히지 않고 빈틈으로 남겨둔 '원인'을 논리적으로 **채워 넣어야만**, 즉 주제를 가지고 **인과 관계를 재구성해야**만 대답을 할 수 있다.

❸ 더벅머리의 눈에서 눈물이 흘러내렸다. (결과)

❹ 그는 다사로운 손길을 그리워하고 있었기 때문이다. (원인)

❼ 나무 꺾이는 소리가 들릴 때 우리는 잠을 이룰 수 없다. (결과)

'나무들이 부드러운 것 앞에서 넘어지는 그 의미 때문일까.' (?)

↓

부드러운 것이 오히려 더 강하다는 자연의 이법에,

나무도 순종할 수밖에 없다.

↓

우리는 그것이 안쓰럽기 때문이다. (원인)

보람이는 고개를 끄덕인다. 2가 1과 달라 보였던 것은, 그것이 잘못을 저지른 사람(더벅머리)이 아니라 아무 잘못도 없는 나무라는 자연물 이야기였기 때문이었음을 알아서이다. 그 점을 가지고 **미루어 생각하니**, 3이 1과 비슷하듯이, 2의 나무 이야기는 4의 조약돌 이야기와 아주 비슷하다. 그것은 비인간 세계 곧 인간 세계를 제외한 자연계의 이야기였다. 맞다. 자연계는 사랑이니 미움이니 하는 인간의 감정과는 관계가 먼 세계이다. 그런데 자꾸 인간 중심으로만 생각을 하니까, 그 부분들이 연결되지 않았다. 인간 세계의 사랑\미움의 맥락을 벗어나서, 그것을 포함한 자연계 전체의 부드러운 것\딱딱한 것이라는 더 크고 중립적인 해석의 맥락 속에 놓이니까, 비로소 1~4 모두가 한 가닥으로 조리가 서게 된 것이다.

그런데 1과 3, 2와 4는 자세히 보면 반복적일 뿐 아니라 점층적이다. 더 높은 수준, 넓은 범위로 나아가는 것이다(노승—더벅머리⇒부처님—앙굴리말라, 눈—나무⇒물결—조약돌). 그러므로 그 가닥, 즉 의미의 맥락 혹은 구성의 형식은 동심원 같다기보다 나선형 같은 모양이다.

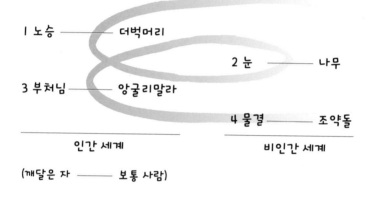

    1 노승 ───── 더벅머리
                              2 눈 ───── 나무
    3 부처님 ───── 앙굴리말라
                              4 물결 ───── 조약돌
    ───────────   ───────────
      인간 세계   비인간 세계

(깨달은 자 ───── 보통 사람)

보람이는 또 고개를 끄덕인다. 처음 이 글을 읽을 적에 이솝 우화 하나가 얼핏 **떠올랐었는데** 그 까닭을 알았기 때문이다. 그 우화는 나그네 옷 벗기기 시합에서 매서운 바람이 아니라 따뜻한 해가 이겼다는 얘기다. 전부터 잘 아는 그 우화의 의미를 이 글에 일찌감치 적용했더라면 이해가 빨랐으리라고, 보람이는 입맛을 다시며 아쉬워한다. 앞에서처럼 글의 각 부분을 분석하여 종합해가거나, 하다가 잘 안 되면 방법을 바꾸어 다시 시작하는 식이 아니라 '부드럽고 따뜻한 것이 오히려 강하다'를 일찌감치 주제로 확정해놓

고 글의 각 부분들을 그에 맞춰 검토해가는 식이 훨씬 나았을지도 모르지 않는가.

그래도 보람이는 이제 흡족하다. 일을 잘 끝냈다는 만족감, 다른 사람(필자)과 마음이 통했다는 기쁨…… 그는 부드러운 것이 억센 것보다 강하다는 진리를 마음 깊이 **깨닫는다**. 부드러운 것은 왠지 약해 보인다고 여겨온 자신의 '딱딱하게 굳어진' 생각을 **수정하여** 부드럽게 만드는 한편, 인간이 자연의 일부임을 잊고 인간 세계의 진실을 인간 세계 안에서만 찾고 있었던 자신을 **반성한다**. 한편으로는 자비와 용서만으로 인간 세상의 모든 문제가 해결될 수는 없다고 **비판하고** 싶은 마음이 들기도 한다. 하지만 이 글은 돈이나 권력 같은 힘만이 최고라고 믿는 사람들이 너무도 많은 우리 현실에 따끔한 채찍을 가하는 글임에 틀림없다고 **평가한다**. 그러기 위해 필자 역시 「설해목」이라는 글을 썼으리라고, 쓰게 된 상황과 의도를 추측해보기도 한다. 인간을 거대한 자연의 법칙 속에서 바라보는 필자의 안목은 얼마나 놀라운가. 그리고 자연의 법칙은 그 얼마나 냉정한가. 딱딱하게 굳어버린 자기 생각에만 사로잡혀 잘못을 저지르는 어리석은 사람들이 이 세상에는 또 얼마나 많은가……

읽는 과정에서 꼭 앞에서와 같은 일만 일어나지는 않으며, 「설해목」을 반드시 그렇게 읽어야만 적절하다고도 하기 어렵다. 이미 말했듯이 독자의 지식과 경험, 읽는 목적, 글의 갈래 등에 따라 어느 정도 달라질 수밖에 없는 것이 읽기이다. 그럼에도 불구하고 장황하게 이러한 '자세히 읽기'의 과정을 적은 것은, 읽는 동안 일반적으로 어떤 정신 활동이 일어나는지를 살피기 위해서였다. 이제까지 「설해목」을 함께 읽으면서 읽기란 어떤 활동인지, 잘 읽는다는 것은 무엇을 어떻게 잘한다는 것인지를 충분히 실감했을 것이다.

그러면 당장 실습을 해보자. 보람이와 같은 집념을 갖고서 어떤 방법이든 사용하여, 앞의 내용을 최대한 압축한 '읽기란 ～이다' 꼴의 문장을 두 개 만들어보자. 그러기 위해서는 읽기에 관해 이전부터 지니고 있었던 생각을 일단 접어두어야 한다. 그리고 읽는 동안 벌이는 행동들, 그것을 나타내는 앞에 나온 **굵은 글자**의 낱말들을 다시 눈여겨보는 것도 도움이 될 터이다.

(여러분이 쓴 문장과 가까운 것이 다음 쪽의 15문장에 모두 들어 있기를 바란다.)

◎ 읽기란 (   )이다.

◎ 읽기란 (   )이다.

◎ 읽기란 글을 이해하는 활동이다.

◎ 읽기란 필자가 사물에 대해 알고, 느끼고, 생각한 것을 글에서 파악하는 일이다.

◎ 읽기란 글의 덜 중요한 것들 속에서 더 중요한 것을 찾는 작업이다.

◎ 읽기란 독자가 글을 자르고 묶는(분석하고 종합하는) 의미의 재구성 작업이다.

◎ 읽기란 가정(假定)과 수정을 거듭한 끝에 글의 주제를 확정하는 일이다.

◎ 읽기란 질문과 대답을 거듭하면서 문제나 의문을 해결해가는 활동이다.

◎ 읽기란 드러나 있는 것(필자가 분명히 제시한 정보, 단서 등)을 바탕으로 드러나 있지 않은 것까지 파악하고 이해하는 과정이다.

◎ 읽기란 글에 제시된 여러 정보들을 조정하고 통합하여 그 뜻의 맥락 또는 논리의 줄기를 형성하거나 찾아내는 정신 활동이다.

◎ 읽기란 부분의 뜻을 모아 전체의 뜻을 이해하며, 아울러 반대로 전체의 뜻에 의해 부분의 뜻을 알고 확정해가는 순환 과정이다.

◎ 읽기란 요약에 요약을 거듭한 끝에, 글 전체를 아우르는 어떤 말 또는 문장에 도달하는 작업이다.

◎ 읽기란 아는 것을 바탕으로 모르는 것을 이해하는 과정에서 독자 스스로 자신을 확장하고 변화시키는 체험이다.

◎ 읽기란 글을 통한 필자와 독자의 만남이요 대화이다.

◎ 읽기란 수동적 번역이 아니라 능동적 해석이다.

◎ 읽기란 글 또는 필자의 말을 지도 삼아 앎의 땅을 넓혀가는 여행이다.

◎ 읽기란 독주라기보다 합주이며, 객석에서 구경하는 게 아니라 무대 위에서 연기하는 것이다.

⋮

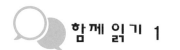
다음 글을 두 사람 이상이 함께 읽고, 서로 상의하여 문제를 풀어보시오.

조숙 早熟

이태준(1904~?): 소설가, 수필가. 소설집으로 『달밤』 『까마귀』 『복덕방』 『해방 전후』 등이 있음. 작문책 『문장강화』를 지음.

밭에 갔던 친구가,

"벌써 익은 게 하나 있네"

하고 배 한 알을 따다 준다.

이 배가 언제 따는 나무냐 물으니, 서리 맞아야 따는 것이라 한다. 그런데 가다가 이렇게 미리 익어 떨어지는 것이 있다 한다.

먹어보니 보기처럼 맛도 좋지 못하다. 몸이 굳고 찝찝한 군물이 돌고 향기가 아무래도 맑지 못하다.

나는 이 군물이 도는 조숙한 열매를 맛보며 우연히 천재들이 생각났다. 일찍 깨닫고 일찍 죽는 그들의.

어떤 이는 천재들이 일찍 죽는 것을 슬퍼할 것이 아니라 했다. 천재는 더 오래 산다고 더 나을 것이 없게 그 짧은 생애에서라도 사기

천분(天分)[1]의 절정을 숙명적으로 빨리 도달하는 것이라 하였다. 그러나 인생은 적어도 70, 80의 것이어니 그것을 20, 30으로 달(達)하고 가리라고는 믿어지지 않는다.

　오래 살고 싶다.
　좋은 글을 써보려면 공부도 공부려니와 오래 살아야 될 것 같다. 적어도 천명(天命)을 안다는 50에서부터 60, 70, 100에 이르기까지 그 총명, 고담(枯淡)[2]의 노경(老境) 속에서 오래 살아보고 싶다. 그래서 인생의 깊은 가을을 지나 농익은 능금처럼 인생으로 한번 흠뻑 익어보고 싶은 것이다.

　"인생은 즐겁다!"
　"인생은 슬프다!"

　어느 것이나 20, 30의 천재들이 흔히 써놓은 말이다. 그러나 인생의 가을, 70, 80의 노경에 들어보지 못하고는 정말 '즐거움' 정말 '슬픔'은 모를 것 같지 않은가!
　오래 살아보고 싶은 새삼스런 욕망을 느낀다.

—『무서록(無序錄)』(박문서관, 1941);『이태준 전집 5: 무서록 외』(소명출판, 2015)

---

1 천분(天分): 하늘이 부여한 능력, 역할.
2 고담(枯淡): 꾸밈이 없고 담담함.

1. 이 글의 제목 '조숙'의 뜻을, 글 속에 있는 말을 활용하여 되도록 짧게 풀이하시오.

2. 밑줄 친 문장의 생략된 뒷부분을 문맥의 흐름에 맞게 되살려보시오.

   ★ 길잡이 : 이 문장에서부터 배에 관한 서술이 천재에 관한 서술로 바뀌고 있다.

   일찍 깨닫고 일찍 죽는 그들의 ....

   ....

3. 친구가 가져다준 '배'와 대조되는 의미를 나타내기 위해 사용된 사물을, 이 글에서 찾으시오.

4. 필자는 '어떤 이' 같은 사람들이 지닌 천재에 대한 고정관념에 따르지 않고 있다. 다음은 양쪽의 견해 차이를 정리한 것이다. 그 가운데 이 글에서 그다지 중요시되지 '않은' 점은?

   ★ 길잡이 : 이 글의 초점 즉 필자가 주로 관심을 가지고 있는 것에서 벗어난 항을 찾는다.

	어떤 이	필자
❶ 천재는 인생의 진수를	안다	＼ 모른다.
❷ 천재는 인생의 절정에	도달한다	＼ 도달하지 못한다.

❸ 인생을 알려면 나이가　　20, 30으로도 충분하다

　　　　　　　　　　＼ 70, 80은 돼야 한다.

❹ 인생을 뛰어나게 살았다면 일찍 죽는 것은 슬픈 일이 아니다

　　　　　　　　　＼ 살았더라도 일찍 죽는 것은 슬픈 일이다.

5. 필자가 오래 살고 싶어 하는 이유로서 가장 적절한 것은?

　　❶ 천재가 되고 싶어서　　❷ 인생의 진정한 즐거움을 맛보고 싶어서

　　❸ 좋은 글을 쓰고 싶어서　　❹ 온갖 경험을 다 해보고 싶어서

함께 읽기 2 ●

내용의 변화 과정에 유의하면서 다음 글을 읽고 물음에 답하시오.

어느 날 자전거가 내 삶 속으로 들어왔다

성석제(1960~): 소설가. 소설집 『황만근은 이렇게 말했다』, 장편
소설 『왕을 찾아서』 등을 지음.

초등학교 6학년 겨울, 추첨으로 중학교를 배정받고 보니 읍내에
둘 있는 중학교 중 공립이었고 아버지와 형이 졸업한 전통 있는 학
교였다. 문제는 초등학교 때처럼 걸어서 다니기는 힘든 거리라는
점이었다. 버스가 다니지 않았고 자가용은 물론 없었다.

내 고향은 분지여서 산으로 둘러싸인 읍내는 평탄했고 집집마다
자전거가 없는 집이 없었다. 그렇긴 해도 아이들을 위해 자전거를
사 주는 부모는 극소수였다. 대부분의 아이들은 성인용 자전거의
삼각 프레임 사이에 다리를 집어넣고 페달을 밟아서 앞으로 진행하
는, 곡예를 연상케 하는 자세로 자전거를 탔다. 나는 그런 아이들이
부럽기도 하고 경망스러워 보이기도 해서 운동 신경이 둔하다는 핑
계로 자전거를 탈 생각을 하지 않고 있었다. 그러나 이젠 선택의 여
지가 없었다.

내가 자전거를 배우기 위해 큰집에서 빌린 자전거는 읍내로 출근

하는 아버지의 자전거보다 더 무겁고 짐받이가 큰 '농업용' 자전거였다. 그 대신 자전거가 아주 튼튼해서 자전거를 배우자면 꼭 거쳐야 하는, '꼬라박기'를 무난히 감당해낼 수 있을 듯 보였다. 내 몸이 그걸 견뎌낼 수 있을지, 내 마음이 그 창피함을 견뎌낼 수 있을지 의문스럽기는 했지만.

나는 오전에 자전거를 끌고 사람이 없는 운동장으로 갔다. 시멘트 계단 옆에 자전거를 세운 뒤 안장에 올라가서 발로 연단을 차는 힘으로 자전거의 주차장치가 풀리면서 앞으로 나가도록 했다. 바퀴가 두 번도 구르기 전에 자전거는 멈췄고 나는 넘어졌다. 같은 식의 시행착오가 수백 번 거듭되었다. 정강이와 허벅지에 멍 자국이 생겨났고 팔과 손의 피부가 벗겨졌다. 나중에는 자전거를 일으키는 일조차 힘이 들었다. 마지막으로 쓰러졌을 때 어둠이 다가오고 있는 걸 알고는 막막한 마음에 자전거 옆에 한참 누워 있다가 일어났다.

동네로 돌아오는 길에는 50미터쯤 되는 오르막이 있었다. 오르막에 올라가서 숨을 고르다가 문득 내리막을 달려 내려가면 자전거를 쉽게 탈 수 있지 않을까 하는 생각이 들었다. 내리막 아래쪽은 길이 휘어 있었고 정면에는 내가 어렸을 적 물장구를 치고 놀던 도랑이 기다리고 있었다. 그리고 그 옆에는 다음 해 봄에 거름으로 쓸 분뇨를 모아두는 '똥통'이 있었다. 내가 자전거를 통제하지 못하게 된다면 결말은 단순했다. 운 좋으면 도랑, 나쁘면 똥통.

그럼에도 불구하고 나는 돌을 딛고 자전거에 올라섰다. 어차피 가지 않으면 안 될 길. 나는 몸을 앞뒤로 흔들어 자전거를 출발시켰다. 자전거는 앞으로 나아가기 시작했다. 페달을 밟지 않고도 가

속이 붙었나. 나는 난생처음 봄을 맞는 장끼¹처럼 나도 모를 이상한 소리를 내지르며 자전거와 한 몸이 되어 달려 내려갔다. 가슴이 터질 듯 부풀었고 어질어질한 속도감에 사로잡혔다. 어느새 내 발은 페달을 차고 있었고 자전거는 도랑과 똥통 옆을 지나고 있었다. 나는 삽시간에 어른이 된 기분으로 읍내로 가는 길을 내달렸다.

그날 나는 내 근육과 뇌에 새겨진 평범한, 그러면서도 세상을 움직여온 비밀 하나를 얻게 되었다. 일단 안장 위에 올라선 이상 계속 가지 않으면 쓰러진다. 노력하고 경험을 쌓고도 잘 모르겠으면 자연의 판단—본능에 맡겨라.

그 뒤에 시와 춤, 노래와 암벽 타기, 그리고 사랑이 모두 같은 원리에 따라 움직인다는 것을 나는 깨달았다. 비록 다 배웠다, 다 안다고 할 수 있는 건 없지만.

—『농담하는 카메라』(문학동네, 2008)

---

1 장끼: 꿩의 수컷.

---

1. 이 글은 크게 두 부분으로 이루어져 있다. 그것은 '자기의 경험 이야기'와 '그 경험에 대한 생각/그 경험에서 얻은 깨달음'의 구조이다. 뒷부분이 시작되는 단락의 첫 어절을 쓰시오.

2. 필자가 자전거 타기를 배우는 경험에서 얻은 깨달음을 좀더 설득력 있게 만들기 위해 동원한 다른 제재(경험)를 있는 대로 찾아 적으시오.

3. 이 글의 제목 '어느 날 자전거가 내 삶 속으로 들어왔다'는 말은 무슨 뜻인가? 그와 비슷한 형태의 문장으로, 아래 괄호 속에 그 뜻을 풀이해 적으시오.

★ 길잡이: 글 전체를 포괄하여 드러낼 수 있는 말로 풀이한다.

어느 날 (   )

4. 이 글을 읽으면서 우리는 필자의 성격에 대해 추측하게 된다. 글 자체에 비추어 볼 때, 다음 중 가장 두드러진 것은?

❶ 치밀하다   ❷ 집념이 강하다   ❸ 감상적이다   ❹ 경쟁심이 있다

제2장

글을 잘 읽으려면

어떤 글을 읽고 '감동할' 때와

그 글에 대해 남들이 해놓은 해석을

'알게 될' 때를 비교해보라.

어느 쪽이 정말 읽는 것이고

자기가 자기의 주인으로 살아가는 행동다운가? •

글 읽는 힘 곧 독해력을 기르려면 어떻게 해야 할까?

앞서 살펴보았듯이 글읽기는 여러 가지 능력이 매우 복잡하게 작용하는 내면 활동이다. 그 가운데 어떤 능력이 더 중요하다고 하기 어렵고, 어느 한 가지만 잘한다고 해서 다 잘할 수 있는 것도 아니다. 또한 글읽기는 읽는 상황과 목적, 글의 내용이 어렵고 쉬운 정도, 독자 개개인의 지식과 경험, 취향 등에 따라 달라진다. 특히 독자의 어휘력과 사고력에 크게 좌우된다. 그러므로 짧은 시간에 글을 아주 잘 읽을 수 있도록 하는 무슨 비법 같은 게 있으려니 여긴다면 처음부터 길을 잘못 들어서는 셈이다. 비법이나 지름길 같은 건 없다. 다만 경험과 연구를 바탕으로 저렇게 하는 것보다 이렇게 하는 게 낫다는 처방이 있을 뿐이고, 많이 읽어 경험과 지식을 쌓는 길이 있을 따름이다.

앞에서 글이란 어떤 것인가를 살핀 결과, 글을 읽을 때 우리는 필자의 상황과 관점, 글의 구성, 제재와 주제, 그리고 사상과 문체 등에 주의를 기울이면서 읽어야 함을 알았다. 자기가 글을 읽는 목적을 놓치지 않으면서, 그것들을 적절하고 깊이 있게 볼 줄 알아야 잘 읽는다고 할 수 있을 것이다. 그 실제 요령과 방법은 앞으로 자세히 다루게 된다.

그런데 글읽기의 요령과 방법은 그렇게 글 자체의 요소나 읽는 과정에 초점을 맞추어 이야기할 수도 있지만, 한 걸음 물러나 읽기의 주체 곧 독자의 평소 태도와 습관을 중심으로 이야기할 수도 있다. 이 장에서는 그것을 먼저 살펴보려고 한다.

다음 여섯 가지는 글을 잘 읽기 위해 독자가 평소에 지녀야 할 태도와 실천해야 할 행동들로서, 많은 사람들이 흔히 범하는 잘못을 바로잡으려는 데 목표를 두고 간추린 것이다.

1. 많이 읽어야 한다

많이 읽으라는 소리는 질리도록 들어왔지만, 여기서 한번 찬찬히 되새겨보자. 많이 읽어야 한다는 말 속에는 두 가지 뜻이 들어 있다. 하나는 말 그대로 많이 읽어서 풍부한 읽기 경험을 쌓아야 한다는 뜻이다. 운동선수가 시합 경험을 쌓듯이, 여러 종류의 글을 많이 다루어 읽는 경험을 쌓아야 나중에 어느 글이나 능숙하게 읽을 수 있기 때문이다. 다른 하나는, 글로부터 다른 무엇을 이해하는 데 필요한 바탕 지식 혹은 배경지식을 많이 흡수하여 저장해두어야 한다는 뜻이다.

"사람은 자기가 볼 수 있는 만큼만 본다"는 말이 있다. 눈을 뜨고 있다고 다 보는 게 아니고 볼 능력이 있어야 본다는 얘기다. 능력은 경험과 지식에 좌우된다. 우리는 아는 것을 바탕으로 모르는 것을 이해하게 마련이어서, 읽는 일에 능숙하고 밑천이 두둑해야, 즉 어떤 글을 읽어내는 데 필요한 경험과 지식, 어휘력, 사고력 등이 풍부해야 잘 읽을 수 있다. 예를 들면 '포유류(哺乳類, 젖먹이동물)'가 무엇인지에 관한 경험과 지식이 있고 그것을 적절히 활용할 줄 알아야 '고래는 포유류의 일종'이라는 설명을 이해할 수 있다. 예로부터 글을 잘하려면 많이 짓고〔多作〕 많이 생각하는〔多商量〕 것과 함께 많이 읽어야〔多讀〕 한다고 한 것은, 이런 이유에서이다.

물론 아무 글이나 많이만 읽으면 좋다는 뜻이 아니다. 어느 글이든 닥치는 대로 함부로 읽는 난독(亂讀)은 결코 바람직하지 않다. 많이 읽되 좋은 글을 많이 읽어야 한다. 지혜로운 이들, 앞서 깨친 사람들이 자기의 모든 것을 담아놓은 글들이 도서관을 가득 메우고 있는데, 상업적이고 독자의 얄팍한 호기심이나 흥미만 자극하는 책들에 눈을 돌릴 시간이 없다. 최근에는 컴퓨터와 스마트폰 때문에 '책읽기'와 더욱 멀어져서 전자 기기의 '화면 보기'에만 몰두하는 경향이 있는데, 가볍고 신뢰성이 떨어지는 쪼가리 '정보'만을 자기 속에 줄곧 입력(入力)한다면, 자신이 체계적이고 깊이 있는 '지식'을 지닌, 새롭고 가치 있는 무엇을 출력(出力)할 수 있는 사람이 되기를 기대하기 어려울 터이다.

많이 읽으려면 언제 어디서나 끊임없이 읽는 습관을 들일 필요가 있다. 어려서부터 자연스레 습관이 되었으면 다행이지만 그렇지 못한 사람은 살아가면서 마주치는 문제들을 항상 책을 통해 해결하는 버릇을 들이는 게 좋다. 내가 고민하고 있는 것은 이전에 누군가도 고민했던 것이다. 책 속에 길이 있다는 사실을 잊지 말고 책과 친하게 지내다 보면 저절로 많이 읽고 잘 읽는 사람이 될 것이다.

많이 읽고는 싶은데 읽을 책이 없다는 사람이 있다. 평소에 거의 글을 읽지 않았기 때문에 읽고 싶거나 읽어야 할 책이 눈에 띄지 않아서 하는 소리이다. 무엇을 좀 아는 사람이라야 자기가 얼마나 모르는지도 알 수 있듯이, 읽은 게 있어야 읽고 싶은 책들이 눈에 들어온다. 읽을 게 마땅치 않은 사람은 쉬워 보이거나 조금이라도 내용이 친숙한 글부터 시작해서 독서량을 늘려가는 게 좋다. 읽고픈 욕망에 불을 붙일 불쏘시개를 먼저 마련하면서 읽는 습관을 들이라는 이야기이다. 그러다 보면 어느 사이엔가 읽어보고 싶은, 아니 읽지 않고는 못 배길 책들이 많아서 걱정인 때가 오게 마련이다. 재미있는 것은 잘하게 된다. 읽는 재미, 책을 통해 세상을 이해하고 인생을 모색하는 '지적(知的)인 쾌락'에 맛들인 사람에게 읽기란 삶 그 자체이다.

2. 주체적으로 읽어야 한다

음식점에 가면 각자 자기가 먹고 싶은 음식을 주문한다. 음악을 들을 때, 누가 뭐라든 자기가 좋아하는 곡을 즐긴다. 그런데 글을 선택하거나 읽는 경우만은 무척이나 남의 눈치를 보고 자기 마음대로 행동하기를 겁낸다. 읽기가 독자와 글의 만남이라면 독자는 글과 능동적으로 만나려고 해야 하는데 도무지 주체적으로, 자기가 주인이 되어 나름대로 읽으려 들지 않는 것이다.

이렇게 자신의 경험과 지식, 생각과 관심 등을 바탕으로 주체적으로 읽지 않게 된 데에는 여러 원인이 있다. 그 가운데 첫째 원인은 삶과 글읽기가 분리되었기 때문이다. 글읽기를 가치 있고 보람된 삶의 일부로서가 아니라 하나의 수단, 즉 심심풀이나 시험 점수를 따는 수단으로만 여겨온 탓이 크다. 그러다 보니 읽는 일이 막상 읽는 사람 자신의 생각이나 생활과는 직접적인 관계가 적어지고, 글이라는 것 또한 이런 식으로 오해를 하게 된다—글 속에는 고정된 내용이 들어 있는데, 독자는 그것을 감자밭에서 감자 캐듯이 집어내기만 하면 된다. 자기가 못 집어내면 잘 집어내는 사람의 손을 빌리면 된다……

그리하여 글 자체보다 글에 '관한' 참고서나 해설을 먼저 보고, 남들이 재미있다고 하면 무조건 따라 읽으며, 책의 앞이나 뒤에 권위 있는 비평가라든가 학자의 해설이 붙어 있지 않으면 아예 책을 사지 않기도 한다. 말하자면 '권위의 오류'와 자기 비하에 빠져 남의 해석에 무조건 따르려는 태도인데, 이야말로 자기가 자기를 버리는 행동이요, 자기의 삶으로부터 자기 자신을 소외시키는 노릇이다. '정답은 하나'이며 '나하고는 상관없이 이미 누군가에 의해 정해져 있다'고 못 박아놓고 시작하는 책읽기, 오로지 책 속에 들어 있는 '지식을 외우기만 하면 된다'고 치부하고 녹음기나 사진기 노릇만 하는 책읽기가 재미날 리 없고 진정한 보람을 낳을 까닭이 없다.

비평가나 학자 역시 한 사람의 독자이다. 그의 해석은 우리가 겉으로만 읽었거나 잘못 읽은 것을 챙기고 반성하는 데 도움이 되지만 어디까지나 남의 생각이요, 글에 '관한' 참고 정보에 지나지 않는다. 아무리 멋진 해석일지라도 그것은 내 것이 아니다. 내가 직접 느끼고 체험한 바가 조금이라도 있고 그와 연결될 때에야 비로소 독서는 가치를 얻는다. 그렇지 않다면 그것은 고작해야 글에 관한 조각 지식 따위를 묻는 시험 문제 푸는 데나 이로울까, 자기 자신과 세계의 모습을 좀더 잘 알고 향상시키는 데는 소용이 없다. 어떤 글을 읽고 '감동할' 때와, 그 글에 대해 남이 해놓은 해석을 '알게 될' 때를 한번 비교해보라. 어느 쪽이 정말 읽는 것이고, 자기가 자기의 주인으로 살아가는 행동다운가?

주체적으로 읽지 않고 권위의 오류에 빠지게 되는 데에는 자기 생각을 표현하는 능력이 부족하거나 자기 생각이 틀릴지도 모른다는 불안과 공포도 한몫을 한다. 어떤 글을 읽고 나름대로 느끼고 생각한 바는 있는데, 그것을 적절히 표현할 줄 모르거나 그럴 자신이 없어서 그냥 남의 생각을 좇아가고 마는 것이다. 이것은 귀로 듣고 손으로 받아 적기만 하는 교육, 눈에 보이는 이익 위주의 공부 태도, 타인의 의견과 개성을 존중하지 않는 사회 분위기 등이 낳은 병폐이다.

부끄럽고 겁이 난다고 자꾸 망설이다 보면 영영 주체적으로 읽고 표현할 줄 모르게 된다. 자기 나름의 주관을 버리고 남을 따라가려고만 든다면 개성과 창의성 또한 길러지기 어렵다. 글읽기는 홀로서기이다. 자기가 자기의 주인이 되는 일이요, 자신의 힘으로 세계를 이해하고 발견하는 일이다. 책은 그런 태도와 능력을 기르는 마당이다.

3. 글 자체에 충실하게 읽어야 한다

건성으로 읽거나 잘못 읽는다면 아무리 많이 읽어봐야 소용이 없다. 또 주체적으로 읽으려다 빗나가서 글 자체를 벗어나 멋대로 읽어버린다면 안 읽은 것이나 다름없다. '주체적으로'는 결코 '멋대로'가 아니다. 그런데 선입견이나 자기 감정에 사로잡혀 글이 그렇지 않은데도 그런 듯이 단정해버리거나('감정의 오류'), 필자의 의도를 넘겨짚어 거기에 글을 꿰맞춰 버리는 수가 많다('의도의 오류'). 한마디로 '글 우선'이어야 할 독자가 거꾸로 '자기 우선'으로 읽다가, 글을 무시하고 글과 자기 사이의 거리를 유지하지 못함으로써 빚어지는 현상이다.

수학이나 화학 분야에서 쓰는 특수 언어는 제쳐놓고, 어떤 언어를 고정된 하나의 의미로만 해석해야 된다는 법은 없다. 말은 하나의 기호인데, 물론 어느 범위 안에서이지만, 쓰임새와 독자가 읽기에 따라 그 뜻이 달라진다. 따라서 좋은 해석이란 '정확한' 해석이라기보다 '적절한' 해석이며, 한 편의 글을 놓고 여러 가지 해석이 나올 수 있다.

그런데 여러 해석이 나올 수 있다는 말은 아무렇게나 해석해도 모두 해석 대접을 받을 수 있다는 뜻은 아니다. 해석다운 해석이 되려면 무엇보다 글 자체에 비추어 적절하고 합리적이어야 한다. 자기가 글을 어떻게 '본다'고 해서 반드시 글이 그렇게 '되어 있는' 것은 아니다. 읽기의 출발점이자 종착점이 글 자체이므로 언제나 읽기는 글을 바탕으로 해야 한다. 글에 근거를 두지 않은 해석, 글 자체에서 벗어난 비판을 마구 해버린다면, 그것은 글을 읽는 게 아니라 그와 동떨어진 자기 생각을 내세우고 고집하는 행위에 지나지 않는다.

자기가 한번 품은 생각을 바꾸기 싫어하거나 심지어 수치스럽게까지 여기는 사람이 유독 '자기중심'으로 읽는 경향이 있다. 하지만 글 중심으로, 글 자체에 충실하게 읽는 일은 독자의 임무요, 필자에 대한 기본 예의이다. 그것은 기분이 좋고 나쁘고 하고는 상관이 없는, 객관적 논리와 이치에 따른 사고(思考)와 판단의 문제이다. 이렇게 볼 때 글읽기는 의사소통 훈련의 일종일 수 있다. '글 우선'으로 읽는 것은 글을 아무렇게나 읽는 남독(濫讀)을 막고 정독(精讀) 혹은 숙독(熟讀)하는 힘을 기르는 일인 동시에, 객관적 논리와 정서를 바탕으로 남(필자)과 소통하는 일이기 때문이다. 열린 마음으로 글에 담겨 있는 타인의 생각을 충실히 이해하고자 노력해야, 우물 안 개구리의 편견과 독선에서 벗어나 자기를 합리적으로 혁신하고 공동의 선(善)을 실현해나갈 수 있지 않겠는가?

4. 새로운 사실과 가치를 찾으려는 비판적 태도로 읽어야 한다

앞에서 글 자체를 충실하게 읽지 않는 것은 독자가 자기 우선으로 읽기 때문이라고 했는데, 거기에는 또 하나의 이유가 있다. 그것은 글이라는 것에 대한 오해 때문이다. 글이라면 무조건 교훈적이거나 엄숙하고 거창한 내용을 담아야 한다고 간주하여, 결과적으로 글의 내용을 상식과 일반 도덕으로 환원해버림으로써 그 글 고유의 내용과 특징을 소홀히 하고 마는 것이다. 그러한 태도는 글을 충실히, 부담 없이 읽지 못하게 만들 뿐 아니라 글읽기를 통해 나름대로 세상을 보는 안목을 길러서 새로운 진실을 캐내고 자기를 혁신할 기회를 잃게 만들기도 한다.

글의 필자는 본래 자기의 말, 곧 남이 하지 않았거나 못한 이야기를 하기 위해 글을 쓴다. 웬만한 능력과 식견을 지니고 있는 사람이라면 '사람은 정직해야 한다'든가 '자연환경을 보호하지 않으면 인류는 멸망하고 말 것이다' 같은 말을 하기 위해 글을 쓰지는 않는다. 쓴다 하더라도 그와는 다른 방식으로, 다른 각도에서 말할 것이다. 왜냐하면 그것은 이미 누구나 뻔히 알고 있는, 새롭거나 남다를 게 전혀 없어서 하나마나 한 소리이기 때문이다.

앞에서 읽은 「설해목」은 우리에게 부드러운 것, 너그럽고 따뜻한 것이 약한 게 아니라 오히려 강하다는 진실을 깨우쳐주었다. 좋은 글은 이렇듯 독자에게 새로운 앎을 열어주어, 그로 하여금 그릇된 편견과 관념을 뒤집어엎음으로써 새로운 눈으로 세상을 바라보게 한다. 이때 '새로운 눈'이란 새롭고 진실된 가치관 또는 그를 바탕으로 세상을 읽는 힘과 안목을 가리킨다. 설령 그것이 기존의 상식이나 교훈과 관계가 있다고 하더라도, 그것은 막연히 그래야 한다고 믿어버린 것이 아니라 자기와 세상에 대한 새로운 앎이 포함된, 읽는 과정에서 스스로 체험하고 깨닫게 된 교훈임을 명심할 필요가 있다.

요컨대 필자는 본래 새로운 사실과 가치를 찾으려는 비판적 태도를 가지고 글을 쓰므로 독자 역시 그런 태도로 읽어야 한다. 이미 알고 있는 상식적인 사실과 가치·도덕·규범 등을 글에서 확인하려 들거나 글에다 그것들을 대입하려는 자세는 버려야 한다. 그런 것들은 일단 접어두고, 어떤 글 고유의 주제, 필자 나름의 생각과 사물을 보는 독특한 관점, 문제의식 등을 자기 것으로 삼으면서, 글에서 세상을 보는 새로운 눈을 '얻고' 지금까지는 몰랐던 사실과 가치를 새롭게 '찾으려고' 해야 한다.

이러한 태도는 자연스럽게 '글 자체'에 대한, 나아가 그것을 쓴 필자에 대한 비판적 거리를 낳는다. 앞에서 글은 주체적으로 읽고 또 그 자체에 충실하게 읽을 필요가 있다고 하였는데, 그런 것들도 이 '비판적 거리'가 확보될 때 보람이 커진다. 모든 글이 좋은 글은 아니며, 거기 담긴 것이 모든 이에게 진실이거나 값어치 있는 것은 더더욱 아니기 때문이다. 글을 비평하고 평가하는 자세까지 갖출 때, 글을 읽으면서 지난날의 고정관념과 선입견을 버리고 사물과 새롭게 만나는 즐거움, 세상을 보는 새로운 논리와 맥락을 발견하고 세우는 즐거움을 더 깊이 맛볼 수 있을 것이다.

문학 작품 읽기에서 주로 사용하는 '기대지평'이라는 용어가 있다. 독자는 기대지평—개인적인 욕망, 경험은 물론 사회문화적 규범, 관습 등에 의해 형성된 인식의 틀 혹은 맥락—을 바탕으로 작품을 해석한다. 그런데 그 과정에서 인식 주체인 독자는 어떤 변화를 겪게 마련이다. 이렇게 기대지평을 바탕으로 읽으면서 그 주체(의 기대지평)가 변하는 현상은, 글의 갈래에 따라 차이는 있겠으나, 읽기 활동 어디서나 일어난다. 따라서 보다 적극적으로 새로운 것을 알고 찾으려는 태도, 나아가 스스로 읽기를 통해 자신을 변화시키고자 하는 열린 자세가 요구된다.

5. 글의 형식과 매체를 고려하여 읽어야 한다

무엇이든 형식과 내용의 두 측면으로 나누어 살필 수 있다. 오랜만에 만난 사람의 손을 잡고 흔드는 몸짓이 형식이라면, 그 몸짓을 통해 표현되고 전달되는 '만나서 반갑다'는 마음이 내용에 해당한다. 같은 내용을 다른 형식으로 나타낼 수 있다. 예를 들면 악수 대신 상대방을 향해 손을 흔들 수도 있다.

글의 서술 형식과 내용에 관해서는 앞 장에서 잠시 살펴보았다. 글은 '무엇'을 '어떻게' 표현하고 전달하는데, 제재·주제 등이 '무엇'이고 구성·화법·문체·기법·갈래(장르) 등이 '어떻게'에 속하는 요소들이라고 하였다. 그 둘의 관계는 앞에 예로 든 몸짓과 마음처럼 밀접해서, 형식이 변하면 내용 또한 바뀐다. 모처럼 만난 상대방의 몸을 끌어안는 행동과 그 대신 그냥 상대를 향해 손만 흔드는 행동은 똑같은 의미로 읽히지 않는다. '아' 다르고 '어' 다르다는 속담처럼 같은 생각이라도 풀이하느냐(설명) 그려내느냐(묘사), 일이 본래 일어난 대로 제시하느냐 메시지 전달에 적합한 방식으로 변용하여 제시하느냐, 일기 형태냐 수기 형태냐 등등에 따라 내용과 효과가 매우 다르다. 또 그림(삽화)을 곁들이느냐 곁들이지 않느냐, 단순히 책을 매체로 삼느냐 언어와 함께 그림(모습, 색채, 움직임), 빛, 소리 등의 여러 매재(媒材)를 종합적으로 사용하는 영상을 매체로 삼느냐에 따라 당연히 읽는 방법이 달라진다. 그러므로 내용을 잘 이해하려면 그 서술의 형식과 전달 방식을 챙겨 보아야 하고 또 그에 걸맞게 읽어야 한다.

여기서 형식에는 두 가지—관습적·규범적인 것과 개별 글이나 필자 특유의 개성적인 것—가 있음을 기억할 필요가 있다. 기행문은 여행한 곳을 순서에 따라 서술하는 게 일반적 관습이다. 그런데 여행길에서 필자한테 인상적이었던 일부터 적은 후 자꾸 그것으로 돌아가 되풀이하여 환기하는 개성적인 구성 혹은 문체(스타일)의 기행문이 있다면, 그 관습을 깬 형식에 주목하면서 읽어야 적절하다.

예를 더 확장하여 살펴보자. 언어만을 매체로 삼고 또 같은 비허구적 이야기(서사) 양식에 속해도, 수기와 전기, 르포와 이야기 수필은 서술 방식과 갈래가 다른 글이다. 따라서 내용을 받아들이는 태도가 달라야 한다. 나아가 같은 이야기라도 허구적인 소설, 허구적인 동시에 매체가 복합적인 영화의 경우는 말할 것도 없다. 갈래의 관습이 매우 다르므로 '읽는' 법 자체가 판이하다. 영화를 깊이 감상하려면 움직임, 빛, 소리 등이 결합된 이른바 '영상 언어'를 읽을 줄 알아야 하는데, 물론 그 갈래 특유의 언어 사용에도 관습적인 것과 개성적인 것이 있다.

한편 형식이나 갈래의 규범을 살피는 일은 읽은 결과를 검토하는 데 좋은 방법이 된다. 형식은 비교적 서술의 겉에 드러나 있으므로 확인하기 쉽다. 또한 그 '어떻게'에 대한 관찰은 우리가 글에서 '왜' 그러한 생각과 느낌을 전달받았는가, 우리는 '어째서' 글이 그러한 내용을 지녔다고 생각하게 되었는가를 구체적으로 설명하고 검증하는 데 큰 도움을 준다. 그러므로 잘못 읽은 것을 바로잡고 얄팍했던 이해를 깊이 있게 하려면, 그리하여 좀더 합리적이고 섬세하게 읽으려면, 글의 형식을 챙겨 보아야 한다. 한국 문화는 형식적 측면을 낮추어 보는 인습이 있는데, 내용적 측면을 객관적으로 인식하려면 오히려 그것에 더 주목해야 하는 경우가 많다.

6. 선명한 이해에 도달할 때까지 거듭 읽어야 한다

독서백편의자현(讀書百遍義自見)이라는 말을 들어보았을 것이다. 거듭 읽다 보면 어느 사이엔가 뜻이 드러나 알게 된다는 말이다. 이해가 되지 않으면 될 때까지 읽어라, 뜻을 깨치기 전에는 중단하지 말라는 얘기다. 물론 읽는 글이 어느 정도 독자의 읽기 능력 수준에 맞는다는 전제 아래 하는 말이다.

머리에서 떠오르고 입에서 나오는 대로 따라 적기만 하면 좋은 글이 써지는 그런 사람은 없다. 무슨 글이든 읽는 족족 그 순간에 완벽하게 이해할 수 있는 사람 또한 없을 터이다. 자기 능력에 적합한 글이라 하더라도, 또 독해력이 매우 좋은 사람일지라도, 한 번 읽어 금세 이해할 수 있는 글은 많지 않다. 그렇다면 읽는 힘이 모자라는 사람이야 말 안 해도 짐작이 가는 노릇이다.

여기에 알고자 하는 무엇이 있다고 가정해보자. 그와 관련된 글들을 많이, 다양하게 읽을 필요도 있지만, 소수의 좋은 글을 깊이 파고들어 읽기도 해야 한다. 질보다 양을, 깊이보다 빠르기를 중시하는 시대에 어울리지 않는 말로 여겨질지 모른다. 그러나 속독(速讀)에 앞서 정독(精讀)이 중요하다. 하나를 읽어도 제대로 읽을 필요가 있다. 전체와 부분, 앞과 뒤, 글의 안과 밖 등을 오가면서 거듭하여 읽다 보면 미처 안 보이던 것, 전에는 볼 수 없었던 것들이 점차 눈에 들어온다. 무엇보다도 글의 중심된 맥락(문맥)이 잡히고, 그것이 현실 사회의 다른 문제나 현상들과 연관된 맥락 또한 감지된다. 좋은 글을 이렇게 거듭 파고들며 읽는 것은 흡사 육상 선수가 다리에 모래 자루를 묶고 연습하는 것과 비슷하다. 그렇게 읽다 보면 그 육상 선수처럼 우리도 다리에 힘이 올라 웬만한 글쯤은 쉽게 주파해낼 수 있게 될 터이다.

수학 실력을 기르기 위해 우리는 머리를 싸매고 여러 가지 문제를 자꾸 풀어본다. 그 일에 시간과 노력을 대단히 많이 들인다. 그러다가 막히면 참고서를 뒤지거나 남한테 묻기도 한다. 그런데 우리가 글을 읽을 때에는 어떤가? 집집마다 사전이 널렸고 스마트폰 안에까지 사전이 들어 있는데도, 글을 읽다가 막혀서 그것을 찾아보는 일은 아주 드물다. 글의 어느 부분이 이해되지 않아 선생을 찾아 나섰다는 말은 옛날이야기에나 나온다. 말을 하거나 글을 쓸 때 자기가 확실히 아는 게 별로 없음을 노상 절감하고, 대화 중에 상대방이 그게 무슨 소리냐고 되물으면 우물쭈물하다 말곤 하면서도 국어 공부는 할 게 없다, 이 글은 너무 어려워서 못쓰겠다, 글은 타고난 재능이 있어야 읽고 쓸 수 있는 것이라고 투덜대곤 한다.

글도 세상 만물의 하나이다. 글읽기는 세상 만물 읽기의 일부요, 예비 훈련이며 축소판이다. 그렇다면 중요한 것은 결과라기보다 과정, 무지(無知)를 깨뜨리고 의문을 해결해가는 그 과정이다. 그리고 흐리멍덩하고 막연한 상태에서 멈추지 말고, 글이 자기 것이 될 때끼지 거듭 읽고 궁리할 능력과 열성이 있어야만 읽는 힘이 있는 사람, 곧 지적(知的)인 능력이 우수한 사람이 될 수 있다. 글의 주제라든가 어떤 사물의 정체를 파악하고, 그것을 드러낼 간단하고 분명한 표현을 발견하는 재미야말로 그 무엇보다도 값진 재미이다. 교양인, 지성인이란 학벌 좋고 자격증 많은 사람이 아니라 바로 그러한 지적인 재미에 취한 사람이다.

이제까지 글을 잘 읽으려면 어떻게 해야 하는지, 그 대강을 살펴보았다. '~야 한다'는 딱딱한 말투로 서술하고 말았지만, 글읽기는 부드럽고 황홀하며, 그렇게 단언하여 말하기 어려운 면이 있다. 그러니 그것을 한번 비유적으로 표현해보자.

글은 숲과도 같다. 독자는 말들이 나무처럼 모여 있는 숲을 걷는 여행자이다. 숲은 여행자를 만나 의미를 얻고, 여행자는 숲에서 값진 경험을 얻는다. 숲에는 놀라운 생명들이 숨어 있으며, 여행자가 깊이 들어갈수록 숲은 그의 내면에서 다시 자라난다.

● **오류 분석** 이 책에서는 읽는 눈을 섬세하고 날카롭게 만들기 위해 오류 분석 작업을 한다. 오류(부적절함)는 필자가 범하는 '글(쓰기)의 오류'와 독자가 범하는 '읽기의 오류' 두 가지이다. 이제 처음으로 살필 오류는 읽기의 오류이다.

'인내심'이라는 말의 의미에 유의하면서 다음 글을 읽으시오.

병과 인내심

발터 베냐민Walter Benjamin(1892~1940): 독일의 문예비평가. 저서로 『독일 비애극의 원천』 『일방통행로』 등이 있음.

반성완 옮김

　어렸을 적 나는 병치레를 자주 하였다. 남들이 나에게서 인내심이라고 부르는, 그러나 사실은 미덕과는 아무런 상관도 없는 이러한 성격은 아마도 어렸을 적의 잦은 병치레에서 연유할 것이다.

　마치 병상에서 시간이 멀리서 한 발자국씩 점차 다가오듯이, 나는 내가 마음에 두고 있는 일이 멀리서부터 나에게 점차 가까이 다가오는 것을 보기를 좋아하였다. 예를 들면 여행을 할 때에도 역에서 오랫동안 기차를 기다린다는 기대감 같은 것이 없으면 여행의 가장 큰 즐거움이 사라져 버린다. 그리고 선물하는 것이 나에게 하나의 정열이 된 것도 이러한 사정에서 연유하는데, 왜냐하면 남을

82

깜짝 놀라게 할 선물을 하는 데에도 나는 선물을 줄 사람으로서 오랜 기간 동안 준비를 하기 때문이다.

마치 등 뒤에 베개를 괴고 병실에 들어서는 사람을 기다리는 환자처럼 누군가를 인내심을 가지고 기다리고자 하는 내면의 욕구는 훗날 나로 하여금 내가 어떤 여인을 오랫동안 기다리면 기다릴수록 그 여인이 더 아름답게 보이도록 하였다.

—『발터 벤야민의 문예이론』(민음사, 1983)

---

1. 이 글에서 필자가 표현하려는 생각의 초점에 가장 가까운 것은?

   ★ 길잡이 : 자기의 선입견을 버리고 글 자체에 충실하려는 태도로 다시 읽어본다.

   ❶ 무슨 일이든 끈질기게 기다리고 노력하면 좋은 결과를 얻게 된다.
   ❷ 어렸을 적 잦은 병치레 때문에 나는 기다리기 좋아하는 성격을 지니게 되었다.
   ❸ 어린 시절의 잦은 병치레는 사람의 인내심을 길러준다.
   ❹ 남들은 내가 인내심 있는 사람이라고 하지만 사실 나는 인내심이 없다.

2. 이 글이 '사람은 인내심을 갖고 살아야 한다'는 생각을 표현하는 글이라고 주장하는 사람이 있다고 하자. 그가 부적절하게 읽었음을 증명하려고 한다. 다음 중 가장 도움이 되지 '않는' 것은?

   ★ 길잡이 : 필자가 자신의 성격을 어떻게 바라보는지(여기는지)에 유의한다.

❶ 이 글의 목표가 필자 자신을 드러내는 데 있지 일반적인 무엇을 주장하는 데 있지 않다는 점.

❷ '사람은 인내심을 갖고 살아야 한다'고 할 때의 그 '인내심'을 필자가 지니고 있다고 보기 어렵다는 점.

❸ 기다리기 좋아하는 성격이 필자 자신을 어둡게 만들었으므로, 그런 말은 필자의 삶과 어긋난다는 점.

❹ 필자가 기다리기 좋아하는 자신의 성격은, 흔히 미덕으로 여기는 인내심과는 상관이 없다고 한 점.

3. 이 글의 필자가 만일 오래전부터 읽고 싶었던 책을 드디어 손에 넣었다면 어떤 식으로 읽을 것 같은가? 나름대로 상상하여 1문장으로 써보시오.

다음은 다산 정약용이 유배지에서 둘째 아들 정학유에게 보낸 편지의 일부이다. 읽고 물음에 답하시오.

학유學諭에게 부치노라

정약용(1762~1836): 조선 정조 때의 실학자. 호는 다산(茶山), 여유당(與猶堂). 유배지인 전남 강진의 다산에서 많은 저술을 함. 『목민심서』가 유명하고 문집 『여유당전서』가 있음.

박석무 옮김

네가 열 살 전에는 파리하여 자주 잔병을 앓더니만 요즈음 들으니 힘줄과 뼈마디가 굳세고 씩씩하며 정신력도 거친 일, 고달픈 일 등을 견딜 만하다니 제일 기쁜 일이구나. 무릇 남자가 독서하고 행실을 닦으며 집안일을 보살필 때는 응당 거기에 전념해야 하는데 정신력이 없으면 아무 일도 되지 않는다. 정신력이 있어야만 근면하고 민첩할 수가 있고, 지혜도 생길 수 있고, 업적도 세울 수가 있다. 진정으로 마음을 견고하게 세워 똑바로 앞을 향해 나아간다면 태산이라도 옮길 수 있다.

내가 몇 년 전부터 독서에 대하여 깨달은 바가 무척 많은데 마구잡이로 그냥 읽어 내리기만 하는 것은 하루에 천 번 백 번을 읽어도 오히려 읽지 않는 것과 다를 바가 없다. 무릇 독서할 때 도중에 의미를 모르는 글자를 만날 때마다 널리 고찰하고 세밀하게 연구하여 그 근본 뿌리를 파헤쳐 글 전체를 이해할 수 있어야 한다. 날마다 이런 식으로 책을 읽는다면 수백 가지의 책을 함께 보는 것이 된다. 이렇게 읽어야 읽은 책의 의리(義理)를 훤히 꿰뚫어 알 수 있게 되는 것이니 이 점 깊이 명심해야 한다.

「자객전(刺客傳)」[1]을 읽을 때 기조취도(旣祖就道)[2]라는 구절을 만나면 "조(祖)라는 것은 무슨 뜻입니까?"라고 묻게 되고, 선생은 "이별할 때 지내는 제사다"라고 대답할 것이다. "그렇다면 그러한 제사에다 꼭 조(祖)라는 글자를 쓰는 뜻은 무엇입니까?"라고 다시 묻게 되고, 선생이 "잘 모르겠다"라고 대답하면 집에 돌아와 『자서(字書)』에서 조(祖)[3]라는 글자의 본뜻을 찾아보아라. 그리고 『자서』에 있는 것을 근거로 하여 다른 책을 들추어 그 글자를 어떻게 해석했는가를 고찰해보고 그 근본된 뜻만 아니라 지엽적인 뜻도 뽑아두고서, 『통전(通典)』[4]이나 『통지(通志)』[5] 『통고(通考)』[6] 등의 책에서 조제(祖祭)의 예를 모아 책을 만들면 없어지지 않을 책이 될 것이다.

이렇게 하면 전에는 한 가지도 모르고 지냈던 네가 이때부터는

1 「자객전(刺客傳)」: 사마천(司馬遷)이 지은 『사기(史記)』의 편 이름으로 '자객 열전'을 말함.
2 기조취도(旣祖就道): 먼 길을 떠날 때 노신(路神, 길의 신)에게 제사를 지내고 길을 떠남.
3 조(祖): 옛날 황제(皇帝)의 아들 누조(累祖)가 여행을 좋아하다가 길에서 죽었기 때문에 '祖'는 길에다 제사 지낸다는 뜻으로 쓰임.
4 『통전(通典)』: 중국 당나라 때 두우(杜佑)가 편찬하였는데 상고 시대부터 당 현종(玄宗)까지의 모든 제도를 살펴본 책.
5 『통지(通志)』: 중국 남송 시대의 학자 정초(鄭樵)가 지은 상고 시대부터 수나라 때까지의 기전체(紀傳體) 통사.
6 『통고(通考)』: 중국 원나라 때 마단림(馬端臨)이 고대로부터 송나라 때까지의 여러 제도에 관한 것을 모은 책으로 원래 이름은 『문헌통고』.

그 내력까지 완전히 알게 될 것이고, 비록 홍유(鴻儒)[7]라도 조제에 대해서는 너와 경쟁하지 못할 것이 아니겠느냐? 이러할진대 우리가 어찌 주자(朱子)[8]의 격물(格物) 공부를 크게 즐기지 않겠느냐? 오늘 한 가지 사물에 대하여 이치를 캐고 내일 또 한 가지 사물에 대하여 이치를 캐는 사람들도 이렇게 착수를 했다. 격(格)이란 가장 밑까지 완전히 다 알아낸다는 것을 의미하는 것이니 가장 밑에까지 알아내지 못한다면 아무런 의미가 없다.

…… (후략) ……

—『유배지에서 보낸 편지』(창작과비평사, 1991)

---

7 홍유(鴻儒): 거유(巨儒). 여러 방면에 학식이 풍부한 큰 선비.
8 주자(朱子): 중국 송나라의 유학자 '주희(朱熹, 1130~1200)'를 높여 이르는 말. '주자학'의 창시자.

---

1. 이 편지에서 아버지는 아들에게 어떤 방식의 글읽기를 권하고 있는가? 앞에서 읽은 이 책 제2장의 3절과 6절(☞ 72~74쪽, 79~81쪽)을 참고하여 한 낱말로 답하시오.

2. 필자는 '격물(格物)'의 일부로서 글을 읽으라, 혹은 글읽기를 '격물 공부'하듯 하라고 말하고 있다. 여기서 '격물'이란 무엇인가? 윗글에 나온 표현을 활용하여 답하시오.

● **오류 분석** 이번에는 글 자체의 오류를 분석하기로 한다. 다음 글의 논리를 비판적으로 읽고 물음에 답하시오(☞ 함께 읽기 17의 바탕글 「문명 비판과 복고 취향」을 함께 읽으면 문제를 푸는 데 도움이 됨).

미운 간호부

주요섭(1902~1972): 소설가, 영문학자. 단편소설 「사랑손님과 어머니」가 널리 알려져 있음.

어제 S병원 전염병실에서 본 일이다. A라는 소녀, 7, 8세밖에 안 된 귀여운 소녀가 죽어 나갔다. 적리(赤痢)[1]로 하루는 집에서 앓고, 그다음 날 하루는 병원에서 앓고, 그리고 그다음 날 오후에는 시체실로 떠메어 나갔다. 밤낮 사흘을 지키고 앉아 있었던 어머니는 아이가 운명하는 것을 보고, 죽은 애 아버지를 부르러 집에 다녀왔다. 그동안 죽은 애는 이미 시체실로 옮겨가 있었다. 부모는 간호부더러 시체실을 가리켜 달라고 청하였다.

"시체실은 쇠[2] 다 채우고 아무도 없으니까, 가보실 필요가 없어요."

1 적리(赤痢): 여름에 자주 발병하는 이질 종류의 병. 법정 전염병의 하나.
2 쇠: 문 따위를 잠그는 장치. 자물쇠와 열쇠.

하고, 간호부는 톡 쏘아 말하였다. 퍽 싫증 난 듯한 목소리였다.

"아니, 그 애를 혼자 두고 방에 쇠를 채워요?"

하고, 묻는 어머니의 목소리는 떨리었다.

"죽은 애 혼자 두면 어때요?"

하고, 다시 톡 쏘는 간호부의 목소리는 얼음같이 싸늘하였다.

이야기는 간단히 이것이다. 그러나 나는 그때 몸서리쳐짐을 금할 수가 없었다.

'죽은 애를 혼자 둔들 어떠리!' 사실인즉 그렇다. 그러나 그것을 염려하는 어머니의 심정! 이 숭고한 감정에 동정할 줄 모르는 간호부가 나는 미웠다. 그렇게까지도 간호부는 기계화되었는가?

나는 문명(文明)한 기계보다 야만(野蠻)인 인생을 더 사랑한다. 과학상에서 볼 때, 죽은 애를 혼자 두는 것이 조금도 틀릴 것이 없다. 그러나 어머니로서 볼 때에는…… 더 써서 무엇하랴! 어머니를 이해하지 못하고, 동정할 줄 모르는 간호부! 그의 그 과학적 냉정이 나는 몹시도 미웠다. 과학 문명이 앞으로 더욱 발달되어 인류 전체가 모두 다 '냉정한 과학자'가 되어버리는 날이 이른다면…… 나는 그것을 상상만 하기에도 소름이 끼친다.

정(情)! 그것은 인류 최고과학(最高科學)을 초월하는 생(生)의 향기이다.

—『한국수필문학전집 2』(국제문화사, 1965)

1. 일반 상식의 맥락에서 볼 때, 간호부는 잘못을 했다고 생각하는가 하지 않았
   다고 생각하는가? 잘못을 했다면, 어떤 잘못을 범했는가?

   ㉠ 잘못을 하였다 ＼ 하지 않았다.
   ㉡ 잘못을 했다면, 어떤 잘못을 했나? (1문장으로 답함.)

2. 이 글은 논리적인 문제점을 안고 있다. 그 점을 비판한 말로서 보다 적합한
   것을 두 가지 찾으시오.
   ❶ 사건에 부합하지 않는 생각을 전개하고 있다.
   ❷ 일어나지도 않은 일에 미리부터 겁을 먹고 있다.
   ❸ 개인의 작은 실수를 지나치게 심하게 비난하고 있다.
   ❹ 정신적인 것에 비해 물질적인 것을 너무 중요시한다.
   ❺ 과학의 발달은 인간성을 쇠퇴시킨다고 생각하고 있다.
   ❻ 인류 문명의 발전 방향에 역행하여 야만의 상태를 동경하고 있다.

3. 앞의 글을 읽고 또 문제를 푸는 과정에서 스스로 느끼고 생각한 점이 있을
   것이다. 그것을 바탕으로, 글을 읽는 수준을 높이려면 어떤 태도를 지녀야
   하는지 적으시오. 한 가지만, 1문장으로 적으시오.

글은 구체적이거나 추상적인 여러 재료로 이루어져 있다. 그것을 '제재'라고 하였는데, 중심적인 제재는 글의 초점을 이루므로, 그것을 파악하면 글의 핵심을 적절하고 깊이 있게 읽을 수 있다(☞ 제6장 제재와 주제).

다음 글에서는 '독서' '인터넷' 등이 중심적인 제재이다. 그것을 비롯해 그와 밀접한 것들에 일일이 밑줄을 치면서, 또 그들이 어떤 의미로 사용되고 있는가에 주목하면서 읽고 물음에 답하시오.

독서의 내공內攻 없이는 인터넷도 헛것

표정훈(1969~): 번역가, 출판평론가. 저서로 『탐서주의자의 책』 『책은 나름의 운명을 지닌다』, 번역서로 『중국의 '자유' 전통』 등이 있음.

'존경했지만 원체 말이 없었던 교수'[1] 한 분이 있었다. 그분의 연구실 서가에는 몇 권의 사전밖에는 없었다. 그리고 책상 위에는 늘 한 권의 책만 놓여 있었다. 하지만 그 한 권의 책은 정말 부지런히 바뀌곤 했다. 주자(朱子)는 「독서법」에서 이렇게 말했다. "한 권의 책을 철저히 독파한 뒤에 비로소 다음 책을 보아야 할 터." 그분의

---

1 '존경했지만 원체 말이 없었던 교수': 기형도의 시 「대학 시절」 중 한 구절.

강의는 언제나 지적인 충일감 같은 것을 느끼게 해주었다.

둘째가라면 서러워할 장서가이기도 한 작가 이문열은, 언젠가 텔레비전 대담에서 자신의 독서 습관 같은 것을 이렇게 말했다. "반드시 모든 책을 처음부터 끝까지 독파하는 것은 아니다. 물론 그렇게 읽는 책도 많지만, 그렇지 않은 책들은 목차, 서문, 전체적인 내용 등을 분명하게 파악해둔다. 그렇게 하고 나면, 당장은 아니더라도 필요할 때 어렵지 않게 읽고 활용할 수 있다." 이문열의 상당수 작품은 동서고금의 다양한 주제를 넘나드는 광범위한 지적 스케일을 보여준다.

영국의 저명한 문필가 새뮤얼 존슨(1709~1784)은 이렇게 말했다. "지식에는 두 종류가 있다. 특정 주제에 대해 직접 알고 있는 경우, 그리고 특정 주제에 대한 지식을 어디에서 찾아야 하는지 알고 있는 경우." 앞의 지식이 현실태라면 뒤의 지식은 일종의 가능태로서의 지식, 즉 지식을 얻을 수 있는 길을 아는 지식이다.

인터넷 덕분에 지식을 얻을 수 있는 길은 거의 무한에 가깝게 다양화되고 있다. 그러나 기본적이고 직접적인 지식이 결여된 상태라면, 다른 지식을 알 수 있는 길도 찾을 수 없다. 그런 상태에서 키워드 몇 개에 의지해 웹 서핑(web surfing)에 나서 본들, 건져 올리는 지식의 깊이와 넓이는 제한적일 수밖에 없다. 텍스트와의 진검승부를 생략한 인터넷 경공술은 날개 없는 추락을 예고할 뿐이다.

구텐베르크[2]의 은하계가 인터넷의 은하계로 바뀐다 해도, 은하계

---

2 구텐베르크Johannes Gutenberg(1397~1468): 근대 인쇄술을 발명한 독일인. 이 글에서 "구텐베르크의 은하계"란 책의 세계, 혹은 책과 같은 인쇄물에 의존하여 지식이 형성되고 전파되

를 수놓는 수많은 별 하나하나는 '사람의 무늬'(인문·人文)를 읽어내고 그 의미를 성찰하는 성숙하고 섬세한 정신에 의해 비로소 그 빛을 발하게 된다. 독서는 바로 그러한 정신 능력의 훈련이다. 독서의 내공을 다양하고 강도 높게 쌓은 사람만이 참으로 넓고 깊은 지식을 체득, 활용할 수 있다.

컴퓨터를 비롯한 최근의 여러 매체 환경은 비교적 단순하고 기계적인 기능 익히기로 사람들을 내몰고 있다. 이런 경향은 이른바 '지식정보국가'의 건설을 위태롭게 하는 중요한 사실을 잊어버리게 할 수 있다. 지식정보국가는 '클릭! 인터넷 속으로'에 앞서 이루어져야 할 힘든 정신 훈련, 곧 독서에 의해 가능해지는 것이다. "우리 머리에 주먹질을 해대는 책이 아니라면, 왜 그런 책을 읽어야 한단 말인가?" 카프카[3]의 말이다.

—『동아일보』, 2000년 11월 25일

는 세계를 말함.
3 카프카Franz Kafka(1883~1924): 체코 프라하 출생의 독일 작가. 소설『변신』『성』『아메리카』 등을 지음.

1. 이 글에서 궁극적으로 '독서'란 무엇인가? 필자의 생각과 가장 가까운 것을 고르시오.

❶ 책을 읽는 활동

❷ 사물에 대한 현실적인 지식을 얻는 활동

❸ 지식을 배우는 길을 찾는 활동

❹ 지식을 얻고 활용하는 힘을 기르는 활동

2. 이 글에서 인터넷은 어떤 것으로 간주되고 있는가?

    ❶ 독서의 한 방법

    ❷ 지식의 한 종류

    ❸ 지식을 찾는 수단

    ❹ 지식을 이해하는 훈련

3. 컴퓨터 혹은 인터넷과 관련된 활동으로서, 밑줄 친 "비교적 단순하고 기계적인 기능 익히기"에 해당하는 것을 한 가지만 구체적으로 적으시오.

4. 필자는 왜 '독서의 내공 없이는 인터넷도 헛것'이라는 것인가? 이 글의 요지에 해당하는 그 까닭을 1문장으로 말해보시오.

제3장

수필이라는 읽기 자료

수필에는 말을 하는 활동 본래의
자연스런 모습이 거의 그대로 반영되어 있다.
그러므로 읽는 힘 기르기는 수필에서부터,
수필을 중심으로 이루어지는 게 알맞다.

이 책에서 풀이와 연습에 활용하는 글은 수필이다. 그러므로 이제까지 펼쳐온 읽기에 관한 설명도 자연히 수필을 중심 대상으로 삼는 경향을 띠게 되었다.

수필을 가지고 원리를 살피고 연습도 하려면 왜 하필 수필을 자료로 삼는지, 읽는 힘을 기르는 데 수필이 좋은 까닭은 무엇인지, 그리고 수필은 어떤 특징을 지니고 있는지를 짚고 넘어가지 않을 수 없다. 글의 갈래에 따라 읽기에 차이가 있고, 읽을 때 빠뜨려서는 안 될 것 가운데 하나가 글의 형식 또는 갈래이기 때문이다. 게다가 한국 사회에는 수필에 관한 오해가 뿌리 깊게 퍼져 있어서, 그것을 먼저 바로잡지 않고는 수필을 자료로 삼아 읽는 힘을 기르는 데 큰 지장을 받게 되기 때문이다.

1. 수필이란

수필이란 무엇인가를 살피기 전에 먼저 밝혀두어야 할 것이 두 가지 있다. 수필이 여러 종류의 글 가운데 어디에 속하며, '수필'이라는 용어를 어떤 개념으로 쓸 것이냐가 그것이다. 수필에 대한 불필요한 오해나 혼란들은 대개 이 분류와 용어 정의, 한마디로 영역 설정을 분명히 하지 않은 데서 비롯된다.

우선 수필은 문학과 비문학의 경계에 있는 것이라고 본다. 이 말은 수필이 문학은 문학이되, 일정하게 굳어진 형식을 지니고 있으며 허구성(虛構性)이 있는 '좁은 의미의 문학'——그 세 가지 기본 양식이 서정, 서사, 희곡이다—에는 들지 않는 것으로 본다는 뜻이다. 다시 말해 수필은 허구성을 지니지 않으며 정해진 규범적 형식이 없는, '넓은 의미의 문학'에 드는 것으로 본다는 말이다.

그리고 '수필'이라는 용어는 우리가 흔히 쓰는 좁고 낮은 뜻이 아니라, 서양의 '에세이'에 가까운 넓고 높은 뜻으로 쓰고자 한다. 요컨대 여기서 수필은 조동일이 나눈 (넓은 의미의) 문학의 네 양식 가운데 하나인 '교술(敎述)'에 속하는, 그 '대표적인' 갈래를 가리킨다. 이는 수필이 교술 양식에 속하되 역사적·관습적으로 형성된 여러 갈래들—일기, 수기, 기록(논픽션), 기행문, 감상문, 칼럼, 평론, 논설 등—을 포함하며, 그들 위에 놓여 그들을 포괄하는 상위의 갈래임을 뜻한다. 이렇게 정의할 때, 가령 '기행문'은 수필의 한 종류(하위갈래) 혹은 형태이다.

이제까지 살핀 내용을 정리해보자.

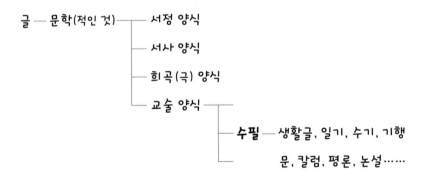

한편 수필은 크게 중수필[重隨筆: 정격(定格) 수필: formal essay]과 경수필[輕隨筆: 비정격(非定格) 수필: informal essay, miscellany]로 나누

기도 한다. 그 제재의 성격, 문체 등이 전자가 공적(公的)이요 논리 중심적이라면 후자는 사적(私的)이요 체험 중심적이다. 그리고 길이가 전자는 비교적 긴 데 비해 후자는 짧다.

그러면 이제 수필의 영역이 정해졌으니 그 특성을 더 구체적으로 살피고 또 정리해보기로 하자. 수필은 다음과 같은 특성을 지니고 있다.

첫째, 수필은 비허구적 산문이다.

언어를 일상적(표준적) 언어와 문학적(시적·예술적) 언어로 나눌 경우, 수필의 언어는 그 기능이 일상적 언어에 가깝다. 수필의 언어가 문학적 기능을 하지 않는 것은 아니나, 그것은 '좁은 의미의 문학'적 기능과 거리가 있다. 수필의 언어는 허구의 상황이나 현실을 정교하게 형상화하여 독자로 하여금 어떤 경험을 맛보게 한다기보다, 실제 체험과 사물에 대한 섬세한 서술과 날카로운 통찰을 제시하는 언어이다. 이른바 '문학적인' 표현을 얼마든지 사용하지만, 기본적으로 그 언어의 기능은 지시적이다.

그러므로 소설에서의 '나'가 1인칭 서술자이고 시에서의 '나'가 시적 자아라면, 수필의 '나'는 필자 자신이다. 피천득의 수필 「은전 한 닢」은 짧은 소설(콩트)처럼 보이지만, 거기 등장하는 '나'가 필자 자신이므로 수필이다. 거기서의 '나'가 필자 자신인 것은 어떻게 아는가? 다소 싱겁지만, 피천득 자신이 그 글을 '수필'로 발표하였기 때문이다. 만약 그 '나'가 피천득 자신이 아니라면, 그 글은 '수필'로서의 진실성을 잃게 된다.

둘째, 수필은 주제를 직접적으로, 자연스럽게 전달한다.

앞에서 언급했듯이, 좁은 의미의 문학에 속하는 시, 소설, 희곡 등은 표현하려는 것을 이미지, 사건, 인물, 배경 등을 가지고 꾸며 내어 그려 보여준다(형상화한다). 독자는 그 형상들을 상상력으로 '마음의 모니터'에 재현하여 인식하고 느끼는 과정에서, 그러니까 그 형상들을 '통해' 간접적으로 의미와 정서를 '경험'한다.

이에 비해 수필은 의미를 직접적으로 제시하고 전달한다. 얼굴을 마주 보면서 말하듯이 대놓고, 느낌과 생각을 그대로 표현하고 전달한다는 뜻이다. 따라서 수필에는 앞(☞ 제1장 3절)에서 살핀 언어활동의 기본 상황, 즉 화자, 청자, 대상 등의 모습과 상태가 실제 모습에 가깝게 반영된다. 이러한 점은, 수필처럼 비허구적이지만 수필에 들지는 않는 보고서, 논문, 설명문 같은 글들에는 필자의 성격이나 처한 상황이 드러나지 않는다는 사실, 일반적으로 그런 글들의 필자는 자기가 노출되는 것을 의식적으로 억제한다는 사실과 대조된다.

수필이 그 어떤 갈래의 글보다도 '자연스럽고' 친숙하게 여겨지며, 흔히 수필을 필자와 독자 간의 '대화의 문학'으로 일컫는 까닭은 바로 이 주제 전달의 직접성에 있다. 수필을 '고백의 문학' '개성의 문학'이라고도 일컫는데, 이 역시 같은 이유에서 나온 말이다. 필자가 직접 나서서 말하므로, 그의 '개성'이 그대로 '고백'되는 것이다.

셋째, 수필은 주제 위주로 서술되고 짜인다.

앞에서 수필은 주제의 전달 방식이 직접적이라고 하였다. 서로 밀접한 관계에 있는 점으로서, 전달 방식을 떠나 수필 작품 자체를 중심으로 보면, 그 말은 곧 수필 작품의 서술과 그 짜임새가 주제 혹은 메시지 위주임을 뜻한다.

'주제 위주로 서술되고 짜인다' 함은 무엇이 어떻게 된다는 것일까? 여기서 다시 소설과 수필을 비교해보자. 수필은 필자의 경험을 서술하는 경우가 많은데, 그것이 하나의 줄거리(스토리)를 형성할 정도로 구체적이고 양이 많으면 이야기(서사)의 특성이 강해진다. 말하자면 사건을 다룬 '이야기(서사적) 수필'이 되는 것이다. 따라서 같은 이야기의 특성을 지니고 있으므로 소설과 이야기 수필은 좋은 비교 대상이 된다.

소설을 읽을 때 독자의 '마음의 눈' 앞에 놓인 '마음의 모니터'에는 어느 시간과 장소에서 인물들이 벌이는 사건이 펼쳐진다. 그것을 '보며' 울고 웃으면서 독자는 어떤 생각과 느낌을 전달받고 또 체험하게 된다. 그 반응, 체험의 궁극적인 내용 혹은 주제적 의미는 작가의 의도와 지향의 지배를 받지만, 보통 소설의 서술에는 명시되어(이른바 '주제 노출'이 되어) 있지 않다. 그것은 대개 독자 스스로 체험과 상상으로 알고 느껴야 한다.

그런데 이야기 수필을 읽을 때 독자 눈앞에는 보통 길고 구체적인 광경이 펼쳐지지 않는데, 그것은 사건과 인물을 재현하여 감동을 맛보도록 하는 게 목적이 아니기 때문이다. 이야기 수필은,

사건 서술은 필요한 상황과 줄거리를 제시하는 데 그치고, 그 의미—필자가 체험하고 판단한 주제적 의미—를 명시적으로 서술한다. 그래서 독자는 무엇을 상상하기보다는 필자의 느낌과 생각 그 자체에 직면하여, 그것을 좇아가게 된다.

따라서 인물과 사건 위주로 짜인 소설은, 인물의 욕망과 사건의 인과 관계에 따라서 내용이 전개되고 구성된다. 그에 비해 수필을 이루는 요소들은, 인물이나 사건과 같이 어떤 구체적 형상을 지닌 것이라기보다 발전되고 뭉쳐져서 주제를 이루게 될 의미(생각, 느낌, 정보) 그 자체이다. 따라서 그것들은 소설의 요소들처럼 하나의 현실을 그려내는 게 아니라 의미의 논리 혹은 줄기를 형성한다. 이러한 특징을 바탕으로 수필은 주제 위주로 짜인다, 곧 주제 중심의 구조를 지니고 있다고 하는 것이다.

그런데 여기서 유의할 점이 하나 있다. 수필이 주제 위주라고 할 때의 그 주제는 크게 보아 비교적 주관성을 띤, '필자(주체) 중심적인' 주제라는 사실이다. 이와 대조적으로, 설명문이나 논문의 주제는 보다 객관성을 띤, '사물(객체) 중심적인' 주제라고 할 수 있다. 그것은 관찰 대상, 즉 사물에 관한 객관적 정보나 사실에 지배되고, 따라서 사물 자체에 비추어 어긋나거나 관계가 적으면 거짓이 된다. 그러나 수필의 주제는 비교적 대상의 지배를 받지 않는, 필자 나름의 주관성을 띤 주제이다. 사용된 언어의 기능에 초점을 맞추어 예를 들어보면, 장미에 관한 설명문에서 '장미'는 고유의 물질적 속성을 지닌 식물을 가리키는 데 비해, 수필에서의 '장미'는 필자와 관계가 깊은, 필자와의 어떤 관계에 의해 특정 의미를 지니

세 된 사물―헤어진 친구가 주었던 선물, 잃어버린 일기장 표지에 그려져 있었던 꽃 등―로서의 의미가 중요하다.

이런 특징 때문에 수필에서는 주제 제시에 필요하기만 하다면 무엇이든 제재가 되며, 그래서 한 작품 안에 종류나 배경이 다른 제재가 얼마든지 함께 등장할 수 있다. 또한 그러면서도 글의 일관된 내용과 짜임새는 유지될 수 있게 된다.

넷째, 수필은 형식이 자유롭다. 규범적인 형식이 없다.

시에는 시다운 형식이 있다. 행과 연을 나눈다든지 길이가 짧다든지 하는 점들이 그것이다. 소설 역시 마찬가지이다. 반드시 인물들이 나오고 사건이 어떤 과정에 따라 맺히고 풀림에 따라 줄거리(스토리)가 형성된다. 그러나 수필은 다르다. 내용 혹은 주제가 그렇듯이 형식 역시 자유로워서, 어떤 관습이나 규범처럼 정해진 형식이 없다. 수필이 '무형식의 형식'을 지녔다느니 '붓 가는 대로 쓴' 글이라느니 하는 애매한 말들은, 바로 수필의 이러한 특징을 가리키고자 나온 말들이다. 누구나 수필에 쉽게 접근하고 스스로 지어볼 수 있는 것도 주로 이 때문이다.

그런데 매우 반어(反語)적이게도, 정해진 형식이 없는 까닭에 수필은 어떤 형식이든 취할 수 있다. 사람이 무엇을 표현하고 전달하는 데 사용하는 담화의 네 가지 기본 양식―서사·묘사·설명·논증(논술)―을 두루 사용함은 물론, 편지·기행문·전기(傳記)·수기·논설 등 거의 모든 글의 갈래를 취할(빌려 쓸) 수 있는 게 수필인 것이다. 앞에서 예를 든 피천득의 「은전 한 닢」은 서사 양식에 속하는 콩트 갈래의 형식을 취한 수필이다.

이상을 요약하면, **수필은 주제를 그것 위주의 자유로운 형식으로 직접 제시하는 비허구적 산문이다.** (☞ 함께 읽기 25의 바탕글 중 몽테뉴의 『수상록』 서문에 관한 부분 참조.)

오늘날 대부분의 한국인이 생각하는 수필은 그 개념의 폭이 매우 좁다. 개인적(私的)이고, 느낌(정서, 감성) 중심이며, 길이가 짧은 편인 경수필만을 수필이라고 여기는 경향이 있다. 그것도 지나치게 감상적이거나 일상적인 경험과 느낌을 담은 글들을 주로 떠올린다. 그러나 보다 공적(公的)이고, 생각(논리, 이성) 중심이며, 길이가 긴 편인 중수필도 수필이다. 한국에서 '논문'이라고 부르는 글에 가까운 것까지 '에세이'라고 하는 서구의 관습을 그대로 따름은 무리라 하겠으나, 앞의 뜻매김에 크게 벗어나지 않는 논설이나 칼럼까지는 수필 갈래에 넣어야 할 것이다. 수필 자체를 위해서도 그렇고, 독서의 범위를 넓히며 그 태도를 다양화하기 위해서도 그러는 게 바람직하다고 본다.

2. 읽기 자료로서의 수필

앞에서 세운 수필의 개념을 바탕으로, 이제 우리는 수필을 새로이 바라볼 필요가 있다. 그 특징에 비추어 볼 때 말하고 듣고 읽고 쓰는 능력, 한마디로 언어 능력을 기르기 위한 공부는 수필에서부터, 수필을 중심으로 이루어지는 것이 알맞다. 그 까닭은 이렇다.

첫째, 주제가 직접 제시되고 정해진 형식이 없으므로 누구든지 쉽게 읽고 쓸 수 있기 때문이다.

둘째, 주제 위주로 조직되므로, 문학 작품을 읽을 때처럼 복잡 미묘한 이미지나 사건의 인과 관계를 따지지 않고도 그 의미를 비교적 쉽게 파악하고 조직할 수 있기 때문이다. 설혹 그런 이미지나 사건이 제시되더라도 함께 그 의미가 필자에 의해 해석되어 직접적으로 제시되므로 이해하기가 쉽다.

셋째, 수필은 (넓은 의미의) 문학이면서 (좁은 의미의) 문학이 아니기에, 달리 말해서 문학적인 글과 그렇지 않은 글의 성격을 혼합해서 지니고 있는 중간적 갈래인 까닭에, 수필을 가지고 익히다 보면 나중에 어떤 종류의 글이든 잘 읽고 쓸 수 있게 되는 장점이 있기 때문이다.

이러한 사실은 수필과 설명문을 다시 대조해보면 잘 알 수 있다. 수필은 사물을 자유롭게 바라보고 형식의 구애를 받지 않으면서 표현하는 만큼, '필자'라는 사람, 그가 '사물'을 이해하는 관점과 방법, 그리고 그 결과 '얻어낸 것'—정보·지식·느낌·깨달음 등—의 세 가지가 모두 드러나 있다. 앞에서 지적한 대로 수필에는 언어활동 본래의 자연스런 모습이 거의 그대로 글 속에 반영되어 있는 것이다.

그런데 설명문에는 필자가 거의 전면(前面)에 드러나지 않으며,

또 그가 어떤 사적(私的)인 존재(개인)로 여겨지지도 않는다. 그러므로 그가 '나'라는 1인칭 대명사로 글에 등장할 경우, 우리는 그것이 설명문답지 않다는(그러니까 수필 같다는) 인상을 받게 된다. 그런가 하면 설명문에는 또 사물에 관한 정보나 지식을 얻어내는 과정과 방법이 거의 드러나지 않는다. 지식을 얻는 과정은 생략되고, 결과로서의 지식만이 제시되는 것이다. 이러한 점은 설명문과 함께 정보를 전달하는 글의 갈래에 드는 기사문, 보고문 등도 비슷하다.

언어 능력에 수준이 있고 그것을 기르는 데 어떤 절차가 있다면, 자료가 되는 글의 갈래 역시 그에 맞추어 마련해야 한다. 앞에 진술한 이유들 때문에 수필은 기초 단계에서, 읽기의 기본 능력을 종합적으로 기르기에 알맞은 자료이다. 읽는 힘을 기르려면 우선 수필을 많이 읽는 게 좋다는 말이다.

　　다음은 까치를 중심제재로 삼은 (경)수필이다. 이 글을 읽는 동
안 자기가 느끼거나 알게 되는 것이 무엇인가를 스스로 의식하면
서 읽으시오.

까치

　　윤오영(1907~1976): 수필가, 교육자. 수필집 『고독의 반추』가 있
고, 『수필문학입문』을 펴냄.

　　까치 소리는 반갑다. 아름답게 굴린다거나 구슬프게 노래한다거
나 그런 것이 아니고 기교 없이 가볍고 솔직하게 짖는 단 두 음절
'깍 깍.' 첫 '깍'은 높고 둘째 '깍'은 얕게 계속되는 단순하고 간단한
그 음정(音程)이 그저 반갑다. 나는 어려서부터 까치 소리를 좋아했
다. 지금도 아침에 문을 나설 때 까치 소리를 들으면 그날은 기분이
좋다.

　　반포지은(反哺之恩)[1]을 안다고 해서 효조(孝鳥)라 일러왔지만 나는
그런 것과는 상관없이 좋다. 사랑 앞마당 밤나무 위에 까치가 와서
집을 짓더니 그것이 길조(吉兆)라서 그해에 안변 부사(安邊府使)로 영

---

1 반포지은(反哺之恩): 자식이 자라서 어버이의 은혜에 보답함. '반포지효(反哺之孝)'와 같은 말.

전(榮轉)이 되었다던가, 서재(書齋) 남창 앞 높은 나뭇가지에 까치가 와서 집을 짓더니 글재주가 크게 늘어서 문명(文名)을 날렸다던가 하는 옛이야기도 있지만, 그런 것과 상관없이 까치 소리는 반갑고 기쁘다.

아침 까치가 짖으면 반가운 편지가 온다고 한다. 이 말이 가장 그 럴싸하게 느껴진다. 왜냐하면, 그 소리가 어딘가 모르게 반가운 소 식의 예고같이 희망적으로 들리기 때문이다.

나는 까치뿐이 아니라 까치집을 또 좋아한다. 높은 나무 위에 마 른 나뭇가지를 모아다가 엉성하게 얽어놓은 것이, 나무에 그대로 어울려서 덧붙여놓은 것 같지가 않고 나무 삭정이가 그대로 떨어 져서 쌓인 것 같다. 그러면서도 소쇄한[2] 맛이 난다. 엉성하게 얽어 놓은 그 어리가 용하게도 비가 아니 샌다. 오직 달빛과 바람을 받을 뿐이다.

나는 항상 이담에 내 사랑채를 짓는다면 꼭 저 까치집같이 소쇄 한 맛이 나도록 짓고 싶었다. 내가 완자창(卍字窓)이나 아자창(亞字 窓)을 취하지 않고 간소한 용자창(用字窓)[3]을 좋아하는 이유도 그런 정서에서다. 제비집같이 아늑한 집이 아니면 까치집같이 소쇄한 집이라야 한다. 제비집은 얌전하고 단아한 가정부인이 매만져 나가 는 살림집이요, 까치집은 쇄락하고 풍류스러운 시인이 거처하는 집 이다.

---

2 소쇄(瀟灑)하다: 맑고 깨끗하다.
3 완자창(卍字窓), 아자창(亞字窓), 용자창(用字窓): 창살의 모양이 각각 완(卍), 아(亞), 용(用)자 모양인 창.

비둘기장은 아무리 색스럽게 꾸며도 장이지 집이 아니다. 다른 새집은 새 보금자리, 새 둥지, 이런 말을 쓰면서 오직 제비집 까치집만 집이라 하는 것을 보면, 한국 사람의 집에 대한 관념이나 정서를 알 수가 있다. 한국 건축의 정서를 알려는 건축가들은 한번 생각해봄 직한 문제인 듯하다. 요새 고층 건물, 특히 아파트 같은 건물들을 보면 아무리 고급으로 지었다 해도 그것은 '사람장'이지 '집'은 아니다.

지금은 아침 여덟 시, 나는 정릉 안 숲속에 자리 잡고 앉아 있다. 오래간만에 까치 소리를 들었다. 나뭇잎들은 아침 햇빛을 받아 유난히 곱게 푸르다. 나뭇잎 사이사이로 파란 하늘이 차갑게 맑다. 그간 비가 많이 왔던 관계로 물소리도 제법 크게 들려온다. 나는 어느 날 이른 새벽에 여길 와본 적이 있었다. 보건 운동을 하러 온 사람, 약물을 먹으러 온 사람들로 붐비어 다시 오고 싶은 생각이 없었다. 그런데 지금 와보니 사람은 아무도 없고 그윽한 숲속이 한없이 고요하다. 지금이 제일 고요한 시간이다. 까치들이 내 앞에 와서 깡충깡충 뛰어다닌다. 이른바 까치걸음이다. 귀엽다. 손으로 만져도 가만히 있을 것만 같다. 그렇게 사람이 옆에 앉아 있다는 데는 아무 관심이나 의구심도 없이 내 옆에서 깡충깡충 뛰놀고 있다.

나는 일찍이 어디선가 본 적이 있는 민화(民畵) 하나를 생각한다. 한 노옹(老翁)이 나무 밑에서 허연 배를 내놓고 낮잠을 자는데, 그 배 위에 까치 한 마리가 우뚝 서 있었다. 나는 신기한 그 상상화에 기쁨을 느꼈다. 민화란 어린아이의 자유화(自由畵)같이 천진하고 기발한 네가 있어서 저런 재미있는 그림도 그려진다고 생각했다. 그러나 지금 저 까치들을 보고 그것은 기발한 상상이 아니요, 사실이었다는 것을 깨달았다.

예전에 이시봉(李芝峯)이 정호음(鄭湖陰)의 "산과 물이 바람에 소리 치며, 강물은 거세게 울먹이는데, 달은 외로이 비쳐 있다"는 시를 보고 '강물이 거세게 이는 데 달이 외롭게'란 실경(實景)에 맞지 않는다고 폄(貶)했었다. 그도 그럴 것이 달이 고요히 밝은 밤중에는 물결이 잔잔한 것이 보통이다. 그러나 김백곡(金栢谷)이 황강역(黃江驛)에서 자다가 여울 소리가 하도 거세기에 문을 열고 보니 달이 외롭게 걸려 있었다. 그래서 비로소 그 구가 실경을 그린 명구(名句)인 것을 알았다는 시화(詩話)가 있다. 나도 그 민화가 실경인 것은 모르고 기상(奇想)으로만 여겼던 것이다.

그 태고연(太古然)한 풍경의 민화 한 폭이 다시금 눈앞에 뚜렷이 떠오른다. 나무 밑에서 허연 배를 내놓고 누워서 잠자는 노옹, 그 배 위에 서 있는 까치 한 마리.

—우한용 외 3인, 『고등학교 문학』(동아출판사, 1990)

---

1. 이 글은 '까치'에 관한 글이다. 이 글은 '궁극적으로' 이 새와 관련된 무엇을 중심제재 혹은 초점으로 삼았다고 할 수 있는가? 가장 가까운 것을 고르시오.

   ❶ 까치의 생김새와 습성   ❷ 까치에 얽힌 이야기들

   ❸ 까치와 인간의 관계   ❹ 까치를 보는 필자의 마음

2. 다음 중 필자가 좋아하지 '않는' 부류의 것은? 있는 대로 찾으시오.

　❶ 까치의 집　　　　　　　　❷ 사람이 붐비는 곳

　❸ 민화　　　　　　　　　　❹ 용자(用字) 모양의 창

　❺ 명예와 지위　　　　　　　❻ 고층 아파트

3. 다음 중 필자가 좋아한다고 추측할 수 있는 것은? 있는 대로 찾으시오.

　❶ 새로움　　　　　　　　　❷ 간소함

　❸ 교묘함　　　　　　　　　❹ 고요함

　❺ 단순함　　　　　　　　　❻ 화려함

4. 이 글의 주제로 가장 알맞은 것은?

　★ 길잡이 : 주제문의 주어로서 무엇이 더 적합한지를 파악해본다.

　❶ 무엇이든 선입견을 가지고 보아서는 안 된다.

　❷ 한국인의 정서는 단순하고 소박한 것을 좋아한다.

　❸ 까치는 사람과 매우 가까운 새이다.

　❹ 나는 자연과 더불어 간소하고 맑게 살고 싶다.

5. 다음 A는 이 수필의 일부를 그대로 옮긴 것이다. A와 같이 까치의 울음에 관한 글이기는 하나 B는 설명문의 특징을 꽤 지닌 글이다. 둘의 차이점에 주목하여 읽고 물음에 답하시오.

★ 길잡이 : 수필적인 글과 설명문적인 글의 차이를 참고한다.

A. 아침 까치가 짖으면 반가운 편지가 온다고 한다. 이 말이 가장 그럴싸하게 느껴진다. 왜냐하면, 그 소리가 어딘가 모르게 반가운 소식의 예고같이 희망적으로 들리기 때문이다.

B. 예로부터 까치가 울면 반가운 손님이 온다고 했다. 아닌 게 아니라 아침에 담장 위나 나무 꼭대기에서 까치가 상쾌하게 울면 손님이 오는 수가 많다. 그렇다면 그 말의 과학적인 근거는 무엇일까? 까치를 길러보면, 여느 새와는 달리 사람을 잘 따르고, 아무것이나 잘 먹고, 훈련만 잘 시키면 앵무새처럼 몇 마디 말도 배워 지껄일 줄 알고, 더구나 저와 접촉이 잦은 사람을 잘 알아본다. 또한 집 주변에 집을 짓고 사는 까치는 집안 식구나 동네 사람까지 잘 알아보는 것이다. 낯익은 사람을 보면 짖지 않고, 낯선 사람이 나타나면 짖어대는 것이 마치 개와 같다. 높다랗게 나무 끝에 앉았다가 낯선 손님이 올라치면 짖게 마련이니, 까치에게 손님이 온다는 것을 미리 알 수 있는 영감 같은 게 있는 게 아니라, 오는 손님을 먼저 보고 낯이 설어서 짖는 것일 뿐이다.

—오창영, 「까치」

두 글의 차이점을 지적한 말로 가장 거리가 '먼' 것은?

❶ A는 자기 느낌을 드러내고 B는 일반적인 사실을 밝힌다.

❷ A가 이치를 중요시하는 데 비해 B는 증거를 중요시한다.

❸ A는 주관적으로 판단하지만 B는 객관적으로 판단한다.

❹ A는 자유로운 투로 말하나 B는 따지는 투로 말한다.

함께읽기 8 ● ● ● ● ● ● ● ● ● ● ●

● **오류 분석** 다음 글의 밑줄 친 부분은 논리에 어긋난다. 그리고
☐ ? ☐ 부분에는 1문장을 더 넣어야 내용이 분명해진다. 그 부
분들을 적절히 고치고 채우면서 읽으시오.

인생의 으뜸 과제

『장자(莊子)』에 이런 이야기가 있다.

장자가 여행을 하다가 산길에서 어떤 목수를 만났다. 목수는 그
산에서 가장 곧고 큰 나무를 골라서 베고 있었다. 그날 해가 저물
무렵, 장자는 근처에 있는 옛 친구의 집을 찾아들었다. 뜻밖의 손님
을 맞은 친구는 하인을 불러 거위를 잡아 반찬을 장만하라고 지시
하였다. 하인이 잠시 망설이다가 이렇게 물었다.

"어느 거위를 잡을까요? 낯선 사람을 보면 잘 우는 놈과 잘 울지
않는 놈이 있는데요."

그러자 주인은 서슴지 않고 대답하였다.

"그야 물론 잘 울지 않는 놈을 잡아야지."

바로 얼마 전에 산에서 나무를 베던 목수는 곧고 큰 나무를 골라
베고 있었는데, 이제 이 집 주인은 잘 울지 못하는 거위를 잡으라고
하는 것이다. 이것을 보고 장자는, 나무는 잘생긴 게 잘리고 거위는

114

못난 게 잘리는 이 반대되는 운명의 이치가 어디에 있는가에 관하여 깊이 생각하게 되었다는 이야기이다.

나무와 거위의 경우가 반대로 된 것은, 나무는 주인 없는 빈산에 있고 거위는 주인 손아귀에 들어 있기 때문이다. 이러한 현상은 상황이 바뀌어도 얼마든지 더 일어날 수 있다. 만일 그 목수가 멍에감이나 물레방아 바퀴감을 베러 갔던 참이라면 굽은 나무를 골라 베었을 것이고, 또 만약 주인집에 친구가 아니라 도둑이 찾아왔었다면 못 우는 거위는 안전한 반면 잘 우는 거위가 목이 잘렸을지도 모른다.

이처럼 세상 만물은 곧은 것도 쓰이고 굽은 것도 쓰이며, 잘 우는 놈이 필요할 때가 있는가 하면 못 우는 놈이 필요할 때도 있게 마련이다. 아무리 좋다는 것도 제 쓸 자리가 아닌 데에서는 쓸모가 적어지며, 아무리 값어치가 없어 보이는 존재도 제 쓸 자리에서는 지극히 귀한 가치를 지닐 수 있는 것이다.

이치가 그러하다면, 우리는 무엇을 꼭 필요한 자리에 가치 있게 쓰도록 힘써야 한다. 물건이나 도구뿐만이 아니다. 사람, 그 가운데 자기 자신 역시 마찬가지이다. 우리는 흔히 어떤 고정된 기준을 가지고 자기를 평가함으로써 자학에 빠지거나, 자신감을 잃고 무작정 남을 따라가기만 하는 수가 많다. 획일적이고 불합리한 기준의 포로가 되어 그렇게 자기의 장점과 가능성을 억누를 게 아니라, 우리는 자신이 어디에 어떻게 쓰이도록 할 것인가, 그러기 위해서는 어떤 준비를 할 것인가에 많은 관심을 기울여야 한다.

인생에서 참으로 자기를 필요로 하는 곳, 자기가 가장 보람되게 봉사할 수 있는 일, 자신을 값어치 있는 존재로 만들어줄 터전을 찾는 일은, 사람에게 주어진 과제 가운데 으뜸가는 과제이다.

— (이 글은 연습용으로 지은 것임)

---

1. 문맥의 흐름을 고려할 때, 밑줄 친 부분은 합리적인 내용을 적절히 표현하고 있다고 보기 어렵다. '주인이 있고 없음'에 따라 달라진 결과라고 볼 수 없는 까닭이다. 그러면 무엇 때문에 나무의 경우와 거위의 경우는 반대로 되었는가? 앞뒤의 글에 자연스럽게 어울리도록, 본문의 밑줄 친 부분을 고쳐 써보시오.

나무와 거위의 경우가 반대로 된 것은, ...

.... 이러한 현상은 ~

2. 이 글의 [?   ] 부분에는 1문장이 첨가되어야 내용이 분명해진다. 거기에 들어갈 말로 가장 적합하지 '않은' 것은? 앞뒤의 문맥을 고려하여 답하시오.

★ 길잡이: 해당 문장, 나아가 그것이 들어 있는 단락의 핵심어가 무엇이어야 하는지 따져 본다. 그리고 그와 거리가 먼 내용의 문장을 고른다.

❶ 어느 것은 쓸모가 많고 어느 것은 쓸모가 적다는 고정된 기준은 있을 수 없다.

❷ 무엇의 가치는 그것이 어디에 얼마나 적절하게 쓰이느냐에 크게 좌우된다.

❸ 어떤 것의 값어치는 고정되어 있다기보다 상황과 쓰임새에 따라 변한다.

❹ 무엇이든 제 가치를 지니고 있으므로 평등한 대접을 받아야 한다.

3. 이 글과 함께 앞에서 다룬 여러 수필들, 특히 '함께 읽기 2'의 수필(「어느 날 자전거가 내 삶 속으로 들어왔다」)은, 필자가 자기의 생각을 드러내고 전달하는 방식이 서로 비슷하다. 다음 중 그 비슷한 점을 가장 잘 지적한 것은?

❶ 구체적인 사례를 이야기하고 그에 대한 생각을 제시한다.

❷ 자기의 생각과 다른 생각을 비교하고 따진다.

❸ 보편적인 진실을 특정한 경험을 가지고 풀이한다.

❹ 자기의 생각을 논리적으로 검증함으로써 신뢰성을 높인다.

제4장

필자의 상황과 관점

글은 말로 되어 있고 그 말은 항상

필자가 어떤 상황과 관점에서 하는 말이다.

그 상황과 관점에 서보면

필자가 그런 말을 왜, 어떤 뜻으로

하였는지 짐작할 수 있다.

글의 수제 혹은 중심적 메시지는 하나가 아니라 여러 가지이거나 단정하기 어려울 수 있다. 하지만 설명하기 쉽도록 단순화하여 '주제'라는 산꼭대기가 하나 있다고 치자. 거기에 이르는 길은 정해져 있지 않다. 그리고 그 길들은 중도에 서로 만나 겹치기도 하고, 새로 생기거나 없어지기도 한다. 그러므로 처음부터 정해진 큰 길이 따로 있으리라고 여겨 그것을 찾기보다는, 그 산꼭대기에 가까운, 혹은 거기에 이르려면 반드시 지나지 않을 수 없는 지점들을 알아두는 편이 낫다. 그래야 어느 길로 들어섰든 간에 방향만은 잃지 않을 테니까 말이다. 이제부터 모두 3장에 걸쳐 자세히 다루게 될 필자의 상황과 관점, 단락과 구성, 제재와 주제 등이 바로 그 지점들, 곧 독자가 살펴야만 될 글의 주요 측면들에 해당한다.

이 장에서 다루려는 필자의 상황과 관점은 그다지 중요한 문제로 간주되지 않는 경향이 있다. 상황과 관점이 글을 '이루어내는' 과정에서나 중요할 뿐, 글 자체를 '이루고 있는' 요소는 아니라고 여겨서 그랬을 수도 있다. 그러나 무슨 일이든 과정이 결과를 좌우하며, 결과 속에 반영된다. 글은 말로 되어 있는데, 그 말은 항상 필자가 어떤 상황과 관점에서 하는 말이며, 글에는 그 점이 어떤 모습으로든 반영되어 있다. 따라서 우리가 글을 적절하고 깊이 있게 읽기 위해서는 먼저 그것을 주의 깊게 관찰하여 필자가 말을 하는 그 본래의 상황과 관점에 서볼 필요가 있다.

1. 상황과 관점이란

말을 들을 때, 우리는 말하는 이의 입에서 나오는 소리를 듣고만 있는 게 아니다. 말을 하는 때와 장소, 의도, 그와 나 사이의 관계 등은 물론 그 사람의 성격, 지식수준, 사회적 위치 같은 것까지 두루 고려하며 듣는다. 그래야만 그가 왜 그런 말을 하는지, 그 말을 어떤 뜻으로 받아들여야 하는지, 들리고 보이지 않는 것까지 파악할 수 있기 때문이다. 우리가 말을 할 때도 마찬가지이다. 그 경우에는 입장이 바뀌므로 말을 하는 쪽보다 듣는 사람 쪽에 관심이 더 쏠린다는 차이가 있을 뿐, 한마디로 언어활동이 벌어지는 '상황'과 거기에 참여하는 사람들의 '관점(觀點)'은 언제나 중요하게 고려된다. 이렇게 볼 때 '필자'의 상황과 관점이 중요하다면 '독자'의 그것 역시 중요한데, 여기서는 전자 중심으로 논의하기로 한다.

말을 잘 못하거나 '말이 안 통하는' 사람이란 대개 말이 벌어지는 상황 혹은 그 말 자체에 담긴 상황이 요구하는 수준과 관점에서 말을 하고 들을 줄 모르는 사람이다. 바꿔 말하면, 말을 잘하고 듣는 사람은 상대방의 처지에 잘 설 줄 아는 사람, 담화의 상황을 잘 이해하는 사람이다. 글을 잘 읽는 사람 역시 필자의 상황과 관점을 적절히 파악하는 데 능한 사람이다. 독자는 일단 필자의 상황과 관점을 알고 거기에 서보아야 한다. 그래야만 필자가 그런 말을 왜, 어떤 뜻으로 하였는지, 그 말을 어떤 맥락과 논리에서 파악해야 하는지를 짐작할 수 있다. 성급하거나 자기중심적인 사람이 흔히 의사소통에 실패하는 까닭은, 이 상대방의 상황과 관점에 서보기를 하지 못하는 데 있다.

그런데 여기서 입말 활동과 글말 활동은 같지 않다는 점에 유의해야 한다. 입말 활동은 어떤 실제의 시간과 공간 속에서, 상대방의 억양, 표정, 몸짓 등을 직접 보고 들으면서 이루어진다. 그러나 글말 활동은 그럴 수 없다. 필자와 독자는 상대방을 전혀 보지 못한 채 말을 주고, 말을 받는다. 독자가 보는 것은 필자가 아니라 종이 위에 기록된 문자언어들, 곧 글뿐이다. 그러므로 독자가 필자의 상황과 관점을 알기 위해서는, 우선 언어활동의 결과(글)에 나타나 있거나 잠재되어 있는 것들을 바탕으로, 그 언어활동을 수행한 사람의 상황과 관점을 상상하여 재현(再現) 혹은 재구성해야 한다. 사실 필자는 글을 쓸 때 이러한 제한된 환경을 염두에 두고, 자신의 상황과 관점을 독자가 잘못 파악하거나 오해하지 않도록 치밀하게 서술한다.

앞 장에서 수필 갈래는 실제의 언어활동 모습이 거의 그대로 반영되는 특징을 지녔다고 하였다. 그것은 곧 수필이 읽기의 핵심 작업 가운데 하나인 이 '필자의 상황과 관점 파악하기'가 비교적 쉬운 갈래임을 뜻한다. 그렇다 하더라도, 첫째 그것이 글 자체에 구체적으로 서술되어 비교적 자세히 드러나 있는 경우와 그렇지 않은 경우가 있을 수 있다. 둘째, 필자가 글을 쓰고 있(는 것으로 여겨지)는 '서술하는 (현재의) 상황'이 바로 글 자체에 '서술된 상황'인 경우가 대부분이지만, 두 상황이 그렇게 직결되지 않을 수도 있다. 필자가 글의 '제재로 삼은' 상황은, 넓게 보면 필자의 상황이지만 좁게 보면 필자 '자신이 처한' 상황과 거리가 있을 수 있기 때문이다. 보통 독자들은 필자의 상황과 관점이 명료하게 드러나 있지 않은 경우와, 제재에 내포된 상황과 거리가 있을 경우 '읽기 어렵다'고 하는데, 이런 때에는 생략되거나 뒤얽혀 있는 것을 글 안팎의 자료를 활용하여, 또 상상력과 지식을 동원하여 '의식적으로' 재구성하여 파악해야 하기 때문이다. 글을 적절하고 깊이 있게 읽지 못하는 원인 중 하나는 바로 이 작업을 잘하지 못하는 데 있다.

그러면 상황과 관점이란 구체적으로 무엇일까?

먼저 '상황'에 대해 살펴보자. 사람은 시간과 공간을 벗어날 수 없다. 필자가 글을 쓰는 일, 곧 문자언어로 독자에게 말을 하는 일도 항상 어느 때와 장소에서 하게 마련이다. 상황이란 일단 그 행위의 시간과 공간의 상태라고 할 수 있다.

하지만 '필자가 글을 쓰는 시간과 공간'이란 필자가 종이에 적거나 컴퓨터 자판을 두들기는 구체적인 때와 장소를 가리키는 데 그치지 않는다. 사실 그것은 별로 중요하지 않다. 그것은 물리적 시공간이라기보다 글을 통해 필자가 무엇에 대해 어떤 태도로 말을 하는 것으로 '인식되고 상상되는' 추상적인 때와 장소이다.

시간은 시곗바늘이 가리키는 어느 때를 뜻하기도 하지만 한없이 흘러가는 역사라는 강의 한 물결을 뜻하기도 한다. 예를 들어 대한민국 서울의 2016년 1월 21일 오전 9시는 물리적인 시간일 뿐 아니라 어느 역사적, 시대적 시간이기도 하다. 공간 역시 필자가 글을 쓰는 장소이자 그 글을 읽을 독자를 포함한 여러 사람들이 함께 사회를 이루고 살아가는 곳이다. 따라서 상황이란 **필자가 글을 쓰는**

물리적 시간과 공간에서 나아가 그가 사회와 역사 속에 놓여 있는 처지, 사정 등을 뜻한다.

이번에는 '관점'에 대해 살펴보자. 사람은 언어활동을 함에 있어 상황을 떠날 수 없기도 하지만, 자기 자신을 떠나기도 어렵다. 모든 대상을 일단 자기의 입장에서, 자기 나름의 태도로 바라보면서 말하게 마련이라는 얘기이다. 글에는 제재(글감)와 독자 양쪽에 대한 그 태도가 반영되어 있다. 요컨대 **필자가 제재와 독자를 대하는 입장과 태도**, 바로 그것이 관점이다. 관점은 필자의 개인적 성격, 심리, 이해관계는 물론 그가 지닌 사회적 가치관, 사상, 이념 등에 좌우된다.

이상으로 상황과 관점을 뜻매김하였는데, 사실 그 둘은 서로 밀접한 관계에 있다. 관점은 필자의 개인적 관점인 동시에 어떤 사회 상황 속에서의 관점이요 그가 속한 집단, 계층의 영향을 받은 관점인 경우가 많다. 그것은 상황의 지배를 받을 수도 있고 받지 않을 수도 있다. 그리고 상황은 서로 다른 여러 관점들이 마주치면서 빚어진다. 같은 상황에서 똑같은 나무 한 그루를 보아도 보는 이의 관점에 따라 느낌과 평가가 달라지는가 하면, 하나의 사건을 한 사람이 바라보더라도 어떤 상황이나 입장에 서느냐에 따라 차이가 날 수 있다. 물론 그 다르고 차이가 나는 양상 자체가 또 하나의 상황이기도 하다. 독자는 이런 가운데서 '필자의' 상황과 관점을 읽는다. 글읽기가 세상 읽기의 축소판이요 연습 행위라는 말이 매우 실감이 나는 대목이다.

각기 다른 사물, 독자, 그 둘에 대한 필자의 관점, 그리고 그들 모두가 어우러져 빚어내는 갖가지 상황 등에 따라 글은 무한히 다양한 모습을 지니게 된다. 그것을 제1장에서 보았던 언어활동의 기본 상황 그림(☞ 27쪽)을 활용하여 나타내보면 이렇다.

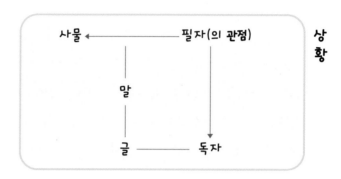

이 그림에서 보다시피, 크게 보아 필자가 처한 외적·객관적 상태가 상황이라면, 관점은 그 상황 속에서 필자가 취한 내적·주관적 상태임을 알 수 있다. 필자는 주어지거나 선택한 안팎의 조건 속에서, 또 나름의 입장에서 대상을 관찰하고 글을 쓰기 때문에 그것이 어떤 식으로든 글에 반영된다. 아니, 반영되는 정도가 아니라 글 자체를 낳고 이룬다. 세상 만물이 보통 그렇듯이, 글 또한 어떤 환경 조건 속에서 잉태되고 태어나는 것이기 때문이다. 상황과 관점을 알면 필자가 그 글을 쓴 의도, 글의 의미 맥락, 초점, 주제 등이 비교적 쉽게 파악되는 이유가 여기에 있다. 결국 상황과 관점이라는 것은 글 쓰는 행위가 이루어진 글의 탄생 배경이요, 따라서 그 개인적, 사회적 맥락을 파악하는 해석의 배경이라고 할 수 있다.

2. 상황과 관점 읽기

　우리가 글을 읽을 때 상황과 관점이 제대로 파악되지 않으면, 글은 허공에 뜬 풍선이나 발신인을 알 수 없는 편지처럼 되기 쉽다. 언제, 어디서, 누가, 왜 했는지를 알 수 없는, 말하자면 의미의 맥락을 종잡을 수 없는 말덩어리의 뜻을 알아내기란 무척 힘이 들기 때문이다. 이럴 땐 거꾸로 상황과 관점을 파악하면 해석의 탈출구가 마련되는 수가 많다. 제1장 제5절(☞ 44쪽)에서 보람이가 「설해목」을 해석하다가 막혔을 때, 필자의 상황과 관점에서부터 다시 시작했던 적이 있다. 그때 보람이는 필자가 자기 스승께서 하신 일을 회상하고 난 뒤에, 인간 세계로부터 자연 세계로 관심을 넓혀가는 상황을 상상하여 되살리고, 필자가 그 두 세계를 똑같이 보는 관점에 서 있음을 읽어냄으로써 적절한 해석의 줄기를 잡을 수 있었다.

　그러면 어떻게 해야 필자의 상황과 관점을 잘 읽어낼 수 있을까?

　필자는 일부러, 혹은 자기도 모르는 사이에 자신의 상황과 관점에 관한 정보나 흔적 따위를 글 속에 담는다. 그것은 읽는 힘이 있는 사람에게는 금방 눈에 띄지만 그렇지 못한 사람에게는 잘 보이지 않는다.

　「설해목」의 경우 필자의 상황과 관점을 꽤 많이 드러내주는 것은 주로 다음의 '보조단락'──주제와 직접 관련되지는 않으면서 글의 전개와 독자의 이해를 돕는 단락(☞ 제5장 2절)──과 그 뒤에 바로 이어지는 몇 마디의 말이다.

이제는 가버리고 안 계신 한 노사(老師)로부터 들은 이야기다. 내게는 생생하게 살아 있는 노사의 모습이다.

산에서 살아보면 누구나 다 아는 일이지만 〔……〕

우리는 위에서 필자가 스승께 들었던 이야기를 회상하고 있다는 것, 거기서 "생생하게 살아 있는 노사의 모습"을 느낄 정도로 그 이야기를 소중히 여기며 스승 또한 존경하고 있다는 것, 그런 제자답게 필자는 지금 스승께서 하셨던 일과 통하는 다른 일에 관해 이야기하려 한다는 것 등등을 알아낼 수 있다.

하지만 상황과 관점은 이렇게 제법 구체적인 정보를 담은 '말'이 아니라 비유, 분위기, 말투 등을 통해, 한마디로 '말을 하는 행위'의 특징들을 통해 간접적으로만 암시될 수도 있다. 앞서 지적했듯이, 글의 겉에 드러나 있기도 하고 숨어 있기도 한 것이다. 보통 그것은 제재와 주제가 사회적·공적(公的)이기보다는 개인적·사적(私的)인 글이나 시간과 공간의 제약을 많이 받는 글에 더 뚜렷이 드러나 있다. 그리고 표현의 네 가지 기본 양식을 놓고 말한다면, 설명과 논증보다는 묘사와 서사에 그것이 구체적으로 드러나 있기 쉽다. 설명문이나 논문보다는 수필이, 수필 가운데서도 중수필보다 경수필이 우리한테 쉽게 읽히는 것은, 묘사와 서사 양식이 지배적이므로 상황과 관점이 잘 드러나 있어 글의 이해에 도움을 주기 때문이다.

한편 상황과 관점이 구체적으로 드러나 있지 않아 쉽사리 파악하기 어려울 때, 우리는 글 안에 흩어져 있는 정보들을 종합하고, 낱말, 말투, 비유, 분위기 등을 바탕으로 그것을 상상하고 추리해 내야 한다. 아울러 필자의 인생, 글이 발표되었던 시간과 장소, 그 글에 대한 비평과 해설 등에 관한 참고 자료를 종합하여 그것을 알 아내야 한다.

　그러면 이제까지 살핀 것을 바탕으로 필자의 상황과 관점을 읽 는 요령을 정리해보자.

필자의 상황과 관점을 읽는 요령

① 서술(글) 자체와 별도로, 필자가 그것을 서술하는(쓰는) 행 위 자체에 관한 표현에 주목한다. 그것은 대개 글의 앞머 리나 마무리 부분에 나오므로 거기서 필자가 글을 쓰게 된 이유와 과정, 쓰고 있는 상황과 배경 등을 파악한다.

② 필자가 중심된 제재를 어떤 입장에서, 어떠한 태도로 바 라보는지에 유의하여 읽는다. 나아가 그가 독자로 하여 금 제재를 어떻게 보도록 이끌고/설득하고 있는가에 주 목한다.

③ (상황과 관점이 구체적으로 드러나 있지 않은 경우에는) 직접 간 접으로 주어진 정보들을 종합하여 필자의 말투, 직업, 성 격, 계층, 가치관 등을 파악한다. 그리고 그것을 바탕으 로 제재에 대한 관점과 그런 관점을 지니게 된 원인을 추 리해본다.

---

④ 필자가 글을 쓰고 발표한 시간(시대)과 공간(사회)의 관습, 제도, 사상, 가치관 등에 관해 조사하여 참고한다.

⑤ 필자가 글을 쓰고 있(는 것으로 여겨지)는 '현재'의 상황이, 글 자체에 서술되어 있는 상황과 거리가 있는 경우, 즉 필자가 '서술하는 상황'과 글의 대상이 되어 '서술된 상황'이 다른 경우, 두 상황과 관점을 구분하며 읽는다.

⑥ 필자의 상황과 관점이 항상 고정되어 있지는 않다. 특히 상황의 변화, 즉 사건 위주의 이야기(서사) 글의 경우, 그에 따른 필자의 관점 변화에 유의한다.

⑦ 제재가 비슷하지만 내용이 다른 글을 찾아 상황과 관점 위주로 비교해본다.

3. 「시골 한약국」 자세히 읽기

상황과 관점의 파악은 어떻게 하며 그것이 글의 이해에 어떤 도움을 주는지를 알기 위하여, 다음 글을 함께 읽고 문제도 풀어보자.

시골 한약국

피천득(1910~2007): 수필가, 영문학자. 수필집 『금아 시문선』 『산호와 진주』 등을 지음.

나는 학생 시절에 병이 나서 어느 시골에 가서 몇 달 휴양을 하였다. 그때 내가 유(留)하던 집 할아버지의 권고로 용하다는 한약국에 가서 진찰을 받고 약을 한 제 지어 먹은 일이 있었다. 그 의원은 한참 내 맥을 짚어보고는 전신 쇠약이니까 녹용과 삼을 넣은 보약을 먹어야 한다고 하였다. 그런데 자기 약방에는 약재가 없고 약 살 돈도 당장 없다고 하였다. 사실 낡은 약장에는 서랍이 많지 않았고 서랍 하나에 걸려 있는 약 저울도 녹이 슬어 있었다.

약국 천장을 쳐다봐도 먼지 앉은 봉지가 십여 개쯤 매달려 있을 뿐이었다. 어째서 내 마음이 그에게 끌렸는지 그 이튿날 나는 그 한의와 같이 4, 50리나 되는 청양(靑陽)이라는 곳에 가서 내 돈으로 나 먹을 약재를 사고 약국을 해먹으려면 꼭 있어야 한다는 약재를 사도록 돈을 주었다.

약의 효험인지, 여름 시냇가에 날마다 낚시질을 다니고 밤이면 곤히 잠을 잔 덕택인지 나는 몸이 건강해져서 서울로 돌아왔다. 내가 돌려주었던 그 돈은 받았는지 받지 못하였는지 지금은 생각이 나지 않는다.

나는 그 후 셰익스피어의 극 「로미오와 줄리엣」 속에서 로미오가 독약을 사는 약방, 먼지 앉은 병들과 상자들을 벌여놓은 초라한 약방이 나올 때 비상(砒霜)[1]조차도 없을 충청도 그 시골 약국을 회상하였다.

양복 한 벌 변변한 것을 못 해 입고 사들인 책들을 사변 통에 다 잃어버리고 그 후 5년간 애면글면[2] 모은 나의 책은 지금 겨우 300권에 지나지 아니한다. 나는 이 책들을 내가 기른 꽃들을 만져보듯이 어루만져 보기도 하고, 자라는 아이를 바라보듯이 대견스럽게 보기도 한다.

물론 내가 구해놓은 이 책들은 예전 그 한방의가 나한테서 돈을 취하여 사온 진피(陳皮), 후박(厚朴), 감초(甘草), 반하(半夏), 향인(香仁) 같은 것들이다.

그런데 우황(牛黃), 웅담(熊膽), 사향(麝香), 영사(靈砂), 야명사(夜明砂) 같은 책자들이 필요할 때면 나는 그 시골 약국을 생각하게 된다.

—『수필』(범우사, 1976)

---

1 비상(砒霜): 비석(砒石)을 승화시켜서 얻는 결정체. 강한 독성을 지녀서 독약으로도 쓰임.
2 애면글면: 힘에 겨운 일을 이루려고 온 힘을 쏟는 모습.

아무래도 다른 때보다는 필자가 서 있는 상황과 관점에 신경을 집중하고 읽었을 것이다. 그러면 되도록 '앞글을 다시 보지 않으면서,' 생각나는 대로 다음 빈칸을 대강 채워보자.

(1) 필자의 직업(신분)은?

....

(2) 필자가 글을 쓰고 있는 때(시기)는 대강 언제로 추측되는가?

....

(3) 필자는 예전의 그 시골 한약국에 대해 어떤 생각이나 느낌을 갖고 있나?

....

(4) 필자는 지금 자기 자신을 어떤 태도로 보고 있나?

....

(5) 필자는 지금 왜 시골 한약국을 생각하게 되는가?

....

  다섯 개의 물음이 모두 그게 그 소리 같다면, 언어 감각 혹은 글을 보는 눈이 아직 날카롭지 않기 때문이다. 말을 요리하는 칼이 무디다고 할 수도 있겠다.
  대답을 탐탁지 않게 채웠다 하더라도 너무 실망할 건 없다. 앞의 「시골 한약국」은 필자의 상황과 관점이 드러나 있기는 하지만, 쉽게 알 수 있을 만큼 확연하지는 않기 때문이다. 그리고 필자의 상황과 관점이라는 것 역시 글의 다른 요소들과 마찬가지로, 본래 간단히 집어내기만 하면 되게끔 따로 동떨어져 존재하지 않기 때문이다. 다른 요소들과 엉겨 있어서 글 전체를 두루 볼 수 있어야 어느 한 가지도 볼 수 있지, 그러지 못한 형편에 하나만 잘 보기는 어렵다는 얘기다.

이제 한 물음씩 같이 답해보면서, 상황과 관점을 읽는 힘을 기르도록 하자. 이번에는 **앞글을 다시 보아가면서**, 그런 대답의 근거가 되는 것들이 어디에 어떻게 있었던가를 확인하면서 분석하고 종합해보자.

(1) 필자의 직업(신분)은?

필자의 직업은 선명하게 드러나 있지 않다. 하지만 "학생 시절, 「로미오와 줄리엣」, 모은 책이 300권, 책들을 꽃 만져보듯이, 아이를 바라보듯이 보기도 한다, 우황·웅담…… 같은 책자들이 필요할 때" 등의 말들을 종합하고 추리해보면 짐작이 간다. 그는 글(책)을 읽고 쓰거나 가르치는 일과 관계가 깊은 일을 하는 사람—학자·교육자·지식인·문필가 등—이라고 볼 수 있다.

인명사전 같은 참고 자료에서 필자가 수필가이자 영문학 교수였다는 점을 알아냈거나 그 사실을 이미 알고 있었다면, 그렇게 꼬집어 답해도 좋겠다.

(2) 필자가 글을 쓰고 있는 때(시기)는 대강 언제로 추측되는가?

"책들을 사변 통에 다 잃어버리고 그 후 5년간 애면글면 모은 나의 책은 지금 겨우 300권"이라는 말로 보아, '사변(6.25 사변, 한국전쟁) 끝나고 5년쯤 지난 후' 또는 '1958년쯤'이라고 할 수 있다.

이 글은 전쟁 뒤의 궁핍한 시기, 책은 고사하고 먹고살기도 어려운 시대 상황 속에서 썼다고 볼 수 있다.

(3) 필자는 예전의 그 시골 한약국에 대해 어떤 생각이나 느낌을 갖고 있나?

시골 한약국이라는 제재를 보는 필자의 입장과 태도, 즉 관점을 묻는 문제이다.

"낡은 약장, 녹슨 약 저울, 먼지 앉은 약재 봉지 십여 개, 비상조차도 없을 초라한 약방……" 등등의 말들로 미루어볼 때, 필자는 시골 한약국에 대해 그 초라함이 안타깝고 안쓰럽다는 느낌을 갖고 있는 것으로 보인다.

필자는 그 한약국을 동정은 하지만 결코 좋게 여기지 않는다. 약국이 약국답지 못하고 의원이 의원답지 못한 까닭이다. 그런데 필자는 좋게 여기지는 않되 비판하기보다는 동정하는 편이고, 딱하고 한심스럽기보다는 안타깝고 안쓰러운 느낌을 더 강하게 지니고 있는 듯하다. 왜 그럴까? 그가 '말을 하는 행위'를 관찰해보면, 비판적인 말은 드러내놓고 하지 않으면서 그 어려운 형편은 자세히 그리고 있기 때문이다. 결국 필자는 주인의 무능함이라든가 시골의 어려운 환경 따위를 파고들어 궁핍의 원인을 따지기보다는, 그 지독하게 궁핍한 모습 자체를 안타까워하고 안쓰럽게 여기는 데기울어 있는 셈이다. 필자는 머리로 따지고 비판하기보다는 마음으로 느끼고 껴안는 편인 사람 같다.

(4) 필자는 지금 자기 자신을 어떤 태도로 보고 있나?

이 글은 시골 한약국과 함께 필자 자신의 서재가 중심제재이다. 따라서 자신(과 관련된 것)에 대한 관점도 살펴야 하는데, 그것을 분명히 드러내주는 말이 이 글에는 없다. 분석하고 추리하여 파악해 내야 한다.

이 글에서 필자는 약재(藥材)와 책, 예전 시골 한약국의 형편과 현재 자기의 형편을 같게, 한 계열로 보고 있다. 그리하여 지금 것을 예전 것에 빗대어, 또는 예전의 경험을 끌어다가 지금의 상황을 비유하여 표현하고 있다. 그렇게 보고 또 표현하는 행동에서 필자의 자기 자신에 대한 태도가 간접적으로 드러난다. 바로 거기에서 자기 자신을 바라보는 입장과 태도를 읽어내는 것이 좋겠다.

다음 괄호를 채워보자.

A 약재　　　　　　　　＝　　　　　　　책
B (약재가 있는) 한약국　＝　(　　　　　　　　　　)
C (약재가 있는 한약국의) 주인　＝　(　　　　　　　　　　)

'A 약재＝책'의 비유는 그것이 있는 곳인 'B 한약국＝필자의 서재(또는 책장)'의 비유를 낳는다. 그것은 다시 그 주인인 'C 한약국 주인＝필자' 자신, 즉 그가 자기와 닮은꼴임을 함축하고 있다. 그렇다면 필자는 한약국과 그 주인을 보듯이 자기의 서재와 자기 자신을 바라보는 셈이 된다. 안타깝고 안쓰럽게, 부끄러운 마음으로.

물론 이러한 분석만이 가능한 것은 아니다. 예를 들어 한약국의 의원과 비교할 때 필자는 자기를 그 사람보다 사정이 조금 낫다고 보고 있다고 파악할 수도 있다. 한약국에는 머지않아 도로 먼지 않은 약재 봉투 10여 개밖에 안 남겠지만, 자기 서재에는 그래도 300권의 책이 있으니까. 그렇게 보면 필자는 다소 엄살을 떨고 있는 성싶기도 하다. 하지만 달리 보면, 필자는 의원보다 자기가 더 못하다고 여기는 것 같기도 하다. 자기는 학식이나 직업으로 보아 한약국 의원보다 사정이 나아야 하는데도 형편은 비슷하니 말이다. 책이 300권이 있어도 필자는 그게 '겨우' 300권이라고 비판적으로 평가하고 있다.

(5) 필자는 지금 왜 시골 한약국을 생각하게 되는가?

필자가 처한 상황에 관한 핵심 문제인데, 이 글의 마지막 문장과 관계가 깊다. 그런데 그 문장은 이 글의 다른 모든 말들이 오로지 그것을 위해 존재한다고 할 수 있을 정도로 뜻깊은 문장인지라 여러 단계를 거쳐야만 답을 마련할 수 있다. 그 문장이 과연 그토록 뜻깊은 문장이라면, 이 글은 필자의 상황을 파악하는 데 해석의 열쇠가 걸려 있는 셈이다.

그 문장을 다시 보기로 하자.

그런데 우황, 웅담, 사향, 영사, 야명사 같은 책자들이 필요할 때면 나는 그 시골 약국을 생각하게 된다.

필자는 지금 왜 그 시골 한약국을 생각하게 되는가? 이 물음에 대한 가장 손쉬운 대답은 '돈이 없기 때문'이라고 하는 것이다. 돈이 없어서 약재와 책을 마음껏 사지 못한다는 얘기가 나오니 말이다. 하지만 그 대답은 너무 단순하고 깊이가 없어 보인다. 돈이 없어서 자기의 형편이 궁핍스럽고, 그래서 같은 형편이었던 한약국이 생각나는 것은 틀림이 없으나, 그렇게만 보는 것은 글의 주제를 돈타령으로 단순화시키는 느낌이 들고, 또 돈만으로는 설명하기 어려운 필자의 절실한 속마음을 읽어내지 못하는 것 같다. 어렵사리 모은 책들을 "기른 꽃들을 만져보듯이 어루만져 보기도 하고, 자라는 아이를 바라보듯이 대견스럽게 보기도" 하는 필자에게 있어서 책 문제를 꼭 돈 문제로만 보는 것은 무리라는 생각도 든다.

앞의 물음에 대한 답으로 또 어떤 것이 있을까? 마지막 문장의 일부를 도려내어 '우황, 웅담…… 같은 책이 필요하기 때문'이라고 할 수 있다. 하지만 '우황, 웅담…… 같은 책'이란 어떤 책이며, 그런 책이 필요할 때면 어째서 시골 한약국이 생각나는 것인지 얼른 알 수 없다. 말하자면 그 말은 더 '해석'을 거쳐 풀이가 되어야만 적절한 답이 될 수 있다.

글을 간추리고 해석하는 작업을 할 때, 막연히 그런 것 같아서 그렇다고 해도 안 되고, 글에서 중요하다고 생각되는 부분을 그대로 '도려내기'만 해서도 안 된다. 그래도 되는 경우가 아주 없지는 않겠지만, 해석은 독자가 '자기의 말'로 하는 것이다. 해석은 글 전체를 나름대로 요약하고 재구성하여 만들어낸 자기의 새로운 표현으로 이루어져야 한다.

마지막 문장을 충분히 해석하기 위하여, 앞에서 대강 잡아본 이

글의 얼개를 더 세세한 데까지 살펴보자. 앞의 A 약재＝책, B 한
약국＝서재, C 한약국 주인＝필자의 세 항목 가운데 먼저 A를 자
세히 보기로 한다. 괄호를 채워보자.

A **약재**　　　　　　＝　　　　**책**

A1 **진피, 후박……** ＝ (　　　　　　　　　　)

A2 **우황, 웅담……** ＝ (　　　　　　　　　　)

　"약국을 해먹으려면 꼭 있어야" 되는 진피나 후박 같은 약재는
필자가 살아가거나 일을 하는 데 없어서는 안 되는 기본적인 책이
라 할 수 있겠다. 그러면 '우황, 웅담…… 같은 책'은 어떤 책인가?
기본적인 책과 구별되는 것이니까 일단 '값진 책' '희귀한 책'이라
고 할 수 있다. 그런데 값진 책이란 어떤 책일까? 우황, 웅담 같은
약재는 대개 값이 비싸고, 구하기 어려우며, 병을 고치는 데 효험
이 크다. 그렇다면 그런 책은 이런 책일 것이다.

A2 **우황, 웅담……**　　　　　　　　**책**

가격이 비싸다　　　　⑦ 가난한 필자로서는 사기 어려운 '비싼 책'

구하기 어렵다　　　　ⓛ 필요한데도 구하기 어려운 '희귀한 책'

효험이 크다　　　　　ⓒ 필자가 읽지 못한 '값진 내용의 책'

　비싼 게 구하기 어렵고 효험도 있게 마련인데 그걸 굳이 구별
할 필요가 있느냐고 할지 모른다. 그러나 항상 그런 것은 아니다.

값비싼 책의 내용이 허술할 수도 있고 값진 내용의 책인데도 가격이 쌀 수도 있다. 앞의 말들이 모두 비슷한 말이고 전부 '우황, 웅담…… 같은 책'의 뜻이 될 자격이 있다 하더라도, 그중에서 무엇이 글 전체의 맥락에 가장 적합한지를 알아내야 적절한 해석을 할 수 있다. 글읽기는 이렇게 매우 섬세한 작업일 때가 많다.

글 전체의 내용에 비추어 이들 가운데 가장 거리가 먼 것이 무엇이라고 생각하는가? ⓛ이라고 보는 게 맞다. 약재가 희귀하여 어려움을 겪었다든가 원하는 책을 찾을 수 없어 애쓴 기미는 엿보이지 않으니까.

나머지 둘 가운데서는 ㉠이 이 글의 내용과 더 어울리는 것 같다. 시골 한약국 주인이나 필자나 돈이 없기 때문에 그런 초라한 처지가 된 게 사실이니 말이다. 그렇다면 지금 필자는 옛날에 자기가 한약국에 그랬듯이, 어떤 돈 많은 사람이 나타나서 그런 비싼 책들을 사 주기를 기대하고 있는지도 모른다.

그러나 ⓒ도 무시해버릴 수는 없다. '우황, 웅담…… 같은 책'이란 '값진 내용의 책'이라고 볼 수 없게 하는 요소가 글 전체에서 별로 발견되지 않는다. ㉠이 가격에 초점을 둔 뜻에서의 '값진 책'이라면 ⓒ은 내용과 그것을 읽고 싶어 하는 필자의 마음에 초점을 둔 '값진 책'이다.

둘 가운데 어느 쪽이 적절한가는, C 한약국 주인＝필자를 분석해가다 보면 저절로 해결될지 모르니 잠시 그대로 두기로 하자.

필자는 그런 책이 필요할 때면 왜 하필 그 시골 한약국을 생각하

게 될까? 필자에게 있어서 한약국=자기의 서재요, 한약국 주인=
필자 자신이므로, 지금 자기의 처지는 곧 예전 그 한약국 주인의
처지이기 때문이다. 그러면 다시, '그 한약국 주인의 처지'란 과연
어떤 처지인가? 둘 사이의 공통점을 더 파고들어 보자.

C	한약국 주인	=	필자
직업(신분)	의원		학자, 교육자, 지식인, 문필가
재료·도구	A 약재	=	책(지식, 지혜)
	A1 진피, 후박……	=	기본적인 책
	A2 우황, 웅담……	=	가격이 비싼 책? 내용이 값진 책?
경제적 처지	궁핍함	=	궁핍함
하는 일	사람의 병을 고침	=	( )

  의원이 사람 몸의 병을 고친다면 학자·교육자·지식인·문필가
인 필자는 사람의 마음과 정신을 깨우치고 이끈다. 한약국 주인과
필자는 잘못된 것을 고쳐서 사람을 돕고 구제하는 일을 한다는 점
에서 공통점이 있는 것이다.
  이렇게 한약국 주인과 필자가 하는 일을 살펴보니 '우황, 웅
담…… 같은 책'은 내용이 값진 책이지 가격이 비싼 책이 아니라는

사실이 드러난다. 사람을 돕고 구제하는 데 '값진 책'을 판단하는 기준은 내용이지 가격일 수 없는 까닭이다.

이제까지 살핀 것을 종합하여, 필자가 왜 시골 한약국을 생각하게 되는가에 대해 결론을 내보자. 스스로 판단하기에, 필자는 지금 약간의 책을 읽어 기본적인 지식은 갖추었으나, 전쟁 후의 어려운 사정 때문에 값진 책을 읽지 못하여 깊은 지식과 지혜는 얻지 못한 상황에 놓여 있다. 필자는 자기가 그런 상태로는 지식을 쌓고 타인을 이끄는 일을 충분히 수행할 수 없다는 관점에 서서, 그런 면에서 이름만 의원이었던 그 한약국 주인과 자기가 별로 다르지 않다고 생각하기 때문인 것이다.

이 글은 '나는 궁핍한 형편 때문에 값진 지식과 지혜를 담은, 꼭 읽고 싶은 책들을 갖지 못해서 안타깝다'는 생각과 느낌을 표현하고 있다. 필자가 놓여 있는 상황과 그 속에서 그가 취한 관점을 파악하는 것이 글을 이해하는 데 어떻게 이바지하는지를 다소 엿보았으리라 믿는다(지금 「시골 한약국」을 처음부터 끝까지 다시 한 번 읽는다면, 그것을 더욱 실감할 수 있을 것이다).

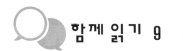

다음 글을 필자의 상황과 관점에 주목하여 읽으시오.

'파는' 문화와 '읽고 쓰는' 문화

김학수(1951~): 신문방송학자. 『한국 의회 정치와 언론 역할 연구』 『한국 과학 기술의 대중화 정책 연구』 등을 펴냄.

가끔 나는 이런 질문을 던지곤 한다. 과연 양식 있는 사회란 어떤 것일까? 소위 교양 있는 시민이란 어떤 모습일까? 그러면 가장 먼저 떠오르는 것이 질서를 잘 지키는 사회, 인권이 존중되는 사회, 이웃을 사랑할 줄 아는 사회이다. 그런 사회를 우리는 흔히 선진국이라 부르기도 하고, 진정으로 살아 있는 공동체라고 일컫기도 한다.

어떤 할머니가 한평생을 콩나물 기르기로 보내다가 자신의 경험을 일일이 기록해둔 메모를 토대로 책 한 권을 썼다. 가구 짜기에 평생을 바친 어떤 목수가 자신의 경험을 정리해서 내놓은 책이 서점가에서 화제가 되고 있다. 고스톱에 미친 한 샐러리맨이 쓴 『고스톱의 원리와 철학』이라는 책이 젊은이들 사이에 필독서가 되고 있다. 외교관의 아내로 30년을 해외에서 보낸 어떤 부인이 쓴 『세계의 이모저모』는 해외 관광을 하려는 사람들에게 가장 유익한 안내서이다.

이런 책들이 불행히도 아직 우리 곁에 나와 있지 않다. 대수롭지 않게 보이는 일에도 반드시 지혜의 노하우가 있는 법이다. 그런데 우리에겐 그것을 후대에 전달해주는 문화가 가꾸어져 있지 않다. '아주아주' 평범한 시민이 인생의 마무리 단계에서 자신이 경험하고 축적한 지혜를 한 권의 책으로 내놓을 줄 아는 사회, 나는 그것이 바로 교양 있는 시민이 사는 양식 있는 사회라고 말하고 싶다. 그런 사회는 질서와 인권과 이웃을 존중하는 사회보다 더 중요하다. 사실 지혜의 나눔이 없이는 그런 살아 있는 공동체가 가꾸어질 수가 없다.

'쓰는 문화'가 책의 문화에서 가장 우선이다. 쓰는 이가 없이는 책이 나올 수가 없다. 그러나 지혜를 많이 갖고 있다는 것과 그것을 글로 옮길 줄 아는 것은 별개의 문제이다. 엄격하게 이야기해서 지혜는 어떤 한 가지 일에 지속적으로 매달린 사람이면 누구나 머릿속에 쌓아두고 있는 것이다. 하지만 그것을 글로 옮기기 위해서는 특별하고도 고통스런 훈련이 필요하다. 생각을 명료하게 정리할 줄과 글맥을 이어갈 줄 알아야 하며, 그리고 줄기찬 노력을 바칠 준비가 되어 있어야 한다. 모든 국민이 책 한 권을 남길 수 있을 만큼 쓰는 문화가 발달한 사회, 그때에는 지혜의 르네상스가 가능할 것이다.

'읽는 문화'의 실종, 그것이 바로 현대의 특징이다. 신문의 판매 부수가 날로 떨어져 가는 반면에 텔레비전의 시청률은 날로 증가되어가고 있다. 깨알 같은 글로 구성된 200쪽 이상의 책보다 그림과 여백이 압도적으로 많이 들어간 만화책 같은 것이 늘어나고 있다. 보는 문화가 읽는 문화를 대체해가고 있다. 읽는 일에는 피로가 동반하지만 보는 놀이에는 휴식이 따라온다. 일을 저버리고 놀이만

좇는 문화가 범람하고 있지 않은가. 보는 놀이가 머리를 비게 하는 것은 너무나 당연하다. 읽는 일이 장려되지 않는 한 생각 없는 사회로 치달을 수밖에 없다. 책의 문화는 바로 읽는 일과 직결되며, 생각하는 사회를 만드는 지름길이다.

'파는 문화'의 육성, 이것이 '책의 해' 한 해 동안의 가장 큰 업적이 아닐까. 대중 매체에 의한 집중적인 도서 소개, 공사(公私) 기관들에 의한 범국민적 홍보에 힘입어 최대의 불경기 속에서도 책 시장만큼은 경기가 좋지 않았던가 싶다. 사실 시장 형성이 되지 않으면 아무리 좋은 책이라도 생산해낼 수가 없다. 그런 의미에서 파는 문화도 책의 문화를 키우는 데 매우 중요한 것임은 말할 나위가 없다. 일주일에 한 번은 책방에 들를 줄 아는 가족들이 이해에 특별히 많이 탄생했기를 바랄 뿐이다.

그러나 나는 또한 '책의 해'가 '파는 문화' 말고 '쓰는 문화'와 '읽는 문화'를 육성하는 데 얼마나 노력했는지 묻고 싶어지는 것이다. 그러한 좀더 바탕이 되는 문화들을 부추기지 않고는 근본적으로 책의 문화가 육성될 수 없다는 생각이다. 더더욱 진정으로 양식 있는 사회, 교양 있는 시민을 일구어내는 일은 불가능하다는 판단이다. 바로 '책의 해'가 남긴 교훈이 있다면 그런 것이 아닐까 한다.

—『출판저널』 제140호(1993. 12)

---

1. 필자가 이 글을 쓰고 있는 것으로 여겨지는 때는? 글 안의 정보를 가지고 답하시오.

2. 필자는 '현대 사회'가 어떠한 문제점을 지니고 있다고 보는가? 한 가지만 간추려 적으시오.

3. 책의 문화 가운데 필자는 무엇이 가장 우선적인 것이라고 보는가? 그리고 그렇게 보는 까닭은?

4. 필자가 제재와 독자에 대해 취하고 있는 기본적인 태도를 가리키는 말로 보다 적합한 것을 2개 고르시오.

❶ 낙관적   ❷ 비판적   ❸ 추상적

❹ 감정적   ❺ 타협적   ❻ 적극적

5. 이 글에 깔려 있는, 현대 한국 사회의 상황에 대한 필자의 생각은? 괄호를 채우시오.

★ 길잡이: 필자는 책 이야기를 주로 하고 있지만, 그런 이야기를 하는 중에 드러나는, 그가 근본적으로 바라고 추구하는 것이 있다. 그것은 현대 한국 사회의 상황에 대한 필자의 심층적인 '관점'과 연관되어 있다.

(㉠   )기 위해서는, (㉡   )해야 한다.

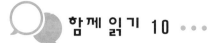

다음은 사건 서술 위주의 '이야기(서사적) 수필'이다. 필자가 현실을 어떤 상황에서 어떤 태도로 바라보며 말하고 있는가에 관심을 쏟으면서 읽으시오.

삼등석

김태길(1920~2009): 철학자, 수필가. 『윤리학』『한국인의 가치관 연구』, 수필집 『웃는 갈대』 등을 펴냄.

'제×호 법정'이라는 표지가 붙은 방문을 밀고 들어섰을 때 받은 첫인상은 기차 정거장 3등 대합실에 발을 들여놨을 때의 기분에 가까웠다. 마룻바닥은 깨끗이 청소되었고, 비품도 그리 남루하지 않음에도 불구하고, 그런 인상을 받은 것은 아마 그곳에 모인 사람들이 분위기를 지배했기 때문일 것이다.

시간이 되었으나 아직 개정되지 않은 법정에는 괴로움을 즐기기 위해서 세상에 태어난 듯한 사람들만이 기다리고 있었다. 누르끄레한 혈색에 표정 없는 얼굴들이 동양화 그림 속의 화상들처럼 조용하다. 변호사를 대기에는 너무나 간고한 사람들. 자기의 권익을 스스로 변호하고자 시간에 늦을세라 부랴부랴 모여든 사람들. 장롱 깊숙이 숨겨두었던 외출복을 손질하여 차리고 나섰으나, 반생에 걸쳐 뼛속까지 사무친 군색이 하루아침에 가시지는 않았다. 젖먹이 어린것을 데리고 온 아낙네도 있다. '여성'을 느끼게 하기에는 너무나 풍파에 시달린 젖통을 사양 없이 드러내고 사이참을 먹인다.

그 '3등' 손님들 대열 가운데 나도 끼어 앉았다. 외국에 나가 있는 사이에 내 가옥을 팔아먹은 고명한 법률가만 아니었더라도 내가 이곳에 올 필요는 없었을 것이다. 넉넉히 착수금을 치르고 변호사에게 맡길 만한 돈지갑만 있었더라도 이곳에 나타날 필요는 없었을 것이다. 그러나 기왕 왔을 바에야 볼일은 보고 가야 하겠기에 허리띠를 늦추고 앉아서 기다리기로 한다. 동양화 속의 인물처럼 무표정한 얼굴로.

얼마 동안을 묵묵히 기다리고 있노라니, 이상한 복장으로 차린 의젓한 사람들이 하나둘 나타나기 시작했다. 그 이상한 복장이란 활동사진에서 본 법관의 그것이다. 검정 모자에 검정 두루마기. 가슴에는 커다란 무궁화 무늬가 빛난다. 같은 복장의 사람들이 7, 8명 들락날락, 법정 안이 차차 활기에 찬다. 우리 3등석의 손님들과 저 검정 옷차림의 양반들 사이에 무슨 어마어마한 거리가 있다는 느낌에 사로잡히며 조용히 눈을 감는다.

"일동 기립!" 하는 구령 소리에 눈을 떴다. 이번에는 법정 전면 높은 단상 위에 다른 네 사람이 검은 복장으로 나타났다. 앞서 말한 '이상한 복장'과 비슷한 옷차림이다. 그러나 가슴에 수놓은 무궁화의 빛깔이 다르다. 먼저부터 들락날락하던 분들의 무궁화는 붉은빛인데, 지금 새로 나타난 분들의 무궁화는 세 사람은 금빛이고 한 사람은 푸른빛이다. 그제야 아래층 마룻바닥을 왔다 갔다 하는 검정 옷은 변호사들이고, 위층 높은 단상에 오른 검정 옷은 판사들과 서기라는 짐작이 갔다. 법정 안은 갑자기 엄숙한 분위기가 지배한다. '위에는 위가 있다'는 엄연한 현실을 전신으로 느끼면서 나도 모르게 '차렷' 자세로 긴장하였다.

재판관을 따라 일동이 착석하며 곧 사무가 진행되기 시작하였다. 변호사를 대리인으로 세운 사건에 있어서는 대리인들이 나가고, 그렇지 못한 경우에는 본인이 나가서 묻는 말에 대답을 한다. 그런데 본인 또는 증인이 호출을 당할 때는 '이××' '김○○' 하고 성명 석 자만이 발음되지 어떠한 종류의 경칭도 붙지 않는 것이 보통이다. '형사 피고도 아닌데 어째 남의 이름을 마구 부를까?' 처음에는 의아한 생각이 없지도 않았으나, 결국 그렇게 하는 것이 시간의 절약도 될 뿐 아니라, '법정의 위신'을 높이는 데도 효과가 적지 않은 '지당한' 처사라는 것을 곧 터득하게 되었다. 옛날 '원님'이 재판을 하던 시대 같으면 그 앞에 엎드려 묻는 말에 대답했을 것을 지금은 판사님이 앉으신 단하(壇下)에 뻣뻣이 선 채로 말을 하게 되었으니…… '민주주의'의 바다 같은 은혜의 덕분이라 하겠다.

이 법정 안의 '관리'로서 소개를 받아야 할 분이 또 한 사람 계시다. 그는 먼저 '일동 기립'의 구령을 부른 바로 그분이다. 대학교의 수위들이 입는 옷과 비슷한 복장을 한 이분은 때때로 3등석에 나타나서, "얘기는 밖에 나가 하시오!" "똑바로 앉으시오!" 따위의 주의를 주는 것을 주요한 직분으로 삼고 있는 모양이다. 이분의 감시가 무서워서 3등 손님들은 2시간 내지 3시간 동안, 단체 사진을 찍는 소학생들처럼 얌전하게 앉아 있어야 한다. 그러나 이 '감시원'

의 감독권은 변호사들, 즉 '대리인'들에게까지는 미치지 않는다. 변호사들은 '2등석'에 따로 자리를 차지하고 있는데, 그들은 서로 지껄이고 한쪽 무릎 위에 또 한쪽 다리를 올려놓고 있어도 말리는 사람이 없다. 어째서 이런 차별 대우가 생겼을까? 다른 경우에는 '대리'보다도 '본인'이 좀더 대우를 받는 것이 보통인데 어째 여기서는 그 반대의 현상이 상식화된 것일까? '은행 지점장 대리' '대리 대사' '문교부 장관 대리.' 아마 그래서 법과대학 지망자가 해마다 늘어가는 것일지도 모른다.

차례로 사건들이 다루어졌으나, 내 이름은 부르지 않는다. 지시대로 10시에 나왔는데, 지금은 벌써 12시 반. 변호사들도 거의 다 사라지고 3등석의 손님들도 많이 줄었다. 초조한 마음으로 기다릴 때 저 '감시원'이 옆을 지나기에 '저……' 하고 조심조심 소환장을 그에게 보였다.

"저…… 이것 때문에 왔는데, 몇 시쯤 이 사건이 다루어질는지요?"
"좀더 기다리시오!"

그는 엄숙하고 간단하게 대답하였다. 언제 이름이 불리울지 모르는 까닭에 변소에도 못 가고 앉아 있는 나에게 그 이상 말할 여유를 주지 않고 그는 저리로 가버렸다.

얼마 동안 더 기다렸다. 그때 "김태길!" 하는 발음이 재판장의 입을 통하여 들려왔다. 이에 응하여 "옛" 하고 앞으로 나서는 나 자신의 모습과 심리에는 '우등상'을 받으러 교장 앞으로 나가는 국민학교 어린이를 연상시키는 가련함이 있었다. 판사들 앞에 가볍게 경

례하고 두 손을 앞으로 모을 뻔했을 때,

"당신이 바로 김태길이오?"

"예, 그렇습니다."

"당신 사건은 상대편에서 연기 신청을 했습니다. 5월 28일에 다시 나오시오."

"그러나 10시부터 나와 지금까지 기다렸는데요."

"그래도 오늘은 그대로 돌아가시고 다음에 다시 나오시오."

나는 더 말하지 않고 돌아섰다. 그러나 이번에는 경례는 하지 않았다. 그것은 아마 내가 표시할 수 있었던 최대의 반항이었을지도 모른다. 법원 문을 나서면서, '기일 연기'의 통고를 받기 위해서— 오직 그것만을 위해서 3시간을 기다려야 했던 3등 손님은 쓰거운 웃음을 입가에 띠었다. '빵빵!' 관용(官用) 지프차가 길을 비키라고 호통을 친다.

—『한국수필문학전집 5』(국제문화사, 1965)

---

1. 사건은 처음상황—중간과정—끝상황으로 전개, 변화된다. 이 글에서는 하나의 사건이 벌어지고 있다. 필자가 주인공인 이 사건에서, 필자가 처한 '처음상황'은 어떤 상황인가? 글 안에 있는 사실(정보)을 종합하여 1~2문장으로 답하시오.

   ★ 길잡이: 이 글의 '처음'(앞머리)이 아니라, 이 글에 서술된 사건을 하나의 스토리(줄거리)로 요약했을 때 그 스토리의 '처음상황'이다.

2. 이 글에서 필자는 자기 자신에 대해 주로 어떤 점을 불만스러워하고 있는
가? 다음 중 가장 두드러진 것을 고르시오.

⭐ 길잡이 : '3등석'이라는 비유를 쓰는 근본 의도를 읽는다.

❶ 지식이 모자란 점   ❷ 권력이 없는 점
❸ 돈이 없는 점   ❹ 주변이 없는 점

3. 필자는 사회 현실에 어떤 문제점이 있다고 보는가?
❶ 국민들이 법을 잘 지키지 않고 있다.
❷ 법원의 질서가 유지되지 않고 있다.
❸ 법을 집행하는 이들이 서민들의 편에 있지 않다.
❹ 법이 현실과 맞지 않는다.

4. 필자는 자기 자신과 주위에서 벌어지는 일을 어떤 태도로 바라보고 또 이야
기하는가?
❶ 비꼬는 태도   ❷ 원망하는 태도
❸ 담담한 태도   ❹ 즐거워하는 태도

● **오류 분석** 필자의 상황과 관점에 초점을 두고 다음 글을 읽으시오.

현이의 연극

이경희(1932~): 수필가. 수필집 『산귀래(山歸來)』 『이경희 기행수필』 등을 지음.

2시까지 오라는 현이의 말대로 부랴부랴 시민 회관으로 갔다. 현이가 예술제에서 연극에 출연하기 때문이다. 현이가 출연하는 연극 「숲속의 대장간」은 제2부의 첫 순서에 있었다.

풀잎 역을 하게 되었다는 현이가, 그동안 매일 학교에서 늦게 오고, 휴일에도 학교에 나가 연습을 하곤 할 때에는 별로 관심이 없었는데, 막상 공연하는 날이 되니까 이상하게도 가슴이 두근거렸다. 마치 현이 혼자의 발표회나 되는 것처럼 흥분되어, 2부 순서를 기다리는 동안 무척 초조했다. 나는 현이의 모습을 상상해봤다. 새벽부터 일어나서, "분장을 해야 하니까 일찍 가야 해요"하며 부산을 떨던 현이의 상기된 얼굴이 떠오르면서, 혹 무대 위에서 실수라도 하지 않을까 걱정이 되었다. 국민학교 3학년인 현이는 무대에 서본 경험이 없기 때문에 아마 더욱 흥분해 있을지도 모른다.

마침내 제2부가 시작되는 종이 울리고, 이어 불이 꺼졌다. 막이

오르자, 캄캄한 무대가 나타났다. 무대 중간을 비추고 있는 조명 속에 선녀가 서 있었다.

얼마 전에 현이가 모자 달린 푸른색의 옷을 가지고 와서,

"선녀 옷은 참 예쁜데, 참새 옷도 예쁘고······"

하며 자기 옷이 덜 예쁜 것에 대해 서운한 빛을 보인 적이 있었는데, 그때 말한 선녀인 것 같았다.

얼마 후 선녀는 없어지고 밝아진 무대 한가운데에 대장간이 생겼고, 그 뒤는 숲이 울창하였다. 나는 현이가 언제 나올 것인가 열심히 지켜봤다. 숲속에서 참새와 까치 떼가 대장간 앞마당에 날아와서 놀고 춤추고 하는 장면이 나왔지만, 풀잎 역을 맡은 현이는 그때까지도 눈에 띄질 않았다. 나는 무대를 계속 지켜보며 현이의 모습을 기다렸다. 그러다가 문득, 아까부터 대장간의 배경을 이루고 있는 숲속에서 합창단원 모양의 대열을 짓고 쪼그리고 앉아 있는 것에 눈이 갔다. 나는 그것이 풀잎들인 것을 알아냈다.

'현이가 바로 저기, 저 많은 풀잎 중의 하나로 끼여 앉아 있는 거구나!'

순간, 지금까지 흥분해 있던 마음이 가시고, 실망되는 마음조차 터놓을 수 없는, 그런 야릇한 기분에 싸이고 말았다. 현이는 바로 그런 역을 맡고 있었다.

대장간 앞뜰에는 토끼도 나오고, 포수도 나오고, 동네 여인과 대장간집 주인도 나와 익살스런 대화를 주고받고, 그리고 때때로 참새 떼와 까치 떼가 이리저리 날아다니며 노래하고 춤추고 하는데, 풀잎들은 계속 줄지어 붙어 앉아서 양손에 든 풀잎 그림판만 가끔

흔들 뿐이었다. 더군다나 양손에 든 풀잎 그림판으로 얼굴을 노상 가리고 앉아 있기 때문에, 그 많은 풀잎 중에서 어느 애가 현이인지 가려낼 길이 없었다.

현이가 풀잎 역을 맡게 되었다고 했을 때, 저의 언니가

"너도 뭐라고 말하는 것 있니?"

하니까,

"그러엄!"

하기에, 제대로 무대에서 연기도 하고 대사도 하는 줄 알았던 것이다. 정확히 말을 한다면야, 풀잎들도 다 함께 입을 모아 무어라고 함성을 지르고 하니까, 아주 입을 다물고 있는 것은 아니기는 하였다.

조금 전만 해도 주위의 모든 관객들이 현이를 보러 온 것 같았는데, 그 사람들은 각자가 다 지금 한 가지씩을 연기하고 있는 아이들의 가족들이고, 나만 그렇지 않은 것 같아 약간 서글픈 생각마저 들었다. 어쨌든, 나는 무대 위에서 벌어지는 중요한 장면을 보는 대신, 다닥다닥 두 줄로 붙어 앉은 풀잎의 움직임만을 보았다. 그 속의 어떤 풀잎이 현이인가를 찾아야 했기 때문이다. 손에 든 그림판을 양옆으로 흔들 때에만 살짝살짝 보이는 얼굴이라, 그 순간에 현이를 찾아내기란 쉬운 일이 아니었다. 이 풀잎도 현이 같고, 저 풀잎도 현이 같고…… 현이 같다는 생각을 하면 하나같이 현이라고 생각 안 되는 풀잎이 없었다.

사실, 우리 집 애가 반드시 남의 눈에 띄는 중요한 역을 맡아야 한다든지, 조금이라도 나은 역을 해야 한다는 생각은 조금도 없었

다. 다만, 엄마는 자기 아이한테 제일 먼저 관심이 가게 되는 것이기 때문에, 현이가 눈에 띄지 않는 데에 실망하였을 뿐이다. 그러는 동안에 연극은 끝났다. 나는 현이를 찾으러 아래층으로 갔다. 얼굴에 빨갛고 꺼멓게 분장을 한 아이들 틈에서 한참 만에 현이를 찾았다. 물론, 현이 쪽에서 먼저 엄마를 부른 것이다.

"엄마! 나 하는 것 보았어요?"

현이는 나를 보자마자 그것부터 물었다. 이럴 때, 보았다고 해야 할지 못 보았다고 해야 할지, 얼른 생각이 나지 않아 망설이면서,

"응, 현이가 어느 쪽에 앉아 있었지?"

나는 대답 대신 이렇게 물었다. 혹시 못 보았다는 것을 알아채고 실망을 하는 게 아닌가 눈치를 살폈는데, 현이는 의외로 밝은 얼굴을 하며,

"둘째 줄 끝 쪽에 앉아 있었어요"

하더니,

"엄마, 그럼 나 못 보았지? 아유, 난 내 뒤에 있던 참새가 앞으로 나가면서 건드리는 바람에 모자가 벗겨져서, 그것을 엄마가 보았으면 어떻게 하나 하고 얼마나 걱정을 했는지 몰라. 금방 집어 썼는데, 엄마 못 봤지?"

이렇게 말하는 것이 아닌가? 나는 현이의 이 말에 또 한 번 마음속으로 놀랐다. 그리고 미안한 생각이 들었다. 비록 눈에 잘 안 띄는 풀잎 역을 하였지만, 현이는 풀잎으로서의 자기의 역할에 충실했으며, 엄마가 자기를 꼭 보아주리라는 확신 때문에 더욱 열심히 연기를 하였고, 오히려 자기의 실수를 엄마가 보았을까 걱정을 했

던 것이다.

  결국, 현이가 그러한 실수를 하지 않았다면, 엄마가 보지 못한 데 대하여 실망을 했을지도 모를 일이다.

  나는 분장을 해서 거의 얼굴을 알아볼 수 없는 현이에게 먹을 것을 조금 사준 다음, 다음 순서를 보기 위해 자리로 돌아왔다.

—『중학교 국어 1-1』(한국교육개발원, 1989)

1. 이 글에서 필자는 크게 두 번 충격을 받는다. 그 가운데 주로 자기 자신에 대해 받은 충격 때문에 떠오른 생각을 적은 단락의 첫 어절을 적으시오.

2. 현이와 자기 자신에 대한 필자의 생각 및 느낌은 어떻게 변하는가? 다음 빈칸을 채우시오.

경우	생각, 느낌	
	현이에 대한~	자신에 대한~
현이의 역할을 몰랐을 때	똑똑하다	뿌듯하다
현이의 역할을 알았을 때	❶	❷
연극 뒤에 현이와 대화할 때	❸	❹

3. 이 글은 다음 중 주로 무엇에 관한 글인가?

★ 길잡이: 글 전체의 초점 혹은 중심제재를 찾아 '설정한다.'

❶ 현이가 맡은 역　　　　❷ 현이의 연기 솜씨
❸ 현이에 대한 필자의 태도　　❹ 필자에 대한 현이의 생각
❺ 현이의 자기 역할에 대한 태도

4. 이 글의 주제가 '아무리 하찮은 일이라도 사람은 자기가 맡은 일에 최선을 다해야 한다'라고 하는 사람이 있다. 그렇게 읽는 것이 적절하지 않음을 밝혀보되, 두 사람 이상이 한 조를 이루어 함께 다음 문제를 푼 뒤, 각 조의 대표가 발표해보자.

(1) 앞의 주제는 이 글이 주로 누구에 관한 이야기라고 여긴 결과인가?

(2) 필자가 이 글을 쓴 행동은 다음 중 어느 경우에 가장 가까운가?
❶ 자기가 자기에 관해 말한다.
❷ 자기가 다른 사람이나 사물에 관해 말한다.
❸ 자기가 다른 사람한테 들은 말을 한다.
❹ 자기가 다른 사람의 말을 비판한다.

(3) 이 글에 대한 말로 가장 알맞은 것은?

　❶ 어머니가 자식의 기특함을 칭찬하는 이야기

　❷ 어머니가 자식에 대해 무관심했던 일을 후회하는 이야기

　❸ 자식한테 어머니가 배운 이야기

　❹ 자식을 어머니가 깨우쳐준 이야기

(4) 이 글에서 일어난 일의 핵심을 '나는~'을 주어로 삼아 총 2~3문장으로
　요약해보시오.

　나는
　···

　···

　···

(5) 이제까지의 분석에 따른다면 이 글의 주제는 어떻게 표현하는 게 알맞겠
　는가? 1문장으로 답하시오.

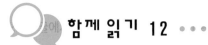

다음 글의 '플루트 연주자'는 앞의 「현이의 연극」의 '현이'와 매우 비슷한 인물이다. 먼저 문제를 제시한다. 물음에 대한 답을 마련한다는 목표를 갖고 읽으시오.

1. 다음 글에서 필자는 플루트 연주자(와 같은 사람들)를 어떤 관점에서 바라보는가?

2. 그 관점은, 「현이의 연극」에서 현이를 바라보는 그 글 필자의 관점과 어떻게 다른가?

플루트 연주자

피천득(1910~2007): 수필가, 영문학자. 수필집 『금아 시문선』 『산호와 진주』 등을 지음.

지휘봉을 든 관현악단의 지휘자는 찬란한 존재다. 그러나 토스카니니[1] 같은 지휘자 밑에서 플루트를 분다는 것은 또 얼마나 영광스러운 일인가. 다 지휘자가 될 수는 없는 것이다. 다 수석(首席) 연주

1 토스카니니Arturo Toscanini(1867~1957): 이탈리아의 지휘자.

자^{2}가 될 수도 없는 것이다.

관현악단과 같이 조화를 목적으로 하는 조직체에 있어서는 멤버가 된다는 것만도 참으로 행복된 일이다. 그리고 각자의 맡은 바 기능이 전체 효과에 종합적으로 기여된다는 것은 의의 깊은 일이다. 서로 없어서는 안 된다는 신뢰감이 거기에 있고, 칭찬이거나 혹평이거나 '내'가 아니요 '우리'가 받는다는 것은 마음 든든한 일이다.

자기의 악기가 연주하는 부분이 얼마 아니 된다 하더라도, 그리고 독주하는 부분이 없다 하더라도 그리 서운할 것은 없다. 남의 파트가 연주되는 동안 기다리고 있는 것도 무음(無音)의 연주를 하고 있는 것이다.

야구 팀의 외야수와 같이 무대 뒤에 서 있는 콘트라베이스를 나는 좋아한다. 베토벤 교향곡 제5번 '스케르초(Scherzo)'의 악장 속에 있는 트리오 섹션에는 둔한 콘트라베이스를 쩔쩔매게 하는 빠른 대목이 있다. 나는 이런 유머를 즐길 수 있는 베이스 연주자를 부러워한다.

「전원 교향악」 제3악장에는 농부의 춤과 아마추어 관현악단이 나오는 장면이 묘사되어 있다. 서투른 바순이 제때 나오지를 못하고 뒤늦게야 따라 나오는 대목이 몇 번 있다. 이 우스운 음절을 연주할 때의 바순 연주자의 기쁨을 나는 안다. 팀파니스트가 되는 것도 좋다. 하이든 교향곡 94번의 서두가 연주되는 동안은 계산대 뒤에 있는 약방 주인같이 서 있다가, 청중이 경악하도록 갑자기 북을

---

2 수석 연주자: 콘서트마스터. 지휘자 다음의 지위. 보통 제1바이올린 연주자가 맡음.

두들기는 순간이 오면 그 얼마나 신이 나겠는가? 자기를 향하여 힘차게 손을 흔드는 지휘자를 쳐다볼 때, 그는 자못 무상(無上)의 환희를 느낄 것이다.

어렸을 때 나는 공책에 줄 치는 작은 자로 교향악단을 지휘한 일이 있었다. 그러나 그 후 지휘자가 되겠다는 생각을 해본 적은 없다. 토스카니니가 아니라도 어떤 존경받는 지휘자 밑에 무명(無名)의 플루트 연주자가 되고 싶은 때는 가끔 있었다.

—『산호와 진주』(일조각, 1969)

1. 이 글에서 필자는 플루트 연주자(와 같은 사람들)를 어떤 관점 혹은 태도로 바라보는가? 괄호 안에 적어 넣으시오.

(   ) 관점/태도

2. 이 글의 필자가 플루트 연주자를 바라보는 관점(A라고 하자)은, '함께 읽기 11'의 「현이의 연극」에서 현이를 바라보는 그 글 필자의 관점(B라고 하자)과 어떻게 다른가? 서로 비교하여 1문장으로 답하시오.

이번에 읽을 글인 「호민론(豪民論)」은 조선 시대 사람 허균(許筠)이 지은 것이다. 글을 읽기 전에, 먼저 필자에 관해 조사하여 다음 빈칸에 써넣되, 칸이 좁으면 별도의 종이를 사용하시오.

허균이라는 사람

출신 계층(신분):

....

....

살았던 시대의 상황:

....

....

....

한 일(일생):

....

....

....

사상적 경향:

....

....

....

호민론豪民論

허균 지음
이이화 옮김

    천하에 가장 두려운 것은 오직 백성뿐이다. 백성은 물이나 불 또는 호랑이보다도 더 무서운 것이다. 그런데도 윗자리에 있는 사람들은 제 마음대로 이들 백성을 업수이 여기고 혹사한다. 도대체 어찌하여 그러는가?

    무릇 조그만 일이 이루어진 것을 즐거워하면서, 늘 눈앞의 이익 때문에 시키는 대로 법을 받들고 윗사람의 부림을 받는 자를 항민(恒民)이라고 한다. 이들 항민은 별로 두려운 존재가 아니다.

    다음, 모질게 빼앗겨서 살이 발리고 뼈가 휘며, 집에 들어온 것이나 땅에서 나는 것을 몽땅 빼앗긴 뒤에, 걱정하고 탄식하되 입속으로만 중얼중얼 윗사람을 원망하는 자를 원민(怨民)이라 한다. 이 원민들도 그리 두려운 존재는 아니다.

    다음으로, 자기의 모습을 푸줏간에 감추고 다른 마음을 남몰래 품고서 세상 돌아가는 형편을 눈을 부릅뜨고 흘겨보다가, 때를 만나면 자기의 소원을 풀어보려는 자는 호민(豪民)이다. 무릇 이들 호민이야말로 참으로 두려운 존재이다.

    호민은 나라의 틈새를 엿보다가 알맞은 때를 타면, 분연히 팔을 흔들며 들판에 서서 한번 소리를 크게 지른다. 그러면 저 원민들은 소리만 듣고도 모여들어 모의 한 번 하지 않았어도 그들과 같은 소리를 외친다. 이에 항민들도 또한 살길을 찾아 호미와 따비와 창 자루를 들고 쫓아와서 무도한 놈들을 죽인다.

진(秦)나라가 망한 것은 진승(陳勝)과 오광(吳廣)[1]이 있었기 때문이고 한(漢)나라가 어지럽게 된 것도 황건적(黃巾賊) 때문이었으며, 당(唐)나라 때에는 왕선지(王仙芝)와 황소(黃巢)가 기회를 타서 일어났었다. 그 때문에 끝내 나라가 망하고야 말았다. 이 모두가 백성을 너무 혹사하고 착취하여 제 배만 불리려고 한 허물에서 생긴 것이고, 호민들이 그 틈을 탄 것이다.

무릇 하늘이 사목(司牧)[2]을 세운 것은 백성을 잘 돌보라고 한 것이지 위에 앉은 한 사람이 제 마음대로 구렁이같이 끝없는 욕심을 채우라고 한 것은 아니다. 그런 짓을 저지른 진나라, 한나라, 당나라가 화를 입은 것은 당연한 일이지 불행스런 일이 아니다.

이제 우리나라는 중국과 달라서 땅이 넓지 않고 인구도 적다. 또 백성들이 못나고 좀스러워서 기특한 절개와 의협스런 기질이 없다. 그리하여 보통 때에 비록 뛰어난 인재가 나와도 세상에 등용되는 일이 없지만, 난을 만나서도 호민과 사나운 군사가 졸개를 데리고 난리를 일으켜서 나라의 근심거리가 된 적이 없으니, 그것도 다행이라면 다행이겠다.

그러나 오늘날은 고려 시대와는 그 사정이 다르다. 고려 때에는

---

1 진승(陳勝)과 오광(吳廣): 진나라 말기의 무인들. 진나라 멸망의 발단이 된 난을 일으킴.
2 사목(司牧): 맡아서 기른다는 뜻으로, 다스리는 계급을 뜻한다. 고을의 원을 목민관(牧民官)이라고 부르는 것도 그와 통한다.

백성들에게서 받아들이는 것에 한도가 있었고, 모든 이익을 백성과 함께 누렸다. 장사하는 사람에게는 그 길을 열어주고, 또 수입을 헤아려 지출을 했으므로 나라에 저축이 있었다. 그래서 갑자기 큰 병란이나 국상(國喪)이 있어도 따로 백성한테서 세금을 거두지 않았다. 다만 말기에 와서 삼공(三空)[3]이 문란해져 걱정거리가 되었을 뿐이다.

오늘의 우리는 그렇지 못하다. 변변치 못한 백성을 거느리고 있으면서 제사를 받드는 일이나 윗사람을 섬기는 제도는 중국과 같이하고, 백성들이 세금 다섯 몫을 내면 관청에 돌아가는 것은 겨우 한 몫쯤이고 나머지는 간악한 무리들이 제 배를 채운다. 또 나라에는 모아둔 것이 없어서 무슨 일이 생기면 한 해에 두 번씩이나 거두어들이고, 고을의 우두머리들은 이를 빙자하여 덧붙여서, 키질하듯 비질하듯 깡그리 긁어간다. 그리하여 백성의 근심과 원망이 고려 말기보다 훨씬 더 심하다. 이러한데도 윗사람은 두려움을 모르고 마음 편하게 "우리나라에는 호민이 없다"고 한다. 불행히도 견훤(甄萱)과 궁예(弓裔) 같은 사람이 나와서 몽둥이를 휘두르며 충동질한다면, 근심과 원망에 가득 찬 백성들이 어찌 따르지 않는다고 보장할까? 황소의 난 같은 것을 발을 개고 앉아 기다릴 수는 있을 것이다.

이런 때에 백성을 다스리는 사람이 이런 두려운 형상을 밝게 알아 느슨한 활시위를 바로잡고 어지러운 수레바퀴 자국을 지운다

---

3 삼공(三空): 흉년이 들어 사당에 제사를 못 지내고, 서당에 학생이 없으며, 뜰에 개가 얼씬거리지 않게 되는 것을 가리킨다.

면,[4] 겨우 유지할 수는 있겠다.

—『성소부부고(惺所覆瓿藁)』 권11;
이이화, 『허균의 생각―그 개혁과 저항의 이론』(뿌리깊은나무, 1980)

---

4 느슨한 활시위를 바로잡고 어지러운 수레바퀴 자국을 지운다: 활시위가 느슨하면 활을 쏠 수
가 없고, 수레바퀴 자국이 어지러운 것은 패전의 형상이다. 그것들을 그대로 두면 무슨 일이나
낭패를 보게 된다.

---

1. 필자는 지금 나라의 상황이 어떠하다고 보고 있는가? 1문장으로 답하시오.

2. 필자는 주로 어떤 계층의 사람을 독자로 삼고 글을 쓰고 있는가? 그리고 그
   들과 필자의 관계는?

   ㉠ 독자로 삼은 계층:
   ㉡ 필자와 독자 계층의 관계:

3. 이 글을 통해 필자가 하고자 하는 말을 1문장으로 요약해보시오.

제5장

단락과 구성

같은 나무라도 쓰임새에 따라

도낏자루도 되고 말뚝도 되듯이,

어떤 단락 역시 처음부터 고정된 뜻을

지니고 있다기보다

다른 단락과의 관계 속에서

맡은 바 일정한 뜻과 기능을 지닌다.

글을 내용과 형식 두 측면으로 나누어 살필 때, 형식적인 면과 가까운 게 '단락과 구성' 문제이다. 우리는 흔히 형식적인 것을 내용에 비해 너무 낮추어 보거나 반대로 지나치게 파악하기 어려운 것으로 여기는 경향이 있다(☞ 제2장 5절).

그러나 내용은 형식과 하나이다. 단락은 다름 아닌 '내용의 분절'이 아니고 무엇인가? 구성은 단락들의 '내용의 상호 관계' 혹은 구조가 아니고 무엇인가?

형식이 파악하기 어렵다는 선입견도 문제점을 안고 있다. 우선 글의 '표면적' 형식은 내용에 비해 오히려 포착하기 쉽다. 단락이 나누어진 것은 '눈에 보이기' 때문이다. 그리고 '심층적' 형식은 대개 유형성을 지니고 있어서, 부분들이 전체를 이루는 짜임새 원리에 눈을 뜨면 그다지 파악하기 어렵지 않다.

글의 형식에 대한 이해는, 내용을 좀더 합리적으로 읽게끔 도와준다. 막연한 직감이나 주관적 반응에 끌려가지 않고, 글 자체의 구조라는 보다 객관적인 근거를 바탕으로 읽도록 해주기 때문이다.

1. 부분과 전체

부분이 모여 전체를 이룬다. 부분의 합=전체일 수도 있고, 부분들이 합동하여 제3의 새로운 개체를 낳을 수도 있겠지만(그 경우 부분의 합=전체는 아니다), 일단 하나의 통일된 전체는 여러 개의 작은 부분들로 이루어진다고 할 수 있다. 물론 그것은 예를 들어 '수박'처럼 물질적인 것일 수도 있고, '회사'나 '국어 과목'처럼 추상적인 것일 수도 있다. 일단 물질적인 것을 예로 살펴보면, 수박은 물(즙)·살[肉]·씨·껍질 등과 같은 부분들이 유기석으로 결합된 하나의 유기적 전체이다. 그런데 그것은 무, 배추, 토마토 등과 함께 (과일이 아닌) '채소'라는 전체를 구성하는 하나의 부분이기도 하다.

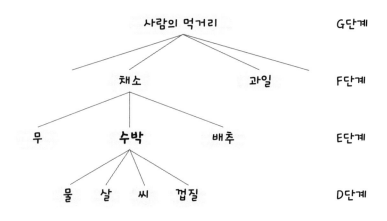

E단계(층위level, 차원)의 '수박'은 D단계의 네 요소—물론 다른 것도 있겠으나 편한 대로 네 가지만 들어보자—가 결합된 전체이다. 한편 그것은 F단계 '채소'를 하나의 전체로 보면, 그것의 한 요소 혹은 부분에 해당한다. 〔여기서 흥미로운 점은, '채소'는 '수박'과는 달리 하나의 독립된 물질(물체)이 아니라 추상적 개념 혹은 범주라는 사실이다.〕

이러한 관계를 위의 뿌리 모양(뒤집으면 나무 모양)과는 다른, 원 모양으로 다시 그려보자.

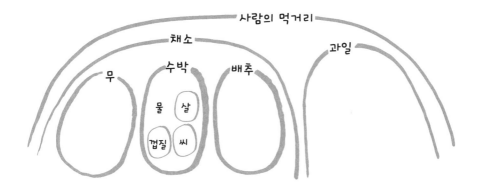

이러한 관계 속에서 어느 것이 부분이고 전체인가, 또 어느 것이 크고 높은 것이며 작고 낮은 것인가는 고정되어 있지 않다. 어떤 단계의 무엇 하나를 전체로 잡으면, 그 아래 또는 속의 것이 부분이 된다. 단계 역시 몇 개로 정해져 있지 않다. 만일 F단계 '채소'와 E단계 '수박' 사이에 채소의 종류에 해당하는 또 하나의 단계—뿌리채소, 열매채소, 잎채소, 줄기채소 따위가 놓이는 단계—를 설정한다면, 그것들이 채소의 큰 부분이 되고, 수박은 그가운데 하나인 '열매채소'에 속하는 한 단계 더 아래의 작은 부분이 될 것이다.

부분과 전체의 무한한 연쇄, 몇 겹인지 알 수 없는 그 단계의 연속 가운데서 우리가 어느 단계의 무엇 하나를 전체로 잡았을 때, 그 **전체를 이루는 부분들의 관계**를 **구조**라고 한다. 수박을 전체로 잡는 경우 물, 살, 씨, 껍질 등의 관계, 그것들이 무나 배추가 아니고 바로 수박이라는 하나의 유기체를 이루는 관계가 바로 수박의 구조이다.

부분이 모여 한 구조를 이루고, 그것이 다시 어떤 구조의 일부로 조직되어 더 큰 구조를 이루는 이러한 관계는, 세상 만물이 얽혀 있는 기본 모습이다. 만물이 그렇게 되어 있으므로, 그게 아니라면 적어도 만물이 그런 관계로 조직되고 연관되어 있다고 우리가 믿으므로, 그것은 만물을 관찰하고 설명하는 하나의 틀이 된다.

우리는 글을 읽는 동안 알게 모르게 그러한 틀에 맞춰 작업한다. 즉 글을 여러 '부분으로 나누어' 살피는 동시에 그것들 사이의 관계를 따지고 나름대로 재조직하면서 하나의 '전체로 결합한다.' 그 과정에서 우리는, 글이 지어지고 읽히는 사회 상황, 문화적 배경 등과 같이, 글의 생산과 수용에 관련된 여러 '다른 구조나 맥락 속' 에 글(의 부분, 전체)을 하나의 부분이나 요소로 놓고 파악한다. 이렇게 단계를 오르내리거나 측면, 맥락 등을 바꾸며 다각도로 살피는 활동이 바로 분석(分析)이나 해석(解釋)이라고 일컫는 작업의 핵심이다.

글을 읽는 동안 일어나는 다양하고 다층적인 분석과 해석 활동을 일일이 살피기는 어렵다. 여기서는 글의 요소들이 구성되어 한 편의 통일된 글을 이루는 그 구조적 형식의 일반적 모습을 살피고, 그것을 바탕으로 글을 잘 분석할 기본 방법을 찾아보기로 하자. 앞 장에서는 글을 지은 필자의 상황과 관점에 중점을 두고 살폈다면, 여기서는 글 자체의 구조에 중점을 두고 읽기의 방법을 모색하는 셈이다.

2. 단락, 단락 읽기

낱말이 모여 문장이 되고, 문장이 모여 단락이 된다. 단락은 자체로도 하나의 완결된 뜻덩이지만, 다시 다른 단락들과 짜여 한 장(章) 혹은 한 편의 글을 이룬다.

글

[장(章)]···

단락 ················

문장 ···················

낱말 ·······················

글을 이루는 기본 단위로서, 내용을 펼치고 조직하는 데 알맞도록 나누어진 뜻의 덩어리가 단락(문단, 대문)이다. 그것의 크기는 필자가 정한다. 덩어리가 너무 작으면 수가 많아지고 내용이 잘아지며, 너무 크면 수는 적어도 내용이 이것저것 뒤섞이게 된다. 그런 점을 고려하여 필자는 적당한 수준에서 내용을 나누고 조직하는데, 그렇게 나눈 덩어리들이 바로 단락이다.

다시 말하면, 단락은 글을 잘 조직하고 내용을 효과적으로 제시하기 위해 필자가 자기 나름의 목적과 기준에 따라 나누는 것이다. 그러므로 한 단락의 길이나 내용은 글마다 일정하지 않다.

단락에 관해서는 알아둘 사항이 많으므로 이제부터는 항목화하여 살피기로 한다.

첫째, 한 문장이 한 단락인 경우가 없지 않으나, 대개 단락은 둘 이상의 문장으로 이루어진다. 내용을 선명하게 조직적으로 전달하며, 또 글에 적당한 변화를 주기 위하여, 보통 한 단락은 길어도 반쪽 분량을 넘지 않는다.

둘째, 단락이 시작될 때는 한 글자 들여 쓴다. 글의 마디를 표시함으로써 이해를 돕기 위해 단락의 첫 칸은 '들여쓰기'를 하기로 약속이 되어 있는 것이다. 그래서 거의 모든 산문은 기본적으로 아래와 같은 모양이다. 근래에 이 약속을 어기는 경우가 많은데, 되도록 지켜야 할 터이다. 〔대화도 단락 모양으로 들여 쓰는 경우가 많다. 그것은 바탕글(지문地文)과 구별하기 위해서이다.〕

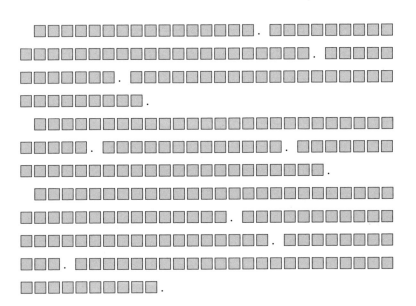

셋째, 단락은 다음 여러 사항들을 고려하여 나누며, 그에 따라 종류도 다양해진다.

- ▶ 그 내용이 글을 조직하고 전개시키는 데 이바지하는 정도(기능성)
- ▶ 그 내용이 따로 독립되거나 구별되는 정도(독자성)
- ▶ 제재 자체의 측면이나 제재에 대한 필자의 생각, 태도의 변동(변동성)
- ▶ 말의 분량
- ▶ 지면(紙面) 넓이
- ▶ 독자의 읽기 능력 수준, 관심
- ▶ 어느 부분을 강조해야 할 필요성
- ▶ 표현에 변화를 주려는 필자의 의도 등등.

단락은 기본적으로 그 내용의 기능성과 독자성을 바탕으로 나누지만, 앞에서 보듯이 그 밖의 여러 사항도 종합적으로 고려하여 나눈다. 따라서 똑같이 단락 형식을 취하고 한 지면에 나열되어 있다고 해서 모두 동일하거나 동등한 단락이 아니다.

흔히 단락이라고 하면 의미 중심으로, 즉 주제를 형성하는 내용 위주로 나누어진 단락을 떠올린다. 하지만 그러한 '뜻단락'과는 달리, 직접 주제를 형성하는 게 아니라 글의 전개와 독자의 이해를 돕는 보조적인 기능을 하는 단락도 있다. 그것은 '보조단락'이나 '전개단락'이라고 부를 수 있는데, 글의 도입부와 종결부, 그리고

'이제까지는 ~했는데, 이제부터는 ~을 살피기로 하자'는 식의 전환부를 이루는 단락들이 대개 그에 해당한다(☞ 제4장 2절).

단락은 기능뿐 아니라 그 내용의 단계나 추상적 수준도 일정하지 않다. 물론 필자가 단락을 나누는 기본적 기준이 있을 수 있다. 예를 들면 제재의 종류에 따라 나누거나 사건이 일어난 장소의 이동을 기준으로 나눈다. 하지만 어떤 단락이 너무 길어지면 호흡 조절을 위해 중간에 나누기도 하고, 또 필요에 따라 보조단락 따위가 덧붙기도 하기에, 결국 여러 가지 단락들이 뒤섞이게 된다.

이해를 돕기 위해 예를 들어보자. 앞에서 다루었던 수박에 관한, 7단락으로 된 글이 있다고 하자. 그 각 단락을 다음과 같이 재구성해보면 그런 양상을 또렷이 알 수 있을 터이다. 글은 가로축에 따라 순서대로 읽지만, 세로축에서 보면 각 단락의 추상적 단계와 기능이 일정하지 않다.

			단계
❷ 채소에는~			F
❸ 무는~ (수박은~)		❻ 배추는~	E
❹ 수박 물(즙)은~ / ❺ 수박 껍질은~			D

❶ 도입
'좋아하는 채소가
무엇이냐고 물으면 나는~'

❼ 종결
'수박을 실컷 먹을 수 있는
여름이 어서 왔으면!'

글의 전개(읽는 순서)

앞의 글은 ❶과 ❼을 제외하고는 제재들이 모두 '채소'라는 하나의 개념적 평면 위(범주 속)에 있는 단락들로 된 것이다. 하지만 그렇지 않은 글들도 얼마든지 있다. 예컨대 각 단락의 제재가 수박 재배법, 수박값의 변동, 수박에 얽힌 추억, 수박을 과일이라고 잘못 아는 친구 이야기 등과 같이 하나의 평면 위에 있다고 하기 어려운, 즉 종류와 성격이 일정하지 않은 경우를 생각해보자. 그것들은 하나의 뿌리 그림 속에 넣어 단계나 층위를 구별하기 어렵기 때문에 앞의 도식과 같은 모양으로 나타내기 어렵다. 그것들은 수박과 관련되었다는 점만 공통되므로 다음과 같이 입체적인 모양으로 나타낼 수 있을 것이다. 다음 항목들은 우리 눈으로부터 거리가 일정하지 않은, 허공에 떠 있는 것들이다.

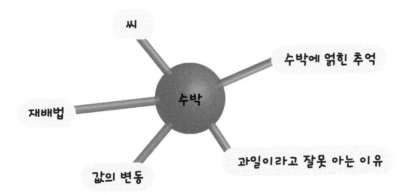

이러한 관찰을 통해 단락들은 2차원의 평면인 종이 위에 배열되어 있지만, 그 내용은 3차원적 혹은 입체적임을 알 수 있다. 여기서 글의 입체성이 드러난다. 글은 2차원의 종이 평면에 나열되어 있지만, 실은 필자가 자기 머릿속에 들어 있는 입체 모양의 생각 덩어리, 혹은 자신의 내면에서 벌어진 다차원의 상상을 담고 있는 것이다.

여기서 언급하고 넘어가지 않을 수 없는 것이 있다.

하나의 단락이 될 수 없는데도 단락으로 나눈 부분이 있는 글이 우리 주위에는 의외로 많다. 그런 부분은 단락 형식을 취하고 있기는 해도 단락이라고 볼 수 없다.

흔히 '형식단락'과 '내용단락'이라는 말을 쓴다. 앞에서 말한 단락답지 못한 것을 형식단락이라 하고, 그것들이 모여서 하나의 단락답게 된 덩어리를 내용단락이라고 한다면, 그 둘은 단락 나누기조차 제대로 안 된 글 때문에 생긴 불필요한 용어이다.

한편 그와는 달리, '내용단락'이란 단락 아닌 것들의 집합이 아니라 단락다운 단락들의 집합을 가리킨다고 볼 수도 있다. 앞에서 ❸무 및 ❻배추보다 한 단계 아래의 두 단락 곧 ❹수박 물 및 ❺수박 껍질이 모여서, ❸❻과 같은 단계의 '수박'(수박은~)이라는 하나의 뜻덩이를 이룰 수 있는데, 내용단락이란 바로 그런 덩이를 가리킨다고 보는 것이다. 그렇다면 그 용어는 읽는 과정, 즉 단락보다 적은 수의 뜻덩이로 자꾸 내용을 뭉쳐 올라가는 과정에서 '독자가 설정하는' 단락을 가리킨다. 이렇게 내용단락이라는 말을 '내용 구조를 파악하기 위해 독자가 단락들을 합쳐서 설정하는 상위(上位) 차원의 뜻덩어리'라는 뜻으로 쓴다면, 그 말은 주제에 다가가는 과정을 살피는 데 요긴하게 쓸 수도 있겠다.

하지만 내용단락은 형식단락과 구별되는 앞의 뜻을 지닌 말로 이미 굳어져 있고, 그 말 속의 '내용'이 '형식'과 대립되는 것으로 오해될 가능성까지 있다. 그리고 '내용'이라는 말이 너무 포괄적이라서 글의 구조를 분석하는 데 적합하지도 않으므로, 여기서는 쓰지 않으려고 한다. 글의 내용 구조를 이루는 단락 위의 단위(단락들의 덩어리)를 가리키는 말은, 글의 전체 구성을 다루는 이 장의 다음 절에 가서 '구조단락'이라는 용어로 부르게 될 것이다.

넷째, 보조단락을 제외하고 볼 때, 한 단락에는 기본적으로 하나의 중심 생각, 곧 '소주제(小主題)'가 들어 있다. 글 전체의 중심 생각이 (대)주제이므로, 주제를 이루고 받쳐준다는 뜻에서 소주제라고 부른다. 소주제를 제시하기 위해 존재하는 것이 단락인 셈인데, 그것이 희미하거나 불완전한 단락은 원칙적으로 볼 때 단락으로서의 자격을 갖추지 못한 것이다.

소주제를 한 문장으로 나타낸 것을 '소주제문'이라고 한다. 그리고 단락마다의 소주제와 소주제가 연결되면서 형성되는 뜻의 줄기, 그것이 글의 맥락— '문맥(文脈)'이다.

글을 쓸 때 필자는 먼저 주제를 짜임새 있게 전달할 내용의 개요(아우트라인)를 대강 세운다. 규모가 크지 않은 글의 경우, 읽으면서 독자가 단락별로 소주제문을 작성하여 차례대로 늘어놓아 보면, 그것이 바로 필자의 개요에 가까운 것이 된다. 읽기는 이렇게 필자가 본래 했던 일을 거꾸로 되밟아가는 일이다. 그것을 그림으로 나타내면 이렇다.

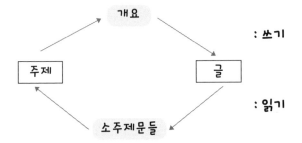

　기본적으로 한 단락은 소주제문과 그것을 받쳐주는 뒷받침 문장들로 구성된다. 그리고 '주제문'이 글 전체의 어디에 놓여 있느냐에 따라 두괄식 구성, 미괄식 구성 따위를 분류하듯이, '소주제문'이 단락의 어디에 놓여 있느냐에 따라 두괄식, 미괄식 등을 나누기도 한다.

　하지만 그것은 소주제가 표현상 드러나 있을 때의 얘기이고, 대부분 소주제는 말 속에 녹아 있다. 소주제문은 단락의 어느 부분을 자르거나 뽑아내면 된다고 여기기 쉬운데, 그런 경우는 드물다. 드러나지 않은 때는 물론이고 드러나 있을 때에도, 소주제는 독자가 손질을 하고 요약을 해내야 한다. 말하자면 소주제문은 글 전체의 주제문이 그렇듯이, 기본적으로 독자 스스로 내용을 간추리고 적합한 말을 찾아 '설정하고' 지어야 하는 것이다. 그것은 글을 추상화하고 요약하여 독자가 '다시 쓰는' 작업인데, 바로 그것이 읽기의 핵심이다. 그것은 독자가 주체적으로, 자기 사고력과 언어능력을 동원하여 창조적으로 해야 하는 일이므로 누구한테나 쉬운 일이 아니다. 다음 단락을 보자.

나는 참외를 좋아하지 않는다. 참외는 살이 굳고 맛도 시원하지가 않다. 여름 먹거리는 무엇보다 부드럽고 시원해야 하는데, 그런 것으로는 수박이 단연 으뜸이다. 여름 먹거리의 왕은 다름 아닌 수박이라고 생각한다.

다음 중 어느 것이 이 단락의 소주제문으로 가장 적절할까?

㉮ "나는 참외를 좋아하지 않는다."　　(드러나 있는 소주제)

㉯ 나는 수박을 좋아한다.　　(녹아 있는 소주제)

㉰ 여름 음식은 "부드럽고 시원해야" 한다.

(드러나 있되 손질한 소주제)

㉱ 수박은 "여름 먹거리"의 왕이다.　　(드러나 있되 손질한 소주제)

각 단락은 중심 생각, 곧 소주제가 또렷해야 한다. 그런 면에서 위의 단락은 문제가 있다고 볼 수도 있다. 하지만 좀 다르게 보면, 이렇게 단락을 문맥에서 달랑 떼어내 놓고 그 뜻을 파악하려는 것 자체가 애초부터 무리이다. 이 단락이 '내가 좋아하는 여름 먹거리'라는 글에 들어 있다면 그 중심 생각은 ㉮나 ㉯이기 쉽고, '여름 음식의 종류와 특징'이라는 글에 들어 있다면 ㉰와 ㉱ 가운데 하나이기 쉽다.

여기서 우리는 단락의 내용은 글 전체의 주제와 문맥 속에서 읽어내고 요약해야 함을 알 수 있다. 똑같은 나무라도 쓰임새에 따라 도낏자루도 되고 말뚝도 되듯이, 어떤 단락 역시 처음부터 고정된 뜻을 지니고 있다기보다 다른 단락과의 '관계,' 즉 구조 속에서 맡은 바 일정한 뜻과 기능을 지니기 때문이다. 따라서 전체 속에서 부분을 보고, 부분들을 구성하여 전체를 인식하는 '해석의 순환' 활동이 필요하다.

이러한 관찰을 바탕으로 단락 차원에서 글을 읽고 그 중심된 뜻을 소주제문으로 정리할 때 유의해야 할 점들을 정리해보자. 이것은 다음 절의 '구성 읽기'와 긴밀한 관계에 있으므로 따로 다루기에 무리한 면이 있지만, 일단 정리하고 넘어가기로 한다.

단락 읽기의 요령

① (직접 주제를 형성하는, 즉 보조단락이 아닌 중심단락들 중심으로) 필자가 단락을 나눈 기본적인 기준이나 층위가 무엇인가를 파악한다.

② 각 단락에서 가장 중요해 보이는 낱말이나 문장을 중심으로 단락 전체 의미를 한 문장(소주제문)에 압축한다. 이 문장은 앞뒤 단락의 그것과 긴밀히 연결되는 비슷한 꼴이 되게 한다.

③ 이야기(서사) 위주로 서술된 경우, 사건, 즉 상황의 변화에 주목한다. 달리 말하면, 줄거리(스토리)의 마디가 바뀌는 대목을 중요시한다.

④ 단락들의 관계 중심으로 글 전체의 전개 양상과 구조를 대강 파악한다. 이때 글의 중심된 제재와 그것을 떠받치

는 작은 제재(보조제재)의 변화, 또 그들에 대한 필자의 생각과 태도의 변화 등에 주목하여 단락들을 크게 덩이 지어 구조단락을 만들어본다.

⑤ 이상의 작업을 하는 과정 내내 표현이 글 전체의 주제, 문맥의 흐름, 필자의 관심의 초점 등에서 벗어나지 않도록, 그것들이 선명하게 드러나도록 힘쓴다.

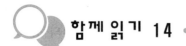

다음은 헨리 데이비드 소로가 지은 『월든』(1854)의 한 부분이다. 읽고 물음에 답하시오.

『월든』에서

헨리 데이비드 소로Henry David Thoreau(1817~1862): 철학자, 수필가. 저서로 『월든』 『시민 불복종』 등이 있음.

강승영 옮김

인류의 성서라고 할 수 있는 성스러운 경전들에 관해 말해보자. 이 콩고드 마을의 누가 그 책들의 제목만이라도 댈 수 있을 것인 가? 대부분의 사람들은 유대 민족 말고도 경전을 가지고 있는 민족 이 있다는 사실을 알지 못한다. 어떤 사람이든지 1달러짜리 은화를 줍기 위해서는 가던 길을 꽤 멀리 돌아갈 것이다. 여기 고대의 가장 현명했던 사람들이 말씀했고, 또 그 후 모든 시대의 현명한 사람들 이 그 가치를 우리에게 보증한 황금 같은 말들이 있다. 하지만 우리 는 학교에서 기껏 『아동독본』이나 『초급독본』 정도의 교과서를 배 우며, 학교를 떠난 다음에는 청소년들이나 초보자들을 위한 책인 『리틀 리딩』[1]과 그 밖의 이야기책들을 보는 것으로 그친다. 그렇기 때문에 우리의 독서나 대화나 사고의 수준은 극히 낮은 수준에 머

1 『리틀 리딩Little Reading』: 짧은 읽을거리들을 담은 책.

물러 있으며, 피그미족이나 난쟁이 부족들의 수준을 크게 벗어나지 못한다.

나는 우리 콩고드 땅이 배출한 인물들보다 더 현명한 사람들과 사귀기를 갈망한다. 비록 그들의 이름이 이곳에서는 거의 알려지지 않았더라도 말이다. 내가 플라톤의 이름을 듣고도 끝내 그의 저서를 읽지 않을 것인가? 그렇다면 그것은 플라톤이 바로 우리 마을 사람인데도 내가 그를 한 번도 만나본 일이 없는 것과 무엇이 다를 것이며, 그가 바로 옆집 사람인데도 그의 말을 들어보지 못하고 그 말의 예지에 귀를 기울이지 않는 것과 무엇이 다르겠는가? 그런데 실상은 어떠한가? 플라톤의 『대화편』은 그의 영원불멸한 지혜를 담은 책이며 바로 옆 선반에 놓여 있는데도 나는 그 책을 거의 들추지 않는다.

우리는 버릇이 없고 무식하며 천박한 삶을 살고 있다. 내가 말하고자 하는 것은 책을 전혀 읽지 못한 사람의 무식과, 어린애들과 지능이 낮은 사람들을 위한 책만 읽는 사람들의 무식 사이에 그리 큰 차이를 두고 싶지 않다는 것이다. 우리는 고대의 위인들만큼 훌륭해져야겠다. 그러기 위해서는 우선 그들이 얼마나 훌륭했던가를 먼저 알아야 한다. 우리는 소(小)인종[2]이며, 지적인 비상(飛翔)[3]에서 일간 신문의 칼럼 이상은 날지 못하고 있다.

—『월든』(은행나무, 2015)

---

2 소(小)인종: '열등한 족속'을 빗대어 표현한 말.
3 비상(飛翔): 날기. 공중을 낢.

1. 첫째 단락의 밑줄 친 "피그미족이나 난쟁이 부족"과 비슷한 의미로 쓰인 말/사물을 셋째 단락에서 찾아 적으시오.

2. 둘째 단락에 나오는 플라톤의 『대화편』과 비슷한 가치를 지닌 것이 첫째 단락에도 나온다. 그것은 무엇인가?

3. 셋째 단락의 밑줄 친 "지능이 낮은 사람들을 위한 책"에 해당된다고 볼 수 있는 책의 예가 첫째 단락에 나와 있다. 그 책의 이름은?

4. 앞의 글의 세 단락은 소주제가 거의 같다고 볼 수 있다. 그렇다면 앞의 글은 비슷한 내용을 제재, 상황, 맥락 등을 바꾸어 가며 '반복'하고 있는 셈이다.

   (1) 다음은 앞의 글이 들어 있는 책 『월든』의 장(章) 이름들이다. 앞의 단락들에서 반복되는 내용으로 미루어 볼 때, 앞의 글은 어느 장에 들어 있겠는가?
   ❶ 마을
   ❷ 독서
   ❸ 겨울의 호수
   ❹ 보다 높은 법칙들

(2) 세 단락의 공통된 내용, 즉 단락마다 반복되는 소주제를 1문장으로 적으시오.

★ 길잡이 : 단락마다 반복되는, 공통된 내용을 간추린다.

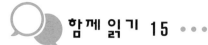

다음 글은 단락에 대한 감각을 기르기 위해, 마지막 단락을 제외하고는 일부러 단락을 나누지 않았다. 일단 단락을 나누는 게 자연스럽다고 판단되는 곳에 표시를 하면서 읽으시오.

상상력의 빈곤

이사를 하게 되었는데, 들어갈 집이 낡아서 내부를 온통 수리해야 되었다. 수리업자한테 알아보니 작은 아파트라고 쉽게 생각할 일이 아니었다. 게다가 식구들이 이것저것 원하는 게 많아, 공사가 간단치 않았다. 무엇보다 유행에 뒤지면 안 된다는 생각을 식구들이나 공사 담당자 모두 아주 강하게 지니고 있어서, 우리가 언제부터 이렇게 집수리에 유행과 멋을 따지게 되었는지 놀랄 지경이었다. 나는 나름대로 최선을 다하느라고 몇 군데 업체에서 거듭 상담과 견적을 받은 뒤, 가장 믿음이 가는 이에게 일을 맡겼다. 그리고 식구들의 요청 사항, 내가 해주었으면 하는 시설과 장치들, 아파트 관리소에서 유의해달라고 부탁한 것들을 미리 자세히 설명하고, 어떤 것은 도면까지 그려주었다. 도면 그리기 같은 것을 시공할 사람이 아닌 내가 왜 해야 하는지 좀 이상하였지만. 공사는 한 달 예정으로 시작되었다. 나는 이제 발 뻗고 기다리면 되는구나 하는 심정이 되었다. 그런데 상황은 영 딴판으로 돌아갔다. 이틀이 지난 날 새벽에 아파트 관리소에서 전화가 왔다. 이웃들이 쉬어야 할 때 공사를 하지 말아달라고 했는데, 왜 자꾸만 이른 아침부터 소음을 내어 항의가 빗발치게 하느냐는 것이었다. 직접 만나 이야기하는 게 좋을 듯해 현장에 가보니, 철거하지 말라고 한 부분까지 마구 뜯어내고 있었다. 내가 항의하자 일꾼은 퉁명스럽게, 자기는 이렇게 하라는 지시를 받았다고 대꾸하였다. 그런 일들은 시작에 불과했다. 마음이 자꾸 불안해져서 가보면, 테라스 바닥에 타일을 잘못 붙여 물이 잘 흐르지 않게 되어 있고, 부엌의 벽에 밥솥 코드 따위를 꽂는 콘센트가 사라지고 없었다. 이 공사 저 공사 하는 사람들이 치우지 않은 쓰레기에 새로 깐 바닥은 흠집투성이가 되었는가 하면, 이사 들어가던 날까지 쓰고 남은 자재가 여기저기 버려져 있어 아까운 건 둘째치고 이삿짐을 들이기에 여간 지장을 주는 게 아니었다. 더 심각한 문제가 살면서 계속 불거졌다. 인터넷 선을 분명히 깔았다는데 통하지 않는 곳이 있고, 화장실 바닥은 공사 중에 들어간 모래와 시멘트에 막혀 물이 내려가지 않았다. 방 한 곳의 텔레비전 수신이 잘 안 되어 딴 기술자를 데려다 원인을 캐보니, 예전의 선을 모두 새로 갈지 않고, 중간을 끊어 일부만 갈았기 때문이었다. 공사한 사람을 채근하여 뜯어고치고, 다른 전문가를 불러 보완하느라 일주일을 정신없이 보냈다. 나는 울화가 치밀어 체중이 줄었으며, 집은 집대로 유행이나 멋 따위는 따질 수 없게 되어버렸다. 공사를 하는 동안, 특히 재공사를 하는 그 일주일 동안, 나는 울화를 삭이며 여러 가지 생각을 하였다. 책임감이 부족해서 저런다, 의사소통을 할 줄 모르는 탓이다, 합리(合理)보다 비리(非理)가 판치는 사회의 인습 때문이다…… 그런데 이렇게 따지다 보니, 집 공사에서는 처음이지만, 내가 이와 비슷한 일을 여러 번 겪었던 사실이 드러났다. 그리고 그럴 때마다 손해배상 청구 같은 일 대신, 화풀이 비슷한 분석을 되풀이했던 일도 떠올랐다. 그래서 이번에도 또다시 우리 사회의 인습들을 들추는 데 그칠 게 아니라, 좀 다른 차원에서, 개선책을 마련하는 데 도움이 될 근본적 원인을 찾아보아야겠다는 생각이 들었다. 그때 문득 어느 여관 화장실에서 본 것이 생각났다. 벽에 휴지걸이 두 개가 나란히 설치되어 있었다. 쓰던 것 옆에 새 두루마리 휴지가 하나 더 걸려 있었는데, 모자랄 경우에 대비한 것이었다. 벌어질 상황과 그 상황에 처한 사람의 마음을 미리 상상할 줄 아는 능력을 지닌 사람이라야 해놓을 수 있는 설비였다. 나는 그것을 바라보는 동안 마음이 따뜻해지는 느낌이었다.

이용할 사람이 겪을 일을 섬세하게 상상할 줄 모르면, 그것을 만든 이는 남한테 잘못을 저지르게 된다. 스스로 아무런 악의가 없었다 하더라도 말이다. 상상력은 생각하는 능력과 느끼는 능력이 통합된, 삶의 모든 활동에 필요한 근본적 능력이므로 그것이 모자라면 '모자란 사람'이 될 수 있다. 집수리하면서 내가 겪은 서비스 분야를 벗어나, 아직 있지도 않은 요구를 예상하여 새로운 것을 만들어내는 생산과 창조 분야에 가면, 이 능력은 훨씬 더 중요할 것이다. [   ] 비교적 눈에 보이는 인습보다 보이지 않는 상상력에 먼저 주목해야 할 것 같다.

—(이 글은 연습용으로 지은 것임)

1. 이 글에서 단락을 나누지 않은 부분은 여러 단락으로 '작게' 나눌 수 있다. 그러나 그것을 '크게' 3개 단락으로만 나눈다고 하자.

   ★ 길잡이: 처음에 지시한 대로, 직관에 따라 일단 단락을 나누는 게 적합해 보이는 데를 모두 나눈다. 그리고 그것을 다시 크게 세 덩어리(구조단락)가 되게 뭉치면서, 그 구분의 기준을 찾아/세워본다.

   (1) 둘째 단락이 시작되는 곳의 첫 어절을 쓰시오.

   (2) 그 둘째 단락에 소제목(중간 제목)을 붙인다면 무어라고 붙일 수 있겠는가? 여러 단어를 써서 '자세히' 붙여보시오.

   (3) 셋째 단락이 시작되는 곳의 첫 어절을 쓰시오.

   (4) 이 글의 질서에 따라 (의식적·무의식적으로) 이루어진 앞의 단락 구분에서, 그 구분의 기준은 무엇인가?

2. 글의 흐름을 고려할 때, 다음 중 마지막 단락의 [   ] 부분에 들어갈 말로 가장 적합한 것은?
   ❶ 사람을 올바로 판단하려면
   ❷ '모자란 사람'이 되지 않으려면
   ❸ 우리의 사회 현실을 개선하려면
   ❹ 이런 일을 또 당하지 않으려면

3. 구성, 구성 읽기

　단순하게 말하면, 글읽기란 내용을 요약하는 활동이다. 그것은 곧 여러 개의 단락을 그보다 적은 숫자의 뜻덩이로 뭉치고, 그것을 다시 추상적으로 가장 높은 단계의 마지막 한 덩이(주제, 주제문)가 될 때까지 뭉쳐나가는 작업이다. 우리의 눈은 종이 위에 적힌 문장, 단락을 배열된 대로 차례로 보지만, 그동안 우리의 정신은 추상적인 공간에서 상하, 좌우, 안팎을 오가면서 글 안팎의 것들을 상상하고 추리하여 단락들을 뭉치고, 문맥을 잡아 내용을 재구성하며, 자신의 경험과 지식을 활용하여 빈틈을 메우는 작업을 거듭해간다.

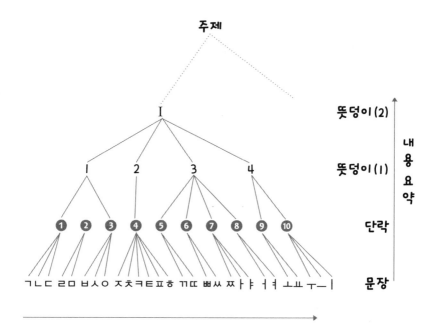

어떤 글을 분석할 때 우리는 그 기본 단위를 단락으로 잡을 수도 있고 단락을 뭉친 그보다 위의 단계(층위)의 뜻덩이로 잡을 수도 있다. 짧은 글은 단락의 수와 뜻덩이의 수가 같겠지만, 앞에서 보듯이 길고 단락이 많은 글은 그렇지 않다. 따라서 그런 글은 단락보다 뜻덩이를 기본 단위로 삼아, 주로 그 단계에서 분석하게 마련이다.

앞의 그림에서, '문장'부터 '단락'의 단계까지는 글 자체에서 눈으로 구별할 수 있는, 필자에 의해 이미 되어 있는 것이다. 이에 비해 '뜻덩이(1)'부터는 독자가 읽는 과정에서 만들어내는, 글 내용의 구조를 이루는 한 단위 또는 부분이다. 그것을 몇 개로, 또 몇 단계로 뭉쳐나가느냐 하는 것은 글 자체의 구조와 그것을 읽는 독자의 판단에 좌우된다. 어떻든 여기서는 단락보다 크고 글의 내부 구조를 이루는 그 뜻덩이를 '구조단락'이라고 부르고자 하는데, 앞 절에서 말했듯이 그것은 '내용단락'이라는 말보다 오해의 가능성이 적으며 글의 구조를 살피는 데 더 적합한 용어이다.

전체의 부분 또는 구조의 기본 단위를 어느 단계에서 몇 덩이로 잡든 간에, 그것들은 어떤 식으로 짜이고 전개되어 한 편의 글을 이룬다. 그렇게 짜는 작업, 그 짜는 원리와 질서, 그리고 그 결과 짜인 모습 등을 통틀어 **구성**이라고 한다. 특히 그 가운데 **글의 부분들을 하나의 구조로 짜는 원리와 질서**를 가리킨다.

구성은 글의 얼개요 설계도이다. 그것은 글을 엮는 데 작용하는 것이어서, 글의 내부 어느 곳에 따로 자리 잡고 있는 것이 아니라 단락과 단락, 뜻덩이와 뜻덩이의 결합에 작용하는 추상적인 원리이자 질서이다. 그러므로 독자는 글의 내용보다 내용을 이루는 '부분들의 관계'에 주목하여 추리하고 재구성해내야만 그것을 파악할 수 있다.

글의 내용을 대강 이해하면 그만이지 굳이 잘 파악되지도 않는 구성 따위를 따질 필요가 있는 것일까? 물론 있다. 구성은 글을 바르고 깊이 있게 이해하기 위해서는 반드시 관심을 가져야 할 측면이다. 나무토막을 가지고 노는 아이는 '구성'하기에 따라 그것으로 집 모양을 만들 수도 있고 다리 모양을 만들 수도 있다. 이때 같은 나무토막이라도 어디에 쓰이느냐에 따라 집의 벽이 되기도 하고 기둥이 되기도 한다. 그와 마찬가지로 글에서 어떤 부분의 의미는 그것이 관계의 그물 속에 놓여 있는 위치, 거기서 맡은 기능에 좌우된다. 그리고 글 전체의 의미 또한 부분들이 구성되는 방식에 달려 있다. '글 자체에 충실하게' 읽기 위해서는 구성에 많은 관심을 쏟아야 하는 까닭이 여기에 있다.

글의 구성은 크게 두 가지 각도에서 살필 수 있다. 우선 부분 또는 구성 요소들이 어떤 시간적·논리적인 순서에 따라 긴밀하게 '연결'되어 있는가를 살필 수 있다. 그와는 달리 부분들을 한자리(공간)에 모두 모아놓고 그들이 얼마나 일관되게 '통일'되어 있는가를 살필 수 있다. 요컨대 글의 구성은 연결성과 통일성이라는 두 측면으로 나누어 살필 수 있는데, 글을 쓰는 이의 입장에서 본다면 연결성은 부분들을 배열하는 원리이고, 통일성은 같거나 비슷한 부분들을 선택하여 모으는 원리이다.

먼저 통일성이 무엇인지 알기 위해 다음 그림을 보자.

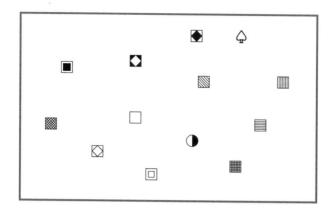

큰 네모를 이루는 13개 가운데 둘(♤, ◑)이 네모 모양이 아니다. 그 둘은 네모 모양과 구성적으로 대립하는 것도 아니다. 따라서 이 13개의 부분으로 이루어진 글이 있다고 하면, 그 글은 통일성 혹은 일관성이 없는 셈이다. 물론 그 뜻덩이들의 일관되고 공통된 요소는, 이런 그림에서와 같이 구체적인 모양이 아니라 어떤 제재, 생각(관념) 등이 될 터이다. 글에 따라 어떤 지배적인 분위기, 느낌, 비유, 이미지, 문체 등이 될 수도 있다.

앞의 제1장에서 읽은 「설해목」을 돌이켜보면, 네 개의 구조단락에 나오는 노스님의 보살핌, 눈이 사뿐히 내림, 부처님의 사랑, 물결의 조약돌 쓰다듬기 등의 행동이나 움직임이 모두 '부드럽다'는 특징을 지닌 점에서 통일성을 띠고 있다. 그런가 하면 '함께 읽기 7'의 「까치」에서 필자는 까치집, 용자창, 민화 등을 좋아한다고 하는데, 이때 그 제재들은 '소박하고 자연스러운' 느낌 혹은 분위기를 공통적으로 지니고 있다. 좋은 글은 이렇게 어떤 공통되고 일관된 요소들로 통일되어 있는데, 앞의 두 글을 읽을 때 그랬듯이, 그 요소를 찾는 것이 글의 핵심에 접근하는 좋은 길이 된다.

한편 글의 구성을 연결성의 측면에서 살필 경우, 갈래에 따라 일정하지 않지만, 대개 글 전체를 크게 세 구조단락(3단)에서 다섯 구조단락(5단)으로 나누어 논의하는 예가 많다. 그렇게 나누는 기준은 대개 각 부분이 하는 역할이다.

처음 — 중간 — 끝
서론 — 본론 — 결론

기 — 승 — 전 — 결
(도입)　(발전)　(전환)　(종합 · 정리)

주의 환기 — 문제 제시 — 문제 해결 — 해결 결과의 구체화 — 결론

그런가 하면 논리적 단계가 높은 일반적 진실을 근거로 낮은 단계의 특수한 사례를 밝히느냐, 아니면 그 반대 과정을 밟느냐에 따라 연역적 구성과 귀납적 구성을 나누기도 한다. 또 주제를 집중적으로 제시하는 문장이 놓여 있는 자리에 따라 구성 방식을 두괄식, 미괄식, 양괄식 등으로 가르기도 한다.

무엇을 기준으로 몇 덩이로 나눌 것인지는 글 자체의 구조와 독자의 판단에 달린 문제이다. 본래 글의 덩이들을 배열하고 연결하

는 방식은 징형시라든가 계약서 따위처럼 비교적 고정되어 있는 것들을 제외하고는 처음부터 어떤 틀이 정해져 있지 않다. 그리고 같은 '서론—본론—결론' 형식으로 구성되어 있다고 해도, 구체적으로 살펴보면 글마다 연결 관계가 다 다르다. 그것은 '서론' '본론' 같은 용어가 말을 꺼내거나 본격적으로 발전시키는 부분이라는 느슨한 뜻 이상을 품고 있지 않다는 사실에서도 알 수 있다. 그러므로 앞에서와 같이 글 전체를 큰 덩어리로 잘라 그 연결 관계를 살피는 작업은 거시적인 안목으로, 또 글을 다 읽은 뒤에 내용을 정리할 때 주로 필요하고 또 가능한 일이다. 읽는 과정에서는 하기가 어렵다는 얘기이다.

글을 차근차근 세밀하고도 구체적으로 살피기 위해서는 덩어리를 작게 잡고 볼 필요가 있다. 그런데 그렇게 살피다 보면 단락과 단락, 한 구조단락과 다른 구조단락이 연결되는 방식 역시 세상 만물의 질서와 우리가 그것을 바라보고 정리하는 기본 방식에 따른 것임을 알 수 있다. 즉, 글의 구성은 제재를 지배하는 자연의 시간적·공간적 질서라든가 연상(聯想), 유추(類推)와 같은 사고 활동의 과정에 따른다. 또 삼단논법 같은 일반적 논리에 따르는가 하면 필자가 내세우는 주장이나 행위 자체가 요구하는 순서에 따르기도 한다. 그 가운데 아주 기본이 되는 것들을 모아보면 다음과 같다. 이들은 논리적 관계에 따른 구성의 질서인데, '─'로 연결된 항목들이 실제 글에서 배열되는 순서는, 표현상의 효과를 위해 경우에 따라 바뀔 수 있다.

(1) 시간과 공간

· 시간의 흐름(전—후)

· 공간에서의 위치(상—하, 좌—우, 앞—뒤······)

· 사물의 측면[외면—내면, 전체—세부(상태, 속성)······]

(2) 개념과 논리

· 범주가 넓은 것(상위 단계/전체적인 것)—좁은 것(하위 단계/
  부분적인 것)

· 특수한 것—일반적인 것

· 주(主)—종(從)

· 원인—결과

· 열거(반복, 점층, 점강······)

· 어떤 것—그와 유사하거나 밀접한 것(비교, 유추, 연상)

· 어떤 것—그와 대립된 것(대조, 대립)

(3) 행위의 절차

· 구체적인 경험—추상적인 관념(깨달음, 지식)

· 주장—근거(실제의 예), 주장—반론

· 전제—검토, 가정—검증

· 문제 제기—해결

· 목표—실천/방법

위의 연결 방식 가운데 어느 것은 어떤 갈래의 글에 주로 쓰임으로써 그것이 그 갈래의 특징이 되기도 한다. 예를 들어 기행문은 보통 시간과 공간의 이동에 따라 구성되며, 사업 계획서는 목표와 그것을 달성하기 위한 방법의 순서로 구성된다. 하지만 대개의 글은 이러한 여러 관계들이 복잡다단하게 얽히고설켜 있다고 보아야 한다. 가령 어떤 글에서 B단락과 인과 관계에 있는 A라는 단락은, F단락과는 대조 관계에 있을 수 있다. 그리고 그러한 인과, 대조의 관계는 '왜냐하면 ~때문이다'라든가 '이것을 F와 대조해보면~' 하는 말로써 표현상 드러나 있기도 하지만, 독자가 스스로 판단하여 알아내야 하는 경우가 더 많다.

그러면 그것들을 어떻게 하면 제대로 읽어내어 글의 구조를 확연히 파악할 수 있을까? 앞에서 「설해목」 「시골 한약국」 등을 함께 읽으면서 실감하였듯이, 글에 깊이 들어가면 갈수록 읽는 요령을 몇 가지로 정리하기 어렵고, 또 그것만 가지고는 충분하지 않게 된다. 오랜 훈련과 경험으로밖에는 해결할 수 없는 문제들이 많기 때문이다. 그러므로 여기서는 글의 구성을 파악하는 데 도움이 될 몇 가지 기본 요령만을 지적해두는 것으로 그친다. 그리고 뒤의 '함께 읽기'에 가서 무엇을 어떻게 힘써야 되는지를 더 살피기로 한다.

구성 읽기의 요령

① 문장과 문장, 단락과 단락을 접속시키고 관계 짓는 말들에 유의한다(그러나, 따라서, 왜냐하면, 한편, 예컨대, 요컨대, 앞에서 말했듯이……).

② 제재의 형성, 확산, 변화에 유의한다. 반복되는 것—비슷하거나 같은 제재, 단어(개념), 이미지 등—을 하나의 계열(패러다임)로 묶는다. 또 그것의 변화에 주목한다.

③ 대립 관계에 있는 것들, 그들의 짝(대립쌍)에 유의한다.

④ 가지를 쳐서 줄기를 드러낸다. 구성상 중심단락과 보조단락을 구별하고 후자를 제외하거나 전자에 수렴시킨다.

⑤ 중심제재가 비슷한 단락들, 내용이 통하는 단락들을 자꾸 뭉쳐서 구조단락을 만들고, 각 구조단락의 뜻을 요약하여 한 낱말이나 구로 된 이름 혹은 (중간) 제목을 붙여본다. 그것들을 하나의 표나 그림으로 나타내본다〔글의 재구성, 구성도(構成圖) 그리기〕.

⑥ 구조단락의 수가 3~5개 정도 되었을 때 그들의 역할, 배열, 관계 등을 살펴서 전체의 기본 구성을 파악한다.

⑦ 구성의 기본 방식이나 원리가 어떤 일반적 구성 형식과 가까운가를 확인해본다.

⑧ 최종적으로 밝혀진 구성의 기본 방식과 원리가, 제재와 주제의 특성, 독자의 반응 등과 어떤 관계가 있는지, 그 상호 관계를 살펴본다. 그때 자신이 종속적이거나 주변적인 것을 너무 중요시하지 않았는지, 글의 초점이나 핵심이 놓여 있는 '눈 대목'을 제대로 파악하여 거기서 주제, 결론 등을 파악하고 있는지 등을 반성적으로 검토해본다.

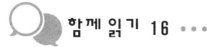

● **오류 분석** 다음 글은 본래 모두 12단락인데, 지나치게 방만하게 나뉘어 있다. 그리고 통일성과 연결성을 깨는 요소가 들어 있다.

그런 점들을 분석하기 위해 시간, 공간의 이동, 제재 변화 등을 고려하여 6덩어리(단락)로 구분해보았다. ❶~❻의 새로운 단락 구분에 유의하면서 읽고 물음에 답하시오.

설야 산책 雪夜散策

> 노천명(1912~1957): 시인. 『산호림(珊瑚林)』『사슴의 노래』등의 시집과 『나의 생활백서』『산딸기』등의 수필집이 있음.

저녁을 먹고 나니 퍼뜩퍼뜩 눈발이 날린다. 나는 갑자기 나가고 싶은 유혹에 눌린다. 목도리를 머리까지 푹 올려 쓰고 기어이 나서고야 말았다.

나는 이 밤에 뉘 집을 찾고 싶지는 않다. 어느 친구를 만나고 싶지도 않다. 그저 이 눈을 맞으며 한없이 걷는 것이 오직 내게 필요한 휴식일 것 같다. 끝없이 이렇게 눈을 맞으며 걸어가고 싶다.

이 무슨 저 북구(北歐) 노르웨이서 잡혀온 처녀의 향수(鄕愁)이랴.

— ❶

눈이 내리는 밤은 내가 성찬을 받는 밤이다. 눈이 이제 제법 대지를 희게 덮었고 내 신 바닥이 땅 위에 잠깐 미끄럽다. 숱한 사람들이 나를 지나치고 내가 또한 그들을 지나치건만, 내 어인 일로 저 시베리아의 눈 오는 벌판을 혼자 걸어가고 있는 것만 같으냐.

가로등이 휘날리는 눈을 찬란하게 반사시킬 때마다 나는 목도리를 푹 쓴다.

이제 그만 집으로 돌아가야겠다고 느끼면서 내 발길은 결코 집을 향하지 않는다. ─ ❷

기차 바퀴 소리가 유난히 크게 들린다. 지금쯤 어디로 향하는 차일까. 우울한 찻간이 머리에 떠오른다. 그 속에 앉았을 형형색색(形形色色)의 인생들─기쁨을 안고 가는 자와 슬픔을 받고 가는 자를 한자리에 태워가지고 이 밤을 뚫고 달리는 열차─바로 지난해 정월 어떤 날 저녁 의외의 전보(電報)를 받고 떠났던 일이 기어이 슬픈 일을 내 가슴에 새기게 한 일이 생각나며, 밤차 소리가 소름이 끼치도록 무서워진다. ─ ❸

이따금 눈송이가 뺨을 때린다. 이렇게 조용히 걸어가고 있는 내 맘속에 사라지지 못할 슬픔과 무서운 고독이 몸부림쳐 거의 내가 견디어내지 못할 지경인 것을 아무도 모를 것이다.

이리하여 사람은 영원히 외로운 존재일지도 모른다. 뉘 집인가 불이 환히 켜진 창 안에선 다듬이 소리가 새어 나온다.

어떤 여인의 아름다운 정이 여기도 흐르고 있음을 본다. 고운 정을 베풀려고 옷을 다듬는 여인이 있고, 이 밤에 딱딱이를 치며 순경을 돌아주는 이가 있는 한 나도 아름다운 마음으로 돌아가야 할 것이다. ─ ❹

머리에 눈을 허옇게 쓴 채 고단한 나그네처럼 나는 조용히 내 집 문을 두드렸다.

눈이 내리는 성스러운 밤을 위해 모든 것은 깨끗하고 조용하다. 꽃 한 송이 없는 방 안에 내가 그림자같이 들어옴이 상장(喪章)처럼 슬프구나. ― ❺ 창밖에선 여전히 눈이 사르르사르르 내리고 있다. 저 적막한 거리거리에 내가 버리고 온 발자국들이 흰 눈으로 덮여 없어질 것을 생각하며 나는 가만히 누웠다. 회색과 분홍빛으로 된 천장을 격해놓고 이 밤에 쥐는 나무를 깎고 나는 가슴을 깎는다. ― ❻

―『산딸기』(정음사, 1948): 『나비―노천명 전집 2』(솔, 1997)

1. 이 글 전체를 지배하는 감정 혹은 분위기를 한 낱말로 나타내시오.

　★ 길잡이: 중심제재를 묻는 문제이다. 되풀이되는 같거나 비슷한 말, 비유 등에 주목한다.

2. 필자가 '자기 자신' 혹은 '자신의 현재 상태'를 표현하기 위해 사용한 것(제재, 비유물)들을 있는 대로 모두 찾아 적으시오.

3. 이 글은 시간의 흐름과 공간의 이동에 따라 구성, 전개되고 있다. 그런데 시간의 흐름은 한 차례 그 방향이 바뀐다. 그 부분이 들어 있는, 새로 나눈 단락(덩어리)의 번호를 적으시오.

4. (앞의 1번 문제에서 살핀) 이 글을 지배하는 감정 혹은 분위기에 자연스럽게 어울리지 않는 부분이 있다. 통일성을 깨는, 혹은 이전과의 연결성이 약한 그 부분의 첫 어절과 끝 어절을 쓰시오.

★ 길잡이 : '글 자체에 충실하게,' 글의 구조적 완결성 위주로 읽으면서, 그것을 해치는 부분을 찾는다.

함께 읽기 17

다음은 모두 세 단락으로 된 글이다. 각 단락에서 필자가 하고자
하는 말이 무엇인가에 유의하면서 읽으시오.

문명 비판과 복고 취향

이동하(1955~): 문학평론가. 연구서 『집 없는 시대의 문학』 『현대
소설의 정신사적 연구』, 수필집 『아웃사이더의 역설』 등을 지음.

　현대의 문명을 주제로 삼고 쓴 논문이나 에세이들을 읽어보면,
그 대부분이 비관적인 어조로 가득 차 있음을 발견하게 된다. 오늘
날의 조악한 기계 문명은 인간들을 고립된 원자로 만들어 소외시키
고 있다, 모든 가치가 상품화되어버린 결과 영혼의 타락과 황폐화
가 초래되고 있다, 과거에 인간과 더불어 있던 신들은 이제 우리의
곁을 떠났고 그 빈자리에 밤의 어둠이 밀려들고 있다…… 이런 식
의 넋두리들이 그들 비관론자들의 고정된 레퍼토리를 형성한다. 부
르크하르트, 오르테가에서 하이데거를 거쳐 1980년대의 우리 작가
이문열에 이르기까지 이네들이 펼쳐놓는 논지는 신기할 정도로 공
통된 색깔을 띤다. 우리는 이러한 사태 앞에서 어떤 태도를 취해야
옳을 것인가?

　나의 생각은 다음과 같다―현대의 문명 가운데에는 분명히 병적

(病的)인 요소가 들어 있으며 그 점을 지적해준 데 대해서는 그들 비관론자들에게 감사할 필요가 있지만, 그 감사는 지극히 제한된 범위로 그쳐야 한다는 것이다. 특히 현대 문명에 대한 그들의 부정과 비판이 '보다 인간적이고 풍족한 내면을 지닌 삶이 보편화되어 있었던 그 옛날에 대한 안타까운 향수'로까지 뻗어나갈 때, 나는 그만 참을 수가 없어진다. 도대체 과거의 어느 시대에 그런 삶이 보편화되어 있었단 말인가? 페스트와 기근(饑饉)과 마녀재판으로 뒤덮였던 서양의 중세기가 그랬단 말인가? 아니면 백골징포(白骨徵布),[1] 황구첨정(黃口簽丁),[2] 칠거지악(七去之惡)[3]으로 얼룩졌던 우리의 조선 시대가 그랬단 말인가? 냉혹하게 말해서, 그런 유의 복고 취향(復古趣向)은 가장 안이한 감상(感傷)에 지나지 않는다.

오늘의 문명이 지니고 있는 병폐를 비판하는 것은 정당하고 또 바람직한 작업이다. 그러나 그것이 지나쳐서 과거의 전통적 사회에 대한 맹목적 미화(美化)로까지 연장될 때, 거기에 남는 것은 사실의 왜곡과 공허한 낭만일 뿐이다. 삶의 다른 수많은 영역에서와 마찬가지로, 이 문제에 있어서도 우리에게 반드시 필요한 것은 냉정하게 진실을 꿰뚫어 볼 줄 아는 명석한 눈과, 결코 덤벙대지 않고 차근차근 합리적인 해결책을 찾아 나아가는 침착한 발걸음이다.

—『아웃사이더의 역설』(세계사, 1990)

---

1 백골징포(白骨徵布): 죽은 이를 세금 대장에 올려놓고 군포(軍布)와 세금을 받던 일.
2 황구첨정(黃口簽丁): 젖먹이를 군적에 올려 군포를 징수하던 일.
3 칠거지악(七去之惡): 아내를 내쫓을 수 있는 이유가 되는 일곱 가지 허물.

1. 글을 읽는 동안 우리는 각 단락의 소주제를 거칠게라도 잡으면서 읽어나가
   게 마련이다. 다음 빈칸에 둘째 단락의 소주제를 대강 적어보시오.

   ❶ 현대의 문명을 매우 비관적으로 보는 경향의 글/사람들에 대해 어떤
      태도를 취해야 할까?

   ❷
      ....
      ....

   ❸ 과거를 맹목적으로 미화하는 것은 사실을 왜곡하는 공허한 낭만에
      지나지 않는다. 진실을 보기 위해 냉정하고 합리적인 자세가 필요
      하다.

2. 필자는 이 글에서 현대 문명을 비판적으로 보는 사람들에게 어떤 문제점이
   있다고 판단하는가? 해당되는 것을 모두 고르시오.
   ❶ 맹목적인 복고 취향에 물들어 있다.
   ❷ 사회 분위기를 어둡게 만들고 있다.
   ❸ 사실을 왜곡하고 있다.
   ❹ 현대 문명의 병적인 요소를 과소평가하고 있다.
   ❺ 비합리적이고 침착하지 못하다.
   ❻ 유명한 사람의 주장에 무조건 따른다.

3. 진실을 바르게 보려면 어떻게 해야 하는가? 글에 직접 간접으로 나타난 필자의 생각을 바탕으로, 가급적 부정적인 표현을 사용하지 않으면서, 한 가지만 지적하시오.

4. 이 글은 어떤 식으로 구성되었다고 할 수 있는가? 다음 중 가장 거리가 '먼' 것을 고르시오.

❶ 서론—본론—결론
❷ 도입—전개—마무리
❸ 문제 제기—해결 모색—정리
❹ 기존의 주장—비판—대안(代案)의 제시

5. 이 글의 내용을 활용하여 '함께 읽기 7'에서 읽은 윤오영의 수필 「까치」를 비판하여보시오. (분량: 3~4문장)

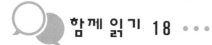
다음 글은, 글의 구성을 파악하는 데 도움을 주기 위하여 원문의
글자체를 고딕으로 바꾸거나 밑줄을 그었다. 특히 제재가 어떻게
변하는지, 즉 무엇에 관한 이야기에서 무엇에 관한 이야기로 바뀌
어 가는지에 주목하면서 다음 글을 읽으시오.

별들을 잃어버린 사나이

김기림(1908~?): 시인, 문예비평가. 시집 『기상도』 『바다와 나비』,
시론집 『시론(詩論)』, 수필집 『바다와 육체』 등을 지음.

시월 고개가 절반을 넘어갈 때가 되면 과수원을 생업으로 하는 <u>이 작
은 동리</u>는 갑자기 분주해진다.

사나이들은 헌 옷을 털어 입고 괭이를 둘러메고 과일밭으로 나간
다. 아낙네들은 그들의 남편들과 오라버니들이 따주는 과일 광주리
를 머리 위에 올려놓고 바쁘게 달음질친다.

금년에 겨우 다섯 살 먹은 금순이까지가 대야에 그 골보다도 더
큰 '명월'(배 이름)을 네 개나 담아 이고서 어머니 뒤를 따라가는 것
을 보는, 배나무에 걸터앉은 할아버지의 입술에는 미소가 떠오른다.

무르녹게 익은 과일들이 발산하는 강렬한 향기가 사람들의 코를
찌른다.

이윽고 열 간이 넘는 지하실 움 속에는 가지각색 과일들이 구석 구석마다 산더미같이 쌓인다.

이윽고 우리들은 아낙들이 끓여주는 뜨거운 국물로 종일토록 얼어붙은 배 속을 녹인 후 우리들의 충실한 동무인 황소 목덜미에 과일궤를 담북 실은 수레를 메워가지고 이곳에서 십 리 밖에 있는 정거장으로 **밤차 시간**에 맞도록 바쁘게 수레를 몬다.

"또 왔소."

역에서는 낯익은 역부가 얼굴을 벙글거리며 '아크' 등을 내저으면서 다음 화물차가 와 닿을 '플랫폼'을 가리킨다.

마지막 짐짝마저 부려놓고 황소 머리를 돌이켜놓으면 소는 벌판의 한 줄기 큰길을 내 집을 향하여 바쁘게 발을 옮겨놓는 것이다.

우리들의 마음은 처음으로 오늘 하루의 의무에서 풀려서 갈앉는다. 우리들은 빈 수레 위에 가로 자빠진다. 한 가락 시절가가 누구의 입술에선가 흘러나오기도 한다.

어느덧 벌판 위에는 **어둠**이 두텁게 잠긴다. 바다로부터 불어오는 축축한 바람이 얼굴 위를 씻고 달아난다.

침묵한 산들은 어둠의 저쪽에서 커다란 몸뚱이를 웅크리고 주저앉아서 별들의 숨은 노래를 도적질해 듣고 있나 보다. 그 **어느 시절**에는 황혼이 되면 나는 언덕 위로 뛰어 올라가기도 했다. 날아오는 별들과 더 가까이 가서 이야기나 하려는 것처럼 ─. 그렇지만 **지금** 수없는 작은 별들은 은하수를 건너서 더 멀리멀리 날아가지 않는가. 우주의 비밀을 감춘 별들의 노래는 지극히 먼 어둠의 저쪽에서 아마도 작은 천사들의 귀를 즐겁게 하고 있나 보다. 그것들은 지금의 내게서는 아주 먼 곳에 있다.

덜그렁—덜그렁—덜그렁.

수레바퀴가 첫 얼음을 맞은 굳은 땅을 깨물 적마다 금속성의 지치벽 소리가 땅에서 인다.

지금 수레는 넓은 들을 꿰뚫고 굴러간다. 그 위에서 나의 눈은 별들을 하나씩 둘씩 잃어버리면서 내게서 멀어져 가는 그들의 긴 꼬리를 따라간다.

일찍이 청춘이라고 하는 특권이 나에게 아름다운 저 별들을 좇아가는 환상의 날개를 주었다. 그렇지만 **지금** 그 날개는 시들어졌다. 나는 지금 나의 젊은 하늘을 찬란하게 꾸미던 뭇별들을 잃어버린 대신에 대지 위에 무슨 발판을 찾고 있다—긴 불행과 고난 뒤에 돌아오는 '열매를 거두는 기쁨.' 봄이 오면 우리들은 들에 씨를 뿌릴 것이다. 그리고 가을이 되면 우리는 우리들의 땀과 기름으로 기른 열매를 거둘 것이다. 어둠의 저쪽에 잠기는 긴 기적 소리—국경행(國境行) 최종 열차(最終列車)가 아마 저편 역을 떠나나 보다.

더 높은 데로 더 높은 데로 날아만 가는 별들—나는 그것들과는 반대의 방향으로 가슴에 밤을 안고 굴러가는 수레에 몸을 맡긴다.

—『신동아』(1932. 2);『김기림 전집 5』(심설당, 1988)

---

1. 이 글은 단락을 너무 자주 나누었다고 할 수도 있다. 다음은 이 글의 단락을 기준을 달리하여 지금보다 적은 수가 되도록 뭉친다고 할 때 고려할 만한 사항들이다. 고딕체로 바꾸거나 밑줄을 덧붙인 부분에 특히 유의하여 다시 읽으면서, 다음 괄호를 적절한 말로 채우시오.

1) 시간의 흐름:

(❶   ) → 저녁 → 밤
....
                    〔현재 → 과거 → 현재 ⋯▸ (❷   )〕

2) 공간의 이동:

마을 → 정거장 → (❸   )
....
                    〔여기 →   저쪽   ⋯▸ (❹   )〕 ⋯▸
                    (대지)   (❺   )
                    (낮은 데) (❻   )

3) 행동의 주체: 사나이들, 아낙들 → (❼   ) → 나

4) 서술의 대상: 겉모습 → (❽   )
               사건   → (❾   )

2. 앞의 관찰을 통해 이 글에는 다음과 같은 대립쌍들이 있고, 그것들이 교체되
   거나 결합되면서 글을 전개시켜가고 있음을 알 수 있다. 그 대립쌍들을 아무
   렇게나 늘어놓으면 다음과 같다.

┌───┐
┊   밝음 ╲ 어둠   대지(여기) ╲ 하늘(저쪽)   과거 ╲ 현재   ┊
┊   꿈 ╲ 현실   열매 ╲ 별   ┊
└───┘

이들 각 대립쌍에서 결국 필자가 소속되었거나 가지게 된 것을 하나씩 택하여 나열하시오(예: 밝음, 하늘, 과거, 꿈, 열매).

★ 길잡이 : 필자의 내면에서 무엇이 꿈틀거리고 있는지에 주목한다. 현재와 과거가 뒤섞인 곳, 종결 단락 등을 유심히 본다.

3. 다음 중 이 글에 관한 말로 가장 옳은 것은?

★ 길잡이 : 필자가 어떤 상황에서 어떤 관점으로 현실과 자기 자신을 보고 있는가, 제목이 무엇을 뜻하는가 등에 유의한다.

❶ 열매를 거두는 기쁨을 표현하고 있다.

❷ 일을 마치고 누리는 휴식의 기쁨을 표현하고 있다.

❸ 거둔 것을 수탈당하는 슬픔을 표현하고 있다.

❹ 청춘의 꿈을 잃은 슬픔을 표현하고 있다.

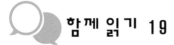

● **오류 분석** 이양하의 「나무」는 매우 유명한 수필이지만 그 구조
가 허술하다. 함께 분석해보기로 하자.

　(우리가 읽어온 「나무」는 원문에 충실하지 않은 데다가, 필요한 손질도 그릇
되게 한 것이 많다. 다음은 원문에 충실하되 맞춤법, 띄어쓰기, 문장 부호 등을
오늘에 맞게 손질하고, 한자를 한글로 바꾼 것이다. 구조를 파악하고 비판하는
데 도움을 주기 위하여 임의로 단락 번호, 빗금 등을 넣거나 밑줄을 긋고, 활자
체를 바꾸었다.)

나무

이양하(1904~1963): 수필가, 영문학자. 수필집으로 『이양하 수필
집』 『나무』가 있음.

---

❶ 나무는 덕(德)을 가졌다. 나무는 주어진 분수에 만족할 줄을
안다. 나무로 **태어난** 것을 탓하지 아니하고, 왜 여기 놓이고 저기 놓
이지 않았는가를 말하지 아니한다. 등성이에 서면 햇살이 따사로울
까, 골짝에 내려서면 물이 좋을까 하여, 새로운 자리를 엿보는 일도
없다. 물과 흙과 태양의 아들로 물과 흙과 태양이 주는 대로 받고,

후박(厚薄)[1]과 불만족(不滿足)을 말하지 아니한다. 이웃 친구의 처지에 눈떠 보는 일도 없다. 소나무는 진달래를 내려다보되 깔보는 일이 없고, 진달래는 소나무를 우러러보되 부러워하는 일이 없다. 소나무는 소나무대로 스스로 족(足)하고, 진달래는 진달래대로 스스로 족하다.

❷ 나무는 고독하다. 나무는 모든 고독을 안다. 안개에 잠긴 아침의 고독을 알고, 구름에 덮인 저녁의 고독을 안다. 부슬비 내리는 가을 저녁의 고독도 알고, 함박눈 펄펄 날리는 겨울 아침의 고독도 안다. 나무는 파리 옴짝 않는 한여름 대낮의 고독도 알고, 별 얼고 돌 우는 동짓달 한밤의 고독도 안다. 그러나 나무는 어디까지든지 고독에 견디고 고독을 이기고 또 고독을 즐긴다.

❸ 나무에 아주 친구가 없는 것은 아니다. 달이 있고, 바람이 있고, 새가 있다. 달은 때를 어기지 아니하고 찾고 **고독한** 여름밤을 같이 지내고 가는 의리 있고 다정한 친구다. 웃을 뿐 말이 없으나 이심전심(以心傳心) 의사가 아주 잘 소통되고 아주 비위에 맞는 친구다. // ❹ 바람은 달과 달라 아주 변덕 많고 수다스럽고 믿지 못할 친구다. 그야말로 바람잡이 친구다. 자기 마음 내키는 때 찾아올 뿐 아니라 어떤 때에는 쏘삭쏘삭 알랑대고 어떤 때는 난데없이 휘갈기고 또 어떤 때는 공연히 뒤틀려 우악스럽게 남의 팔다리에 생채기를 내놓고 달아난다. 새 **역시** 바람같이 믿지 못할 친구다. **역시** 자기 마음 내키는 때 찾아오고 자기 마음 내키는 때 달아난다. **그러나** 가

1 후박(厚薄): 많고 넉넉함과 적고 모자람.

다 믿고 와 둥지를 틀고 지쳤을 때 찾아와 쉬며 푸념하는 것이 귀엽다. 그리고 가다 흥겨워 노래할 때 노래 들을 수 있는 것이 또한 기쁨이 되지 아니할 수 없다. 나무는 이 모든 것을 잘 가릴 줄 안다. //

❺ 그러나 좋은 친구라 하여 달만을 반기고, 믿지 못할 친구라 하여 새와 바람을 물리치는 일이 없다. 그리고 달을 유달리 후대하고 새와 바람을 박대하는 일도 없다. 달은 달대로 새는 새대로 바람은 바람대로 다 같이 친구로 대한다. 그리고 친구가 오면 다행하게 생각하고 오지 않는다고 하여 불행해하는 법이 없다. // ❻ 같은 나무, 이웃 나무가 가장 좋은 친구가 되는 것은 두말할 것이 없다. 나무는 서로 속속들이 이해하고 진심으로 동정하고 공감한다. 서로 마주 보기만 해도 기쁘고 일생을 이웃하고 살아도 싫증나지 않는 참다운 친구다. // ❼ 그러나 나무는 친구끼리 서로 즐긴다느니보다는 제각기 하늘이 준 힘을 다하여 널리 가지를 펴고, 아름다운 꽃을 피우고, 열매를 맺는 데 더 힘을 쓴다. 그리고 하늘을 우러러 항상 감사하고 찬송하고 묵도(默禱)²하는 것으로 일삼는다. 그러길래 나무는 언제나 하늘을 향하여 손을 쳐들고 있다. 그리고 온갖 나뭇잎이 욱은 숲을 찾는 사람이 거룩한 전당에 들어선 것처럼 엄숙하고 경건한 마음으로 자연 옷깃을 여미고 우렁찬 찬가에 귀를 기울이게 되는 이유도 여기 있다.

❽ 나무에 하나 더 원하는 것이 있다면 그것은 천명(天命)³을 다한

---

2 묵도(默禱): 말없이 마음속으로 가만히 빎.
3 천명(天命): 타고난 목숨. 천수(天壽). ('천명'은 '하늘의 명령' '하늘이 정해준 운명' 등의 뜻이 또 있는데, 이 '천명' 바로 다음에 나오는 '하늘 뜻'이란 말이 바로 그런 뜻의 '천명'일 것이다.)

뒤에 하늘 뜻대로 다시 흙과 물로 **돌아가는** 것이다. 그러나 사람은 가다 장난삼아 칼로 제 이름을 새겨보고 흔히는 자기 소용 닿는 대로 가지를 쳐가고 송두리째 베어가고 한다. 나무는 그래도 원망하지 않는다. 새긴 이름은 도리어 그들의 원대로 키워지고, 베어간 재목이 혹 자길 해칠 도낏자루가 되고 톱 손잡이가 된다 하더라도 이렇다 하는 법이 없다. // ❾ 나무는 훌륭한 견인주의자(堅忍主義者)요, 고독의 철인(哲人)이요, 안분지족(安分知足)의 현인(賢人)이다. // ❿ 불교의 소위 윤회설(輪廻說)이 참말이라면, 나는 죽어서 나무가 되고 싶다.

'무슨 나무가 될까?' 이미 나무를 뜻하였으니 진달래가 될까, 소나무가 될까는 가리지 않으련다.

—『나무』(민중서관, 1969)

---

1. 이 글은 본래 단락이 5개이지만 다시 나누고 합쳐 ❶~❿과 같이 10개가 돼야 적절해 보인다. 다음은 그 10개 단락의 소주제문을 작성한 것이다. 빈 곳에 적절한 소주제문을 써넣으시오.

❶ 나무는 분수에 만족할 줄 안다/분수를 아는 덕을 지녔다.

❷ 나무는 고독한 존재다/고독을 알고, 견디고, 이기고, 즐긴다.

❸ 나무에게는 '달'이라는 의리 있고 다정한 친구가 있다.

❹ ....

❺ 그러나 ....

❻ 나무의 가장 좋은 친구는 다른 나무들이다/나무는 다른 나무들과 참 다운 친구 사이로 지낸다.

❼ 나무는 하늘에 감사하며 주어진 일을 성실히 한다.

❽ ....

❾ 나무는 견인주의자요, 고독의 철인이요, 안분지족의 현인이다.

❿ ....

2. 앞서 나눈 10개 단락 가운데 ❸~❻과 ❼~❽은 각각 하나의 구조단락으로 묶을 수 있다. 본문의 해당 부분을 다시 읽고 문장으로 요약하여 네모 속에 써넣으시오.

구조단락

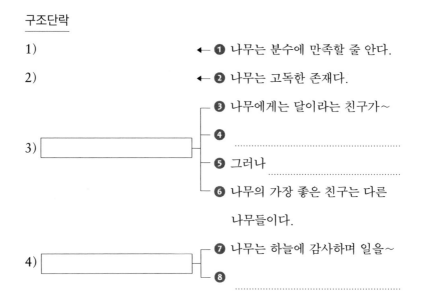

1)   ← ❶ 나무는 분수에 만족할 줄 안다.

2)   ← ❷ 나무는 고독한 존재다.

                               ┌ ❸ 나무에게는 달이라는 친구가~
                               ├ ❹ ....
3) [   ]   ├ ❺ 그러나 ....
                               └ ❻ 나무의 가장 좋은 친구는 다른
                                    나무들이다.

                               ┌ ❼ 나무는 하늘에 감사하며 일을~
4) [   ]   └ ❽ ....

5)   ← ❾ 나무는 견인주의자, 고독의 철

                                      인, 안분지족의 현인이다.

6)   ← ❿

3. 이 글의 구성은 앞의 구조단락 1)~4)가 비슷한 자격으로 열거 또는 병렬되고, 5)가 그것들을 1문장(주제문)으로 요약하며, 6)은 글 전체를 종결짓는 형태를 취하고 있다고 볼 수도 있다. 그것을 한눈에 들어오게 나타내면 다음과 같다.

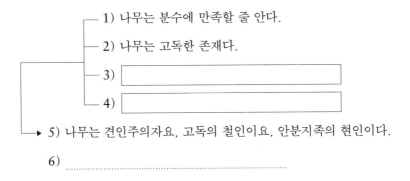

        ┌─ 1) 나무는 분수에 만족할 줄 안다.
        ├─ 2) 나무는 고독한 존재다.
 ┌─────┼─ 3)
 │   └─ 4)
 └─▶ 5) 나무는 견인주의자요, 고독의 철인이요, 안분지족의 현인이다.
     6)

이렇게 놓고 보면 1)~4)가 열거 또는 병렬됨에 있어서 어떤 질서나 연결성이 희박하다. 나무의 속성을 되는 대로 늘어놓고 만 것처럼 보인다. 뿐만 아니라 5)가 앞의 내용을 충실히 간추리고 있다고 보기도 어렵다.

  1)~4) 가운데 5)에 충분히 반영되었다고 볼 수 '없는' 것은?

4. 이 글의 첫 단락은 매우 핵심적인 단락이라고 볼 수 있다. 이 글에서 얘기된 나무의 속성 가운데, 거기 나오는 '자기 분수에 만족할 줄 아는 덕'이 가장 크고 범주가 넓기 때문이다.

그렇게 본다면, 이 글의 주제는 '나무는 분수에 만족할 줄 아는 덕을 지녔다' 혹은 '분수에 만족할 줄 아는 나무 같은 사람이 되고 싶다'가 된다. 그리고 1)~4)의 구성은 열거의 관계가 아니라 1)에 2)~4)가 내포 혹은 종속되는 관계, 곧 2)~4)가 1)의 부분이 되는 관계에 놓이게 된다.

그러나 구성을 그렇게 달리 볼 경우에도 문제가 있다. 1)의 '분수에 만족할 줄 아는 덕'에 내포되기 어려운 것이 2)~4) 속에 있는 것이다. 아래 낱말들 가운데 그것을 지적하시오.

★ 길잡이 : 통일성을 깨뜨리는 단락 혹은 개념을 찾는다.

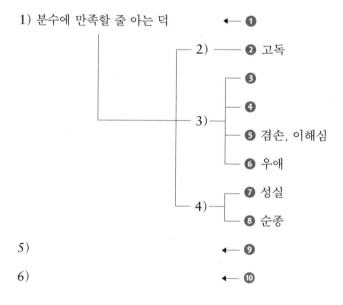

5. 밑줄을 치거나 고딕체로 된 말들에 특히 유의하면서 본문을 다시 읽으시오.
그런 다음 이 글의 구성에 관한 다음 말들을 ○×로 긍정하거나 부정하시오.

❶ 이 글은 나무의 태어남—삶—죽음의 시간적 과정에 맞추어 전개되고
있다고 할 수 있다. (　　)

❷ '그러나' '그리고' 등의 접속어가 적절히 사용되고 있다. (　　)

❸ 첫 단락과 마지막 단락에 같은 제재 '나무'를 배치하여 글이 안정되
고 완결된 느낌을 주게끔 구성되어 있다. (　　)

❹ 단락 ❸에 나오는 '고독'이라는 말은 그 단락과 나무의 고독을 말하
는 바로 앞의 ❷단락을 자연스럽게 연결시켜주고 있다. (　　)

❺ 고독에 관한 2)는 친구에 관한 3)과 내용이 모순된 면이 있어서 자
연스럽게 연결되지 않는다. (　　)

❻ 3)은 핵심적인 내용을 담지도 않았는데 분량이 매우 많아 글의 초점
을 흐리고 있다. (　　)

제6장

제재와 주제

어떤 사물이

글의 재료가 되었을 때,

그것은 이미 범위가 제한되고

주제를 형성하는 어떤 의미를 띤 것이다.

필자에 의해 선택·변용되어

글의 일부로 다시 태어난 그 무엇,

곧 제재인 것이다.

우리는 흔히 어떤 글에 관하여 그것이 무슨 글인가 혹은 무엇에 관한 글인가를 묻는다. 이때 글의 내용에 해당되는 그 '무엇'은 제재일 수도 있고 주제일 수도 있다. 제재가 재료라면 주제는 그것을 통해 형성·전달되는 의미이다. 실제로 둘은 구별하기 어렵게 엉겨 있지만 논리적으로 나누어 생각하면 읽기와 쓰기에 도움되는 점이 많다. 이 장에서는 그 둘을 중심으로 글의 내용 읽기에 관하여 살펴보기로 하자.

1. 제재, 제재 읽기

제재란 글의 재료, 곧 글에 쓰인 사물을 가리킨다. 그것은 그 성격이 구체적인 것일 수도 있고 추상적인 것일 수도 있다. 재료라고 하면 '나무' 같은 물체만 생각하기 쉽지만, '짧은 치마 유행' 같은 현상은 물론 '사랑' '사랑 고백' 같은 관념, 사실, 사건 등까지 모두 제재가 될 수 있는 것이다.

글의 재료를 가리키는 말로 흔히 '소재(素材)'가 사용된다. 하지만 이 용어는 부적절한 면이 있다. 앞(☞ 제1장 3절)에서 언급했듯이, 어떤 사물이 일단 글의 재료로서 글에 등장하면, 그것은 글쓰기 주체인 필자에 의해 선택되고 의미가 부여된 객체, 즉 그의 관점과 태도가 반영되어 이미 글의 일부가 된 대상이자 요소이다. 따라서 그것은 글이나 글의 주체와 분리되어 '순수한 상태로' 혹은 '원래 그대로' 존재하는 것이라는 의미가 짙은 '소재'라기보다 '주제(主題)를 형성하고 표현하는 재료(材料)'라는 의미를 지닌 '제재(題材)'이다. 글의 궁극적 목표가 주제의 제시라고 볼 때, 이 용어는 더욱 적합한 면이 있다.

필자는 어떤 것에 대해, 또 어떤 것으로써, 자신이 알아내거나 생각하고 느낀 내용을 기술한다. 그 글의 재료(글감)가 바로 제재이다. 그러므로 제재는 **필자의 관찰과 사색의 대상**이자, **글의 구체적·추상적인 재료**요, 그가 **의미를 표현하고 전달하는 매개체**이다. 제재와 글의 지배적 의미인 주제는 이렇게 관계가 긴밀하기에, 어떤 글이 무엇을 표현하거나 전하고 있는지를 읽어내려면, 우선 이 제재에 대한 예민한 감각을 지니고 있어야 한다. 제재가 재료라면 주제는 의미이므로 제재에 대한 관심이 먼저 요구되는 것이다. 주제는 추상적인 생각이나 느낌을 하나의 문장 형태로 나타낸 것이요, 제재는 보다 구체적인 것을 하나의 단어나 구(句)로 나타낸 것이라고 볼 때, 독자는 제재에 대한 관심을 먼저, 의식적으로 지닐 필요가 있는 것이다.

제재는 주제와의 관계에 따라 두 가지로 나뉜다. 필자가 관찰과 사색의 대상으로 삼음으로써 그것에 '관한' 어떤 사실이나 생각이 바로 글의 주제와 직결되는 제재가 있다. 말하자면 글이 직접적인 대상으로 삼은 재료에 해당되는 제재인데, 앞에서 읽은 「나무」에서의 '나무'라든지 「문명 비판과 복고 취향」에서의 '문명 비판' '복고 취향' 등이 그런 것들이다. 그런 제재를 주제와의 관계가 직접적이라는 뜻으로 직접적 제재라고 부른다면, 간접적 제재라고 부를 수 있는 것이 있다. 그것은 역시 앞에서 읽은 「시골 한약국」의

'시골 한약국'처럼 주제가 그것에 '관한' 사실이나 생각이라기보다 그것에 '의하여,' 그것을 '매개로' 드러나고 전달되는 경우의 제재이다. '시골 한약국'이 필자의 서재를 빗대어 말하기 위해 동원된 제재라고 볼 때, 간접적 제재란 말하자면 일종의 비유물처럼 쓰이는 수단적 제재이다.

앞에서 제재에는 추상적 제재와 구체적 제재, 그리고 직접적 제재와 간접적 제재가 있음을 알았다. 그것은 다시 글에서 맡은 역할의 중요도에 따라 비중이 가장 큰 중심제재와 보조적인 기능을 하는 보조제재로 나눌 수 있다. 중심제재만을 제재라고 부르는 경우가 있으나, 중심적·지배적인 것과 보조적·주변적인 것의 관계를 살펴 글의 구조를 파악하는 데는 둘을 구분하여 함께 사용하는 게 도움이 된다.

대개 글의 제목은 중심제재를 따서 붙이는 경우가 많다. 그리고 글 전체의 주제를 각 단락의 소주제들이 이루고 떠받치듯이, 보조제재들이 중심제재를 이루고 떠받친다. 따라서 단락 위주로 보면, 각 단락에 들어 있는 보조제재들은 그 단락 소주제의 씨앗 혹은 대상이 된다. 여기서 보다 구체적인 보조제재가 흔히 단락 구분의 기준이나 최소 단위가 됨을 알 수 있다(☞ 제5장 2절 말미의 '단락 읽기의 요령' 참조).

제재는 주제가 아니라고 해서 소홀히 취급되는 경향이 있다. 특히 간접적인 제재는 주제를 제시하는 데 이용되는 수단에 불과하다고 여겨서 그런 경향이 더 심하다. 그러나 직접적 제재이든 간접적 제재이든 간에, 그것은 주제의 바탕으로서 주제를 형성하고, 나아가 주제의 일부가 된다. 밀가루로 만든 국수가 밀가루의 특성을 지니고 있듯이, 주제는 제재의 특성을 이용하는 동시에 그것으로 이루어져 있는 것이다. 따라서 직접적/간접적 제재는 물론 중심적/보조적 제재를 구별하고, 거기서 결국 직접적이고 중심적인 제재를 찾고 설정하는 작업은 바로 글의 초점을 잡는 작업으로서, 글의 내용 파악에 매우 중요한 일이다.

이제 제재라는 것의 윤곽이 웬만큼 잡혔을 터이다. 하지만 실상 그것이 무엇을 가리키는지, 주제와 어떻게 구별되는지를 짐작하기란 쉽지 않다. 예를 들어 다음과 같은 내용이 펼쳐진 글에서 이 가운데 무엇을, 어디까지를 제재라고 보아야 하는가?

국·공립 유치원
　　의 수와 시설
　　　　이 빈약한 상태
　　　　　　의 국민 복지 측면
　　　　　　　　에서의 소홀함 ……

대개 '수와 시설'이나 그것의 '빈약한 상태'까지가 제재라고 여길 것이다. 적절하다고 볼 수 있는 답이긴 하나 그 단계까지가 구체적인 물체 혹은 상태이기 때문에 그렇게 답했다면 우연히 맞춘 것이다. 앞에서 제재는 구체적인 것도 있지만 추상적인 것도 있다고 하였다. 구체적인 물체만이 제재라면 다음과 같이 애초부터 추상적인 경우에는 어떤 것이 제재인가?

한국 역사

　　에서 '인권 의식'

　　　　이 생기고 변화되어온 과정

　　　　　　에 작용한 서구 사상의 영향……

　위의 두 경우를 살펴보면 모두 제재가 잘게 분석되고(나누어지고) 초점이 좁혀지면서(또렷해지면서), 점차 그것을 보는 필자의 생각과 태도가 개입되고 또 구체화된다. 그래서 우리는 이 말들만 가지고도, '아하, 필자는 국·공립 유치원―의 수와 시설―이 빈약한 상태에 있는 것은―정부가 국민 복지에 투자를―소홀히 하였기 때문이라고 생각하고 있구나' '한국 역사―에서 인권 의식이 생기고 변화되어온 과정―에는 서구의 사상적 영향이 컸다고 주장하려는 것이구나' 하고 주제에 아주 가까운 내용을 알아차리게 된다.

　여기서 우리는 다시, 앞서 '소재'에 대해 살핀 바를 되새기게 된다. 순수하게 객관적인 재료, 사물의 본래 형태 그대로의 재료〔이것을 가리키기 위해 '생소재(生素材)'라는 말이 쓰이기도 한다〕는 있을 수 없거나, 있다 하더라도 고려할 필요가 없다. 사실 글의 재료이든 아니든 간에, '순수하게 객관적인 사물 그 자체'라는 것은 관념 속에 존재하는 것이다. 우리가 (어떤 의도 아래 어떤 관점에서) 바라보았을 때, 그것은 이미 우리에 의해 변화된 무엇이다. 자연과학적으로 통제된 특수한 상황이 아닌 한, 주체의 인식 대상이 되는 순간 그것은 이미 본래 그대로의 사물──그런 것이 존재한다면──이 아니라는 말이다. 이런 맥락에서 볼 때, '세상에 무엇이 있느냐가 중요한 것이 아니라 무엇이 있다고 보느냐가 중요하다.'

한편 어떤 사물이 있다고 할 때 그(와 관련된)것의 모든 단계와 측면을 한꺼번에 다 살피거나 서술하기란 불가능에 가깝다. 그러므로 실제 글을 보면, 그것들은 앞에서와 같이 계단 모양으로 정연하게 계열을 이루고 있지 않고, 계열을 이룬다 하더라도 각 단계에 존재하는 여러 항목들 가운데 일부만을 선택하여 다룬다. 가령 앞에서 '서구 사상의 영향'은 '동양 사상의 영향'을 배제한 결과이다.

따라서 거듭 말하건대, 어떤 사물이 글의 재료가 되었을 때, 그것은 이미 범위가 제한되고 주제를 형성하는 어떤 의미를 띤 것이다. 필자에 의해 선택·변용되어 글의 일부로 다시 태어난 그 무엇, 곧 제재인 것이다.

앞에서 계단 모양으로 늘어놓은 말들은 제재가 그렇게 분석되고 변화되는 과정, 그리하여 주제가 형성되고 의미의 초점이 선명해지는 과정을 보여준다. 그 계단을 왼쪽에서 오른쪽으로, 위쪽에서 아래쪽으로 가는 과정이 바로 필자가 제재를 분석하고 한정해가면서 자기 나름의 생각을 개입시켜가는 과정인 것이다. 그 과정에서 일어나는 변화를 설명하는 데 필요한 양극단을 설정하여, 하나의 잣대와 같은 수평의 좌표를 그려보면 다음과 같다.

제재 ← · · · · · · · · · · · · ·	· · · · · · · · · · · · · → 주제
재료	의미, 관념
사물 (대상)	사물에 관한 사실, (주체의) 생각
	사물에 의해 제시되는 사실, (주체의) 생각
두루뭉술한 것	또렷한 (초점이 잡힌) 것

위의 좌표는 제재와 주제 사이, 글의 재료와 그것에 '의해서'이 거나 그것에 '관해서' 제시되는 사실과 생각이라는 두 지점 사이에 서, 어디까지가 제재이고 어디부터가 주제라고 딱 잘라서 말하기 는 어려움을 잘 보여준다. 왼쪽으로 갈수록 제재에 가깝고 오른쪽 으로 갈수록 주제에 가깝다고 할 수 있을 따름이다. 물론 이는 어 떤 글의 해석에 필요하고 적절한 범위 안에서의 얘기이지, 한없이 왼쪽과 오른쪽으로는 아니다.

한편 실제 독서 과정에서 독자는 제재, 주제를 부단히 설정하고 수정한다. 글을 읽는 일은 시간 속에서 벌어지므로, 시간이 지나고 글을 읽어갈수록 가령 중심적 제재나 주제라고 가정한 것이 자꾸 바뀔 수 있다.

그러므로 우리는 제재란 **필자가 나름대로 바라보거나 활용하는 글의 재료**라는 정도로 일단 느슨하게 뜻매김해두고, 글에 따라 적절한 수준에서, 또 적은 수의 단어나 구(句)의 형태로 그것을 '설정하는' 것이 좋겠다. 제재를 파악하는 일은 어떤 글이 과연 무엇에 관한 것인지를 나름대로 구체적으로 분석하고 한정하는 일의 핵심을 이 루는데, 그 일의 어려움이 여기에 있다.

이제까지의 관찰을 바탕으로 우리가 글을 읽을 때 제재를 파악하는 요령을 세워보자.

제재 읽기의 요령

① 반복되는 것, 되풀이하여 다뤄지는 것에 주목한다. 특히 제목에 주목하고, 주제를 한 문장으로 나타낼 경우 그 주어와 목적어에 해당되는 것을 찾아본다.

② 필자의 관심의 초점이 무엇/어디에 놓여 있는가(중심제재), 나아가 그것의 어느 면(속성, 단계, 측면, 과정 등)에 놓여 있는가를 쪼개어 들어가 본다(제재 분석). 그러다가 글의 내용에 비추어 적절한 수준에서 멈춘다(예를 들면, 즐거움 → 어린이의 즐거움 → 어린이가 선물을 받았을 때의 즐거움 → 그 즐거움이 어른이 되어서도 잊히지 않는 까닭……). 이때 필자가 글을 쓴 목적, 그의 상황과 관점, 보조제재들의 양상 등에 유의한다.

③ 제재들의 관계를 그림으로 그려보면서 중심제재를 설정한다. 가령 각 단락의 제재(보조제재)들을 찾고, 그들을 자꾸 덩어리 지어 구조단락의 제재를 설정하며, 각종 단락들의 관계(상위−하위, 전체−부분, 원인−결과, 현재−과거……)를 살핀다. 그런 관계를 그림으로 나타내본다.

④ 주제 제시에 직접적으로 사용된 제재(직접적 제재), 간접적

으로 사용된 제재(간접적 제재)를 구별한다. 간접적인 제재의 경우 그것이 왜 동원되었는가, 주제 제시에 어떤 기능을 하는가를 따져본다.

다음 글에서 제목을 비롯한 밑줄 친 빈칸에는 모두 같은 말이 들어간다. 그것은 이 글의 중심제재와 그에 대한 필자의 생각이 압축된 말로서, 여러 단어로 이루어져 있다. 빈칸에 적절한 그 말을 찾아 넣는다는 목표를 가지고 읽으시오.

_____ ?

복거일(1946~): 소설가, 평론가. 장편소설 『비명(碑銘)을 찾아서』, 평론집 『현실과 지향』 『진단과 처방』 등을 지음.

현대의 기술들은 대체로 크고 복잡하다. 그래서 일반 사람들로선 접근하거나 이해하기 어렵다. 자연히, 많은 사람들이 자신들의 삶에 큰 영향을 미치는 새로운 기술들을 이해하거나 배우기를 포기한다. 현대 사회에서 그리도 많은 사람들이 과학과 기술에 회의적이고 적대적인 까닭들 가운데 하나는 그런 사정에서 찾을 수 있을 것이다.

시민들이 자신들의 삶에 근본적 영향을 미치는 기술들을 이해하거나 배우지 못한다는 사정은 개인적으로나 사회적으로나 큰 손실을 뜻한다. 따라서 사람들이 새로운 기술을 이해하도록 돕는 것은 중요하다. 안타깝게도, 그것은 무척 어려운 일이고 그 일을 맡은 기구들도 드물다.

그런 일에서 작지만 실제적인 도움을 줄 수 있는 길은 새로운 기술들의 성격을 살피는 것이다. 새로운 기술들을 찬찬히 살피면, 우리는 흔히 그것들이 _____ 이며 바탕이 된 기술들의 본질이 바뀐 것은 아니라는 사실을 깨닫게 된다.

전자계산기는 그 점을 잘 보여준다. 전자계산기의 사회적 영향이 워낙 혁명적이었으므로, 그것이 긴 역사를 가진 기술의 새로운 모습이라는 사실을 깨닫는 것은 쉽지 않다. 그러나 그것의 근본적 기능은 여전히 계산이다.

사람이 계산하는 일을 돕는 데 쓰인 첫 '계산기'는 아마도 손가락이었을 것이다. 인류 역사에서 10진법이 압도적이었다는 사정은 사람의 손가락이 열 개라는 사실에서 분명히 크게 힘을 입었다(인류 역사에서 처음에 널리 쓰인 것이 5진법이었고 6에서 9까지는 기수법으로 이용된 흔적이 없다는 사실은 이 점과 관련하여 음미할 만하다).

전자계산기가 '디지털 계산기(digital computer)'이며 실제로 처음엔 그렇게 불렸다는 사실은 그래서 흥미롭다. 'digital'이란 말은 아라비아 숫자들을 가리키는 'digit'에서 나왔고 'digit'의 본뜻은 손가락이나 발가락이었다. 그래서 사람이 쓴 첫 디지털 계산기가 손가락이었다는 얘기는 해학적이기도 하다.

전자계산기의 시조가 손가락이었다는 지적이 전자계산기의 중요성과 기능성을 폄하하는 것은 아니다. 오히려 그것은 그동안에 인류가 계산이라는 중요한 지적 작업에서 보인 성취와 그런 성취에 필요했던 어려운 지적 도약들을 또렷이 드러낸다. 아울러 우리는 계산의 근본적 중요성과 전자계산기의 혁명적 성격을 새롭게 살피게 된다.

또 하나의 예는 지금 큰 관심을 끌고 있는 가상 현실(virtual reality)이다. 사람의 현실 인식에 근본적으로 작용한다는 점에서 그것은 현대의 혁명적인 기술들을 잘 상징한다. 그러나 찬찬히 들여다보면, 우리는 가상 현실도 _____(이)라는 사실을 발견하게 된다.

1980년대 초엽에 만들어진 가상 현실이란 말은 지금 전자계산기를 이용한 모의 현실(simulation)이나 경기(game)를 가리킨다. 현재의 기술에선 '경기자'가 기계적 '기능'과 전자적으로 연결된 헬멧과 장갑을 끼고 고개를 돌리거나 손을 움직여서 모의 현실 속으로 들어간 자신의 분신의 시야나 자세를 바꾸는 수준이다.

다음 단계는 사람의 뇌와 인공 지능이 직접적으로 연결된 상태로서 거기에선 인공 지능에 전자적으로 연결된(plugged-in) 사람이 인공 지능이 제공하는 현실을 실재하는 현실(real reality)로 받아들이고, 그것과 상호 작용하게 된다. 이런 기술은 아직 나오지 않았지만 논리적으로나 기술적으로나 당연하게 보이며, 과학소설에선 이미 익숙해진 터이다. 과학소설 작가 윌리엄 깁슨의 『뉴로맨서(Neuromancer)』 3부작(1984~1988)에 나온 '조절 공간(cyberspace)'은 바로 그런 단계다. 그래서 지금 가상 현실은 "전자계산기에 의해 만들어지고 그것 속으로 들어가서 그것과 상호 작용하는 사람에겐 현실처럼 느껴지는 각본(scenario)"이라고 정의될 수 있다.

그러나 그런 정의는 실은 가상 현실의 너른 영역의 특수한 부분만을 가리키는 것이다. 넓게 정의하면, 가상 현실은 "어떤 사람에게 근원적인 현실(primary reality)에 대체적이며 그가 상호 작용할 수 있는 이차적 현실(secondary reality)"이다. 한번 그렇게 정의하고 나면, 우리는 가상 현실이 우리에게 익숙한 기술이며 우리가 날마다 그것을 이용한다는 것을 깨닫게 된다.

가상 현실의 가장 익숙한 모습은 아마도 소설로서 대표되는 허구일 것이다. 소설은 소설가가 만들어놓은 가상 현실이다. 소설을 읽을 때, 우리는 소설가가 마련해놓은 현실 속으로 들어가서 우리의 상상력을 통해 그것과 상호 작용한다. '불신의 자발적 중지(自發的 中止)'라는 표현이 가리키는 것처럼, 우리는 상당히 불완전한 소설 속의 '현실'을 보나 현실직으로 믿는 데 직극직으로 참여힌디. 언극이나 영화, 전산 경기(computer game), 주제 공원(theme park)과 같은 것들도 우리에게 익숙한 가상 현실들이다.

어른들이 들려준 옛날얘기들과 책에서 읽은 동화들로 우리의 상상력을 키우면서 자랐으므로, 우리는 모두 일찍부터 가상 현실에 익숙했고 그것으로부터 큰 혜택을 입었다. 그것만이 아니다. 우리는 어릴 적엔 스스로 가상 현실을 만들어냈다. 생각해보면, 소꿉놀이는 아주 멋진 가상 현실이다. 풀잎 몇 개를 얹어놓은 사금파리만으로 우리가 만들어냈던 세계를 세파에 시달려 무디어진 감성으로 되살리기는 힘들지만, 그것이 마법처럼 멋졌던 것만은 분명하다.

전자계산기나 가상 현실처럼 크고 복잡한 현대의 기술들은 접근하거나 이해하기 어렵다. 그러나 그런 기술들이 실은 우리에게 _____(이)라는 점이 제대로 밝혀진다면, 그것들의 성격과 가능성이 좀 또렷해질 것이다. 자연히, 그것들에 접근하거나 이해하기가 좀 쉬워질 것이다. 그래서 새로운 기술을 대할 때, "이 기술은 어떤 _____ 인가?"라는 물음은 한번 던져볼 만한 물음이다.

—『아무것도 바라지 않는 죽음 앞에서』(문학과지성사, 1996)

---

1. 문제를 내기 위해 없앴지만, 이 글은 본래 중간에 한 줄씩 두 곳이 비어 있다. 장(章), 즉 구조단락이 셋으로 나뉘어 있는 것이다. 분량은 적지만 글의 마지막 단락을 하나의 장(구조단락)–맺음말 부분–으로 다시 나눈다면 모두 4개의 장으로 구성된 글이다.

   (1) 이렇게 볼 때 이 글의 구성 방식은?

   (   ) ─ (   ) ─ (   ) ─ 맺음말

   (2) 둘째 구조단락이 시작되는 곳은? 첫 어절을 쓰시오.

   (3) 셋째 구조단락의 중심제재는?

2. 이 글 전체의 제재는 일단 '기술'이라고 볼 수 있다. 이 글의 범위와 초점에 맞추어 그 제재를 좀더 쪼개고 구체화하여 '중심제재'를 설정하면, 이 글의 제목과 밑줄 친 곳에 반복하여 사용된 말이 된다. 그에 해당하는 말은? (여러 단어로 된 하나의 구(句)임.)

3. 문제 2의 답은 필자의 생각을 매우 구체적인 수준까지 반영하고 있기 때문에 그것을 문장 형태로 풀어 쓰면, 이 글의 주제 혹은 요지가 될 수 있다.

   그런데 '글 자체의 구조'를 중심으로 한 이 글의 주제 혹은 요지와는 별도로, 필자가 이 글을 쓴 의도나 목표가 따로 있을 수 있다. (그리고 경우에 따라서는 그것을 글의 '(또 하나의) 주제'라고 볼 수도 있다.) 이 글에는 그것이 드러나 있다. 필자의 집필 의도 혹은 목표를 간략히 적어보시오.

   ★ 길잡이 : 머리말과 맺음말에 주목한다.

●**오류 분석** 다음 글은 단락 나누기와 구성이 엄격히 이루어지지
않은 면이 있다. 중심된 제재와 주제가 무엇인가에 초점을 두어 읽
고 답하시오.

들국화

정비석(1911~1991): 소설가. 소설집 『성황당』 『제신제(諸神祭)』
등을 지음.

　가을은 서글픈 계절이다. 시들어가는 풀밭에 팔베개를 베고 누
워서, 유리알처럼 파아랗게 개인 하늘을 고요히 우러러보고 있노라
면, 마음이 까닭 없이 서글퍼지면서 눈시울이 눈물에 어리어지는
것은, 가을에만 느낄 수 있는 순수한 감정이다. ─ ❶

　섬돌 밑에서 밤을 새워가며 안타까이 울어대는 귀뚜라미의 구슬
픈 울음소리며, 불을 끄고 누웠을 때에 창호지에 고요히 흘러넘치
는 푸른 달빛이며, 산들바람이 문풍지를 울릴 때마다 우수수 나뭇
잎 떨어지는 서글픈 소리며─가을빛과 가을 소리치고 어느 하나 서
글프고 애달프지 아니한 것이 없다. 가을은 흔히 '열매의 계절'이니
'수확의 계절'이니 하지마는, 가을은 역시 서글프고 애달픈 계절인
것이다. ─ ❷

깊은 밤에 귀뚜라미 소리에 놀라 잠을 깨었을 때, 그 무엇인지조차 모르는 것이 불현듯 그리워지기도 하고, 가을볕이 포근히 내리비치는 신작로(新作路)만 바라보아도, 어디든지 정처 없는 먼 길을 떠나보고 싶은 충동을 느끼게 되는 것도 역시 가을이라는 계절이 무한히 외롭고 서글픈 때문이리라. ― ❸

나는 가을을 사랑한다. ― ❹

봄·여름·가을·겨울, 사시절(四時節)의 면목(面目)이 모두 제대로들 특색이 있지마는, 그러나 사람의 감정을 가장 깨끗하게 하는 것은 가을이 아닌가 한다. 봄은 사람의 기분을 방탕에 흐르게 하고, 여름은 사람의 활동을 게으르게 하고, 겨울은 사람의 마음을 음침하게 하긴마는, 가을만은 사람의 생각을 깨끗하게 하는 것이다. ― ❺

바람 소소하게 부는 가을 아침이나 가을 저녁에 혼자서 소풍을 나서보라! 친구도 필요하지 않고 책도 소용이 없으니, 아주 알몸으로 준비도 없이 혼자서 호젓한 산속을 거닐어보라! 낙엽을 밟으며 단풍 진 나무숲 사이를 혼자 소요(逍遙)하노라면, 그대의 생각은 반드시 가을 물같이 맑아지고, 그대의 마음은 정녕코 가을 하늘같이 그윽해질 것이다. ― ❻

나는 가을을 외롭고 서글픈 계절이라 말했거니와, 마음이 외롭고 서글퍼진다는 것은, 그것이 곧 마음이 착해진다는 것이기도 하다. 모든 감정 속에서 비애가 가장 순수한 감정이기 때문이다. ― ❼ 나는 사시절 중에서 가을을 가장 사랑하듯이 꽃도 가을꽃을 좋아한다. 꽃치고 정답고 아름답지 아니한 꽃이 어디 있으리오마는, 나는 꽃 중에서도 가을꽃을 좋아하고, 그중에서도 들국화를 더한층 사랑

한다. — ❽

가을꽃으로 대표적인 꽃은 코스모스와 들국화이리라. 코스모스와 들국화가 백화가 난발하는 봄·여름을 지나고 나서 찬 이슬 내리는 가을에야 피는 꽃들이기에, 가을에 피는 꽃들은 어딘가 처량한 아름다움이 있다. 가을꽃치고 청초(淸楚)하지 않은 꽃이 어디 있는가? 코스모스가 그러하고 들국화가 그러하다. — ❾

그러나 코스모스는 사람이 가꾸어야 피고, 따라서 대개는 뜰이나 화단 같은 데 피지마는, 들국화만은 누가 가꾸지 않아도 저절로 필뿐 아니라, 아무도 돌보지 않는 들판이나 산속에 핀다. 내가 코스모스보다도 들국화를 한층 사랑하는 이유도 거기 있는 것이다. — ❿

가을 아침 일찍이 산이나 들에 나가보라. 그대는 아무도 없는 잡초 사이에서 찬 이슬을 함빡 머금고 피어 있는 들국화를 볼 수 있을지니, 그 그윽한 기품에 그대는 새삼스러이 놀라게 될 것이다. — ⓫

들국화는 특별히 신기한 꽃은 물론 아니다. 그러나 인가를 멀리 떨어진 산중에 외로이 피어 있는 그 기품이 그윽하고, 봄·여름 다 지나 가을에 피는 기개(氣槪)가 그윽하고, 모든 잡초와 어울려 살면서도, 자기의 개성을 끝끝내 지켜나가는 그 지조가 또한 귀여운 것이다. — ⓬

들국화는 달리아나 칸나처럼 빛깔도 야단스럽게 아름답지 아니하고, 꽃송이의 구조도 지극히 단순하다. 그러나 보랏빛의 부드럽고도 순결한 맛은 볼수록 마음을 이끌리게 한다. 찬란한 빛깔로 유혹하려는 것이 아니다. 말 없는 가운데 자신의 순결성을 솔직히 보여주는 그 겸손이 더한층 고결하다는 말이다. — ⓭

나는 가을을 사랑한다. ── ⑭

그러기에 꽃도 가을꽃을 사랑하고, 가을꽃 중에서도 들국화를 가장 사랑하는 것이다. ── ⑮

──『한국수필문학전집 4』(국제문화사, 1965)

---

1. 다음은 이 글의 구성을 파악하기 위하여 각 단락 및 구조단락의 제재를 대충 간추려본 것이다. 이 글에는 가을에 눈에 띄는 것과 그에 대한 필자의 느낌과 생각이 여러 가지 나오는데, 번거로움을 피하여 느낌과 생각(내면적 제재) 위주로 '대강' 제재를 설정해보았다. 이미 설정된 다른 단락들을 참고하여, 빈 곳에 제재를 한 가지 이상 적으시오.

<u>(구조단락별) 상위 제재</u>   <u>하위 제재</u>

1) (가을에 느끼는) 외로움, 서글픔
   ┌─ ❶ ....
   ├─ ❷ 서글픔, 애달픔
   └─ ❸ ....

   ❹ ("나는 가을을 사랑한다.")

2) (가을이 마음에 주는) 순수함,
   맑음
   ┌─ ❺ 깨끗함
   ├─ ❻ ....
   └─ ❼ 착함, 비애

   ┌─ ❽ (나의) 가을꽃 들국화 사랑
   └─ ❾ 가을꽃(들국화, 코스모스)의
        처량함, 청초함

3) 들국화의 사랑스러움 ──┬─ ❿ (저절로, 들판에 핌) 소박함?
                          │
                          ├─ ⓫ ....
                          │
                          ├─ ⓬ 기개, 지조
                          │
                          └─ ⓭ ....

⓮ ("나는 가을을 사랑한다.")

⓯ (가을꽃인 들국화를 사랑한다.)

2. 앞에 설정된 제재들의 관계를 보면, 이 글은 크게 두 구조단락으로 이루어져
   있다고 볼 수도 있고 세 구조단락으로 이루어져 있다고 볼 수도 있다. 둘로
   볼 경우, '들국화'가 나오지 않은 첫째와 둘째 구조단락이 합쳐져 전반부를
   이루게 된다.

(1) 전체 두 구조단락을 하나로 연결하는 기능을 맡은 단락은 어느 단락인
    가? 단락 번호로 답하시오.

(2) 두 구조단락, 즉 이 글의 전반부와 후반부는 긴밀하게 연결되어 있는가?
    문제 1에서 작성한 표를 참고하여 답하시오.

    ★ 길잡이: 이 글은 구성의 통일성과 연결성이 빈약한데 그것이 어디서 비롯된 것인지
       를 살핀다.

3. 이양하의 「나무」(함께 읽기 19)와 이 글은, 필자가 자연물(나무, 들국화)을 바라보는 태도가 비슷하다. 그 비슷한 점이 무엇인지 적고 그런 태도를 현대인의 관점에서 4~5문장 분량으로 비판해보시오.

　　㉠ 비슷한 점:

　　㉡ 비판:

2. 주제, 주제 읽기

단락이 모여 글을 이룬다. 이는 각 단락의 소주제가 모여 글 전체의 주제를 이룬다는 말과 같다. 소주제가 모이고 조직되어 이루어진 것, 거꾸로 소주제들을 낳고 거느리는 것이 주제이다. 한마디로 주제란 **글 속의 모든 것이 수렴된, 글 전체를 통합하고 지배하는 핵심적인 생각 혹은 사실**이다. 달리 말하면 그것은 중심제재에 관한, 혹은 중심제재에 의하여 드러나는 생각이나 사실이다. 한 편의 글에는 기본적으로 하나의 주제가 존재한다고 할 수 있는데, 글을 읽는 궁극적 목표 중 하나가 그것을 파악하고 내면화하는 데 있다. 주제는 갈래에 따라 '메시지' '주장' 등으로 바꿔 일컫기도 한다.

물론 주제는 필자가 글을 쓰는 목적, 그가 처한 상황과 사물을 보는 관점, 글의 구성 형식 등과 밀접한 관계에 있다. 그것들이 주제를 낳는다고 할 수도 있고 주제가 그것들을 요구한다고 할 수도 있다.

글을 읽고 나서 주제는 문장, 곧 주제문으로 정리해보는 게 좋다. 막연히 '이 글은 그렇고 그런 글이다' 정도에서 멈춰서는 안 된다. 주제에 해당되는 생각이나 사실은 추상적인 데다가 매우 포괄적인 경우가 많아서, 주어와 서술어를 갖춘 문장으로 표현하지 않으면 글의 특성에 맞게, 온전하고 또렷한 형태로 확립되지 않기 때문이다.

주제는 글의 겉에 요약되어 드러나 있기도 하지만 속에 녹아 있는 경우가 대부분이다. 그러므로 소주제문이 그렇듯이, 주제문 역시 글의 어느 부분을 뽑거나 잘라내면 얻어진다고 하기 어렵다. 독자가 글 전체를 요약할 수 있는 '자기의 말'로 '설정'하고 문장으로 지어내야 하는 것이다. 글 읽는 힘은 바로 그것을 글의 심부(深部)까지 들어가서 얼마나 분명하고, 깊이 있게 해내느냐에 따라 평가된다. 이렇게 볼 때 글읽기는 글의 내용을 실천하거나 내면화(內面化)하는 일의 시작이자 그 일부이다. 그리고 글읽기도 글쓰기와 마찬가지로 창조적인 작업이다.

글이 여러 종류인 만큼 주제의 성격 역시 다양하다. 주제의 성격은 주제문의 꼴에서 드러나는데, 지나친 단순화를 무릅쓰고 말해 본다면, 크게 세 가지로 나눌 수 있다. 주제문의 꼴이 'X는 Y이다' 또는 'X는 Y한다' 꼴이면 사실·상태·행동 등을 서술하거나 표현하는 주제이다. 제1장에서 「설해목」의 주제를 '부드러운 것이 딱딱한 것보다 강하다'라고 보았는데 그것이 바로 이런 성격의 주제인 셈이다. 한편 'X는 Y해야 한다' 꼴이면 어떤 의견·주장을 내세우는 것이고, '(우리는) X를 Y하자' 꼴이면 어떤 행동을 권유하거나 명령하는 성격의 주제이다.

주제문의 꼴은 무한히 다양할 수 있기에 반드시 위에 든 세 가지 성격의 주제만이 있는 것은 아니다. 다만 여기서 알아둘 점은, 첫째 주제를 파악할 때는 읽는 글의 성격을 의식하면서 그에 적절한 성격과 형태의 문장으로 표현해야 된다는 사실이다. 'X는 Y이다'와 'X는 Y해야 한다'가 같지 않음을 인정한다면 말이다. 둘째, 물론 주제만 그런 것은 아니지만, '의미'는 언어와 한 몸이므로 어떤 언어로 표현되느냐에 의해 결정된다는 사실이다. 부적절하게 표현되면 부절적한 것이 된다. 섬세하고 엄격하게 표현하고자 힘쓰는 만큼 의미를 다루는 '사고의 훈련'이 이루어짐을 기억할 필요가 있다.

한편 주제는 제재 중심의 주제와 필자 중심의 주제로 갈래지을 수도 있다. 앞에서 주제란 글 전체를 통합하고 지배하는 생각 혹은 사실이라고 했다. 이때 '생각'이란 말할 것도 없이 (중심)제재에 대한, 제재에 의해 드러나는 필자의 생각이다. 그리고 '사실'이란 일단 제재 자체에 관한, 그에 내포되어 있는 사실이다. 그렇다면 같은 주제라도 두 주제는 성격이 다르다고 보아야 한다. 앞에서 말한 주제문의 꼴만 가지고 대조해보아도 알 수 있다. 'X는 Y해야 한다' 'X를 Y하자' 등과 같은 꼴이 필자 중심의 주제에 든다면, 'X는 Y이다' 'X는 Y한다' 꼴은 제재 중심의 주제에 들어갈 것이다.

주제의 갈래는 곧 글 자체의 갈래로 직결될 수 있다. 주제의 성격이 다르면 글의 내용과 형식 역시 다를 수밖에 없기 때문이다. (시, 소설, 희곡 등과 같이 어떤 가공의 세계를 그리는 문학 작품은 빼놓고) 주제의 성격에 따라 글의 갈래를 나누어보면 그 역시 제재와 필자 가운데 어느 쪽 중심이냐에 따라 갈라진다. 대개 기록(다큐멘터리), 보고문, 설명문, 기사문 등은 제재에 관한 구체적이고 객관적인 사실을 전달하는 데 중점을 둔 글이라면, 수필, 논설 등은 보다 추상적이고 주관적인 필자의 생각과 느낌을 제시하는 데 중점을 둔 글이다. 지나치게 단순하기는 하지만, 이런 식으로 글의 갈래를 나누어보는 것도 각각의 글에 걸맞게 주제를 파악하는 데 도움을 준다.

주제를 파악하는 일은 간단하지 않다. 그도 그럴 것이 주제는 다름 아닌 글의 핵심적 '의미'인데, 의미가 형성되고 또 파악되는 데에는, 앞에서 집중적으로 살핀 필자의 상황과 관점, 글의 구조 등과 함께 독자의 경험과 생각, 사회 및 문화를 지배하는 사상과 관습 등 글 안팎의 여러 사항들이 관련되어 있기 때문이다. 예를 들어 주제를 파악하는 과정에서 어떤 글이 '남성과 여성의 성평등 문제'라는 제재에 대해 필자의 주장을 제시하고 있다는 데까지 이르렀다고 하자. 그것을 더 다듬고 진전시켜 주제를 설정하려고 할 때, 평소에 남성이 여성을 억압한다고 생각해온 독자는 그것을 '(여성이 남성을 존중하두이) 남성도 여성을 존중해야 한다'로 표현할 수 있다. 한편 남성과 여성의 역할이 엄격히 구분된 사회에서 살고 있는 독자라면, '남성과 여성은 서로를 존중해야 하는데 그 방식은 다르다'로 표현할 수 있다. 물론 그럴 만한 근거가 글 속에 들어 있다는 전제 아래 하는 말이다. 이처럼 같은 글을 놓고도 사람과 시대, 국가와 문화권에 따라 이해와 평가가 달라지므로 글의 최종적인 의미 파악, 곧 주제의 확정과 해석은 그것들을 종합적으로 고려하면서 이루어져야 한다.

앞의 제1장에서 보았던 언어활동의 기본 요소를 바탕으로 '해석의 맥락,' 즉 주제 파악과 관련된 의미의 바탕 혹은 국면을 크게 몇 가지로 나누면 이렇다.

❶ 필자가 처한 상황, 취향, 가치관, 글을 쓰는 목적 등의 맥락

❷ 독자가 처한 상황, 취향, 가치관, 글을 읽는 목적 등의 맥락

❸ 제재(사물)의 속성과 특징, 그와 관련된 지식의 맥락

❹ 사회적·문화적 관습, 제도, 이념 등의 맥락

❺ 역사적·정치적 맥락

❻ 보편적인 사실과 가치의 맥락

사실 세상의 거의 모든 것은 크게 이 여섯 가지 맥락 속에서 해석되고 평가된다고 볼 수 있다. 글 속의 것 역시 마찬가지이다. 예를 들면, 제5장에서 읽은 김기림의 「별들을 잃어버린 사나이」에는 필자의 슬픔이 나타나 있었다. 역사적·정치적인 맥락 속에 놓고 해석할 때, 그 슬픔은 나라를 빼앗겼기 때문에 자기의 뜻을 펼 수 없는 일제강점기 지식인의 슬픔이다. 그런데 역사적 상황을 일단 접어두고 보편적인 사실의 맥락에 놓고 보면, 그 슬픔은 사람이면 대개 느끼는 것, 곧 나이를 먹어감에 따라 젊었을 때의 꿈을 잃는 데서 오는 슬픔이라고 할 수 있다.

똑같은 글을 놓고도 이렇게 맥락 또는 의미의 장(場)이나 코드가 바뀜에 따라 해석이 달라진다. 「별들을 잃어버린 사나이」의 경우처럼 위의 여섯 가지 맥락 가운데 이것을 저것으로 바꿈에 따라 달라지기도 하지만, 한 맥락 안에서도 그러하다. 제1장에서 「설해목」을 읽을 때 나무가 눈 때문에 부러지는 일을 '사랑'으로 해석하려다가 안 되어, 같은 보편적 사실과 가치의 맥락에서 딱딱한 것보다 '부드러운 것이 강한 자연의 이법'으로 바꾸어 해석한 적이 있다. 또 「시골 한약국」을 읽으면서 그 예전의 한약국이 생각나는 이

유를 필자가 처한 상황의 맥락에서 찾되, '돈이 아쉬운 상황'보다 '원하는 만큼의 지식과 지혜를 얻지 못한 상황' 때문으로 바꾸어 파악함으로써 적절한 해석에 도달한 적도 있다.

요컨대 주제를 설정하는 일은 글을 요약하는 일일 뿐 아니라 그것을 나름대로 해석하고 비판하는 일이기도 한데, 거기에는 항상 여러 의미 맥락이 관련된다. 좋은 해석은 글 자체에 충실한 해석인 동시에 그러한 맥락들을 모두 적절하게 고려한 해석이다. 글을 잘 읽는 사람, 즉 독해력이 있는 사람이란 바로 여러 맥락들을 풍부하고도 적절하게 동원할 수 있는, 지식과 능력이 풍부한 사람이다.

우리는 자기가 어떤 맥락에 서서 글을 파악하고 평가하고 있는지를 모른 채 막연하게, 읽는다. 스스로 어떤 경험과 지식, 논리, 가치관 등을 근거로 이해하고 평가하는가를 의식하지 않은 채 읽는 경우가 많다는 얘기이다. 그런데 이제까지의 관찰을 바탕으로 볼 때, 독자는 자기가 의식적·무의식적으로 동원하는 맥락이 어떤 것인지를 항상 점검하면서 그와 거리를 둘 필요가 있다. 그 까닭은 이렇다.

첫째, 자신이 무엇을 중요시하고 무엇은 중요시하지 않았는지, 중요시해야 할 것 가운데 소홀히 한 것은 없는지를 점검할 수 있기 때문이다.

둘째, 주제문의 주어를 알맞게 잡을 수 있기 때문이다. 중심제재와 함께 해석의 맥락은 주제문의 주어를 좌우한다. 필자의 상황 맥락 중심으로 보면 주제문의 주어는 '나는~'이 알맞지만 제재의 속성과 특징 중심으로 보게 되면 그 주어는 'X(중심제재)는~'이 알맞을 수 있다.

셋째, 다른 사람은 왜 자기와 다르게 읽었는지를 알고, 그 장점을 받아들이는 한편 단점을 비판할 수 있기 때문이다. 해석의 차이는 대개 해석자가 주로 서 있는 맥락의 차이이다.

넷째, 논리의 모순이나 혼란에 빠지는 것을 막을 수 있기 때문이다. 순전히 하나의 맥락에서만 읽을 수도 없고 또 그럴 필요도 없지만, 여러 맥락의 논리가 뒤섞이다 보면 혼란에 빠질 수 있다. 그것을 막으려면 자기가 터 잡고 있는 논리적 맥락을 스스로 의식하면서 일관되게 해석을 해야 하는 것이다.

이상을 바탕으로 주제 읽기의 요령을 세워보면 다음과 같다. 물론 글 읽는 과정 전체가 주제를 파악하는 일이라고 할 수 있으므로 따로 요령을 마련하는 것이 어색한 점이 없지 않다. 강조할 필요가 있다고 생각하는 몇 가지만 간추려본다.

주제 읽기의 요령

① 필자의 상황과 관점, 즉 중심제재와의 관계, 그것에 대한 관점에 주목한다. 특히 필자의 상황에 어떤 대립, 갈등이 존재하거나, 글의 서술이 전반적으로 제재(객체) 중심이라기보다 필자(주체) 중심일 경우, 필자의 입장을 섬세하게 살핀다.

② 사물에 관한 객관적 사실과 그에 대한 필자의 느낌, 의견을 구별하면서 후자 쪽에 주목한다. 그리고 그것이 어떤 사상, 지식 체계(학문, 이론) 등을 바탕으로 하고 있는지를 살핀다. 다시 말하면, '그 편에 서서/그 논리에 따라' 이해한다면 어떤 논리, 의미 맥락에 따르는 것인가를 되짚어본다.

③ 주제를 가정한(가주제 설정) 뒤 그것을 각 단락에서 확인하며 수정하고, 거꾸로 단락들에서 파악되는 뜻을 결합하여 주제를 세워보는, 부분과 전체 사이를 오가는 작업을 되풀이한다(해석의 순환).

④ 주제의 성격에 걸맞은 주제문의 주어와 문장 형태를 찾고, 직접 문장으로 써본다. 무조건 주제문은 도덕적인 내용을 내포해야 한다거나, '~야 한다' 형태로 당위적 진실을 내포해야 한다고 생각하지 않는다.

⑤ 자기가 어떤 입장에서, 어떤 논리를 바탕으로 글을 해석·평가하고 있는가를 스스로 비판적으로 되돌아본다. 한마디로 독자로서 자기가 동원한 경험과 논리를 객관화하고 그에 '비판적 거리'를 둔다. 그 결과 드러나는 문제점을 다른 입장이나 맥락에서 할 수 있는 해석들을 가지고 수정, 보완한다. 이때 모둠 활동이나 토론이 도움이 된다.

다음 글이 무엇에 관한 글인지, 곧 그 중심제재와 주제가 무엇인지에 주목하여 읽고 물음에 답하시오.

품위

강신항(1930~): 국어학자, 수필가. 『국어학사』 『훈민정음 연구』 등의 연구서와 수필집 『무형의 증인』 『거울 앞에서』 등을 펴냄.

말끝마다 봉건적이니 구시대의 유물 같은 소리니 하지만, 사람이 사람답게 살아가려고 노력하는 일이란, 시대가 바뀌었다고 해서 결코 달라지는 것이 아닐 것이다.

가령 사람에게 있어서 가장 중요한, 먹는 일만 가지고 보더라도 여러 가지로 생각해볼 일이 많다. 20년 전만 해도 우리 겨레의 풍습으로는 사람들 앞에서 큰 입을 쩍 벌리고 음식을 집어넣는 것을 대단히 부끄럽게 여겼었다. 먼 길 여행을 하다가 하는 수 없이, 기차 칸 같은 데서 도시락을 사 먹게 되더라도, 마주 앉아 있는 낯선 손님이 식사할 때까지 기다린다든지, 앞자리 손님에게 양해를 구하고 나서 약간 비스듬히 돌아앉아 먹는다든지 해서 사람 앞에서 식사하는 것을 매우 어렵게 여겼었다. 수십 년 살아온 자기 집 대청마루에서 밥을 먹는 경우에도, 마루문을 조금 닫는다든지, 발로 가리고 먹었지, 마루문을 활짝 열어젖뜨리고 어깨가 나온 러닝 차림으로 앉아서 나 보아란 듯이 공개적으로 먹는 일은 거의 없었다.

그런데 요 근래에는 네거리를 활보하면서, 쩝쩝거리고 다니는 젊은이들이 의외로 많다. 머슴애들은 원래부터 부끄럼을 덜 타기 때문에 그런다손 치더라도, 유행을 따라서 최첨단에 속하는 최고 멋쟁이 옷을 걸친 숙녀들까지 대로(大路) 위의 달구지꾼 장사한테서 음식을 사가지고는, 무슨 자랑이나 되는 듯이 큰 입을 벌리고 쩝쩝거리며 다니는 모습을 보고 있으면, 걸치고 있는 옷이 너무 아깝다는 생각이 들기도 하고, 아름다운 제 모습을 제대로 간직하지 못하는 것이 측은하게 여겨지기도 한다. 정말로 화려한 옷만 걸치면 신사고 숙녀인가, 하고 외치고 싶은 때가 많다.

몇 해 전에 공적인 학회(學會) 일로, 어떤 문화 사업 단체의 책임자 방에 찾아간 일이 있었다. 한겨울인데도 와이셔츠 바람으로 주인 자리에 슬리퍼를 신고 앉아 있던 책임자는, 우리 일행들 앞에서 응접탁자 위에다가 두 발을 올려놓고서 남의 이야기를 듣는 둥 마는 둥하더니, 드디어 휴지 상자에서 휴지를 꺼내어 코를 횅 풀고, 왝왝거리며 침까지 뱉는 것이었다. 이런 일을 겪으면서, 그 책임자가 참으로 불쌍하게 여겨졌다. 찾아온 손님들에게 이루 말할 수 없는 모독감을 느끼게 한 것은 물론 자기 자신도 앞으로 사람대접을 제대로 받지 못할 크나큰 실수를 저질렀으니, 무엇은 아무리 덮어도 냄새가 난다고, 본시 어렸을 적부터 교양 없이 크고 품위 없이 자라난 사람은, 아무리 훌륭한 자리에 앉혀놓아도 결국 제구실을 옳게 해내지 못하는 것으로 보였다.

코 풀고 침 뱉는 습관이 나라마다 다른 것은 사실이다. 서양 사람들은 여러 사람 앞에서 코 푸는 것은 큰 흉이 되지 않는지, 식탁 앞에서나 회의석상에서나 서슴지 않고 큰 소리를 요란스럽게 내면서 코를 푼다. 그러나 식사를 마친 뒤에 이를 쑤시거나 게트림을 하면 질색을 한다. 우리나라 사람들은 코 푸는 것만은 삼가는데, 이만은 열심히 쑤신다. 심지어 쑤시고는 빨아 먹고, 쑤시고는 빨아 먹곤 하는 사람까지 있다. 한자리에 앉아서 식사하는 사람들에게 이보다 더 속이 뒤집히게 하는 행동은 또 없을 것이다. 그러니 될 수 있으면 남에게 불쾌감을 주는 언행(言行)은 절대로 안 하는 것이 좋을 것이다.

모든 것은 어렸을 적부터의 버릇에 달려 있다. 어렸을 적부터 자주 코를 후비는 버릇을 가진 사람은, 장차 사회적으로 상당한 자리에 앉게 되더라도 점잖은 회의석상에서 열심히 코를 후빈다.

품위는 행동거지(行動擧止)에만 나타나는 것이 아니다. 옳지 못한 언어 환경에서 자라난 사람들의 말씨에도 나타난다. 사람이 태어나서, 말은 어머니와 할머니한테서 배운다. 그러므로 어머니나 할머니가 쉴 새 없이 거친 말씨만 쓰게 되면 어린 아기들도 자연히 이런 말씨를 익히게 된다. 어머니나 할머니 다음으로 배우게 되는 어린이 말씨는 한 마을 골목대장 소꿉친구들의 말이다. 사람들은 모두 선량하게만 태어났다고 할 수 없으므로, 골목대장 친구들 가운데에는 아름답지 않은 말씨를 쓰는 친구도 많이 있다. 어린이들은 이런 말씨를 아무런 저항감 없이 쉽게 배운다. 또 그런 말씨를 배워야만 친한 친구들과 한패가 될 수 있다는 동료 의식에서, 일부러 배우기도 한다. 그렇게 배워가지고는 집에 와서도 자랑스럽게 사용한다.

어린이들 말씨를 유심히 관찰하면서, 끊임없이 바로잡아 주어야 하는 것이 또한 어머니와 할머니의 책임이다. 어린이들이 속된 말씨를 마구 쓰게 되면,

"그런 좋지 않은 말은 하는 게 아니란다"

"사람이 옳고 곧게 살아가려면, 말씨부터 고와야 하는 법이란다" 하고 조용히 타일러야 한다. 어린이들 말씨를 바로잡겠다고 부모들까지 연방 욕설을 퍼부어대면, 어린이들이 반성하기는커녕 더욱 거칠어진 말씨를 쓰게 될 것이다.

오늘날 세계는 한집안이 되었다. 앞으로의 세상은 더욱더 이런 방향으로 나아갈 것이다. 따라서 자라나는 세대는 언제 어디에서, 세계의 어떤 나라 민족과 함께 어울려서 숙식을 같이하며 지내게 될지 모르게 되었다. 반드시 이런 이유에서 그럴 필요가 있는 것은 아니겠지만, 세상이 이렇게 변해가고 있고 우리들도 국제인이 되었으면 여기에 맞게 우리의 인격도 더욱 훌륭히 닦아야 하고, 세계의 어느 누구와 한자리에 앉아도 조금도 손색이 없을 만한 품위를 지니도록 해야 될 것이다.

품위를 유지하는 일이란 그렇게 어려운 일이 아닐 것이라고 생각한다. 적어도 남에게 불쾌감을 주는 언행을 삼가면 될 것이다. 이름난 세계적인 도시의 식당에 앉아서 연방 이를 쑤시고 앉아 있다든지, 초특급 열차를 타고서 두 다리를 높이 쳐들고 벌렁 드러눕는다든지 하는 일이, 모두 부끄러운 행동이라는 것쯤 알면 될 것이다.

옛날에는 이런 생활 규범을 마을의 훈장들께서 가르쳐주셨다. 사

람이 염치를 알아야 하고, 걸음걸이는 천천히, 말씨는 점잖게, 얼굴
빛은 언제나 곱게 가지라는 식으로, 다섯 살 때부터 열심히 바로잡
아주셨다. 그런데 지금은 마을의 훈장이 안 계신 탓인지, 너무 세속
(世俗)에 물들어서 그런지, 학식만큼, 옷값만큼 몸가짐을 제대로 갖
는 사람이 드물다.

—『어느 가정의 예의범절』(정일출판사, 1990)

---

1. 이 글은 품위 문제에 관해 이야기하기 위해 크게 두 종류의 제재를 활용하고
   있다. 그것은 '행동거지'와 '말씨'이다. 그런데 행동거지는 다시 '대체로' 두
   종류의 제재를 가지고 서술된다. 그것은 무엇과 무엇이라고 할 수 있는가?

   ★ 길잡이 : 작은 제재들 또는 예들을 아우르는 말(좀더 큰 제재)을 글 안팎에서 찾는다.

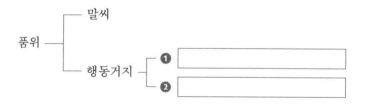

2. 다음 중 이 글에서 중요하게 다루어졌다고 보기 어려운 것(제재)은?

   ❶ 품위 없는 행동의 예

   ❷ 품위 없는 행동을 하는 원인

   ❸ 품위를 유지해야 할 필요성

❹ 품위를 유지하는 길

❺ 품위의 기준 변화

3. 이 글의 제목은 '품위'이다. 필자는 '사람이 품위를 유지하려면 이러이러하게 하는 것이 좋다'는 말을 되풀이하고 있다. 그 점을 중요시하여 이 글의 중심 제재를 보다 구체적으로 지적하여보시오.

★ 길잡이: 그렇게 볼 때, 글의 제목을 어떻게 바꿀 수 있을지를 생각해본다.

4. 문제 3과 달리 이 글의 목표 혹은 초점이 품위 없는 행동을 하는 사람들이 늘어가는 세태를 바로잡기 위해, 품위 유지의 중요성을 강조하는 데 놓여 있다고 볼 수도 있다. 그럴 경우, 이 글의 주제문은 어떻게 표현하는 것이 적절할까?

5. 품위 없는 행동을 하는 이들이 늘어가는 현상의 원인을 따지는 과정에서 두드러지는 필자의 관점은?

❶ 교육자의 관점   ❷ 사회사업가의 관점

❸ 정치가의 관점   ❹ 법률인의 관점

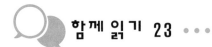

함께읽기 23 ••••••••••••••••••••••••

중심제재에 대한 필자의 태도를 눈여겨보면서 다음 글을 읽으시오.

딸깍발이

이희승(1896~1989): 국어학자, 수필가. 수필집 『벙어리 냉가슴』
『소경의 잠꼬대』 등과 『국어대사전』 『국어학논고』 등을 펴냄.

'딸깍발이'란 것은 '남산(南山)골샌님'의 별명이다. 왜 그런 별호
(別號)가 생겼느냐 하면, 남산골샌님은 지나 마르나 나막신을 신고
다녔으며, 마른날은 나막신 굽이 굳은 땅에 부딪혀서 딸깍딸깍 소
리가 유난하였기 때문이다. 요새 청년들은 아마 그런 광경을 못 구
경하였을 것이니, 좀 상상하기에 곤란할는지 알 수 없다. 그러나 일
제 시대에 일인(日人)들이 '게다'를 끌고 콘크리트 길바닥을 걸어 다
니던 꼴을 기억하고 있다면, '딸깍발이'라는 명칭이 붙게 된 까닭도
이해할 수 있을 것이다.

그런데 이 남산골샌님이 마른날 나막신 소리를 내는 것은 그다지
얘깃거리가 될 것도 없다. 그 소리와 아울러 그 모양이 퍽 초라하
고, 궁상(窮狀)이 다닥다닥 달려 있는 것이 문제인 것이다.

인생(人生)으로서 한고비가 겨워서 머리가 희끗희끗할 지경에 이

262

르기까지, 변변치 못한 벼슬이나마 한자리 얻어 하지 못하고(그 시대에는 소위 양반으로서 벼슬 하나 얻어 하는 것이 유일한 욕망이요, 영광이요, 사업이요, 목적이었던 것이다), 다른 일, 특히 생업(生業)에는 아주 손방[1]이어서, 아예 손을 댈 생각조차 아니하였기 때문에 경제적으로는 극도로 궁핍한 구렁텅이에 빠져서, 글자 그대로 삼순구식(三旬九食)[2]의 비참한 생활을 해가는 것이다. 그 꼬락서니라든지 차림차림이야 여간 장관이 아니다.

두 볼이 하월 대로 하위어서,[3] 담배 모금이나 세차게 빨 때에는 양 볼의 가죽이 입안에서 서로 맞닿을 지경이요, 콧날은 날카롭게 오뚝 서서 꾀와 이지(理知)만이 내발릴 대로 발려 있고, 사철 없이 말간 콧물이 방울방울 맺혀 떨어진다. 그래도 두 눈은 개가 풀리지 않고 영채가 돌아서, 무력(無力)이라든지 낙심(落心)의 빛을 나타내지 않고 있다. 아래윗입술이 쪼그라질 정도로 굳게 다문 입은 그 의지력(意志力)을 더욱 두드러지게 나타내고 있다. 많지 않은 아랫수염이 뾰족하니 앞으로 향하여 휘어 뻗쳤으며, 이마는 대개 툭 소스라져 나오는 편보다, 메뚜기 이마로 좀 편편하게 버스러진 것이 흔히 볼 수 있는 타입이다.

이러한 화상이 꿰맬 대로 꿰맨 헌 망건을 도토리같이 눌러쓰고 대우가 조글조글한 헌 갓을 좀 뒤로 잦혀 쓰는 것이 버릇이다. 서리가 올 무렵까지 베중이 적삼이거나, 복(伏)이 들도록 솜바지 저고리

---

1 손방: 아무것도 할 줄 모르는 사람.
2 삼순구식(三旬九食): '서른 날에 아홉 끼니밖에 못 먹는다(한 달에 끼니를 챙겨 먹는 날이 사흘밖에 안 된다)'는 뜻으로, 몹시 가난함을 이르는 말.
3 하위다: 야위다.

의 거죽을 벗겨서 여름살이를 삼는 것은 그리 드문 일이 아니다. 그리고 자락이 모지라지고, 때가 꾀죄죄하게 흐르는 도포나 중치막⁴을 입은 후, 술이 다 떨어지고, 몇 동강을 이은 띠를 흉복 통에 눌러 띠고 나막신을 신었을망정, 행전은 잊어버리는 일이 없이 치고 나선다. 걸음을 걸어도 일인(日人)들 모양으로 경망스럽게 발을 옮기는 것이 아니라, 느럭느럭 갈지자(之)걸음으로, 뼈대만 엉성한 호리호리한 체격일망정, 그래도 두 어깨를 턱 젖혀서 가슴을 뼈기고, 고개를 휘번덕거리기는새레⁵ 곁눈질 하나 하는 법 없이 눈을 내리깔아 코끝만 보고 걸어가는 모습, 이 모든 특징이 '딸깍발이'란 말 속에 전부 내포되어 있다.

그러나 이런 샌님들은 그다지 출입하는 일이 없다. 사랑⁶이 있든지 없든지 방 하나를 따로 차지하고 들어앉아서, 폐포파립(弊袍破笠)⁷이나마 의관(衣冠)을 정제하고, 대개는 꿇어앉아서 사서오경(四書五經)을 비롯한 수많은 유교전적(儒敎典籍)을 얼음에 박 밀 듯이 백 번이고 천 번이고 내리 외는 것이 날마다 그의 과업이다. 이런 친구들은 집안 살림살이와는 아랑곳없다. 가다가 굴뚝에 연기를 내는 것도, 안으로서 그 부인이 전당(典當)을 잡히든지 빚을 내든지, 이웃에서 꾸어오든지 하여 겨우 연명이나 하는 것이다. 그러노라니, 쇠털같이 허구한 날 그 실내(室內)⁸의 고심이야 형용할 말이 없을 것이

4 중치막: 벼슬하지 않은 선비가 입던 웃옷의 한 가지.
5 휘번덕거리기는새레: 휘번덕거리는 고사하고
6 사랑: 사랑방.
7 폐포파립(弊袍破笠): 해진 옷과 부서진 갓.
8 실내(室內): 아내.

다. 이런 샌님의 생각으로는, 청렴개결(淸廉介潔)⁹을 생명으로 삼는 선비로서 재물을 알아서는 안 된다. 어찌 감히 이해(利害)를 따지고 가릴 것이냐. 오직 예의(禮義), 염치(廉恥)가 있을 뿐이다. 인(仁)과 의(義) 속에 살다가 인과 의를 위하여 죽는 것이 떳떳하다. 백이(伯夷)와 숙제(叔齊)를 배울 것이요, 악비(岳飛)¹⁰와 문천상(文天祥)¹¹을 본받을 것이다. 이리하여 마음에 음사(淫邪)를 생각지 않고, 입으로 재물을 말하지 않는다. 어디 가서 취대(取貸)하여 올 주변도 못 되지마는, 애초에 그럴 생각을 염두에 두는 일이 없다.

겨울이 오니 땔나무가 있을 리 만무하다. 동지설상(冬至雪上)의 삼척 냉돌에 변변치도 못한 이부자리를 깔고 누웠으니, 사뭇 뼈가 저려 올라오고 다리 팔 마디에서 오도독 소리가 나도록 온몸이 곧아 오는 판에, 사지를 웅쿠릴 대로 웅쿠리고, 안간힘을 꽁꽁 쓰면서 이를 악물다 못해 박박 갈면서 하는 말이, "요놈, 요 괘씸한 추위란 놈 같으니, 네가 지금은 이렇게 기승을 부리지마는, 어디 내년 봄에 두고 보자" 하고, 벼르더란 이야기가 전하지마는, 이것이 옛날 남산골 '딸깍발이'의 성격을 단적으로 가장 잘 표현한 이야기다. 사실로 졌지마는, 마음으로 안 졌다는 앙큼한 자존심, 꼬장꼬장한 고지식, 양반은 얼어 죽어도 겻불을 안 쬔다는 지조, 이 몇 가지가 그들의 생활신조였다.

실상 그들은 가명인(假明人)¹²이 아니었다. 우리나라를 소중화(小

9 청렴개결(淸廉介潔): 마음이 청백하고 성질이 굳고 홀로 깨끗함.
10 악비(岳飛, 1103~1141): 중국 남송(南宋)의 충신.
11 문천상(文天祥, 1236~1282): 중국 남송 말기의 충신.
12 가명인(假明人): 가짜 명나라 사람. 사대주의(事大主義)에 젖은 사람.

中華)¹³로 만든 것은 어줍지 않은 관료들의 죄요, 그들의 허물이 아니었다. 그들은 너무 강직하였다. 목이 부러져도 굴하지 않는 기개, 사육신(死六臣)도 이 샌님의 부류요, 삼학사(三學士)¹⁴도 '딸깍발이'의 전형인 것이다. 올라가서는 포은(圃隱)¹⁵ 선생도 그요, 근세로는 민충정(閔忠正)¹⁶도 그다. 국호와 왕위 계승에 있어서 명(明)·청(淸)의 승낙을 얻어야 했고, 역서(歷書)의 연호를 그들의 것으로 하지 않으면 안 되었지마는, 역대 임금의 시호(諡號)를 제대로 올리고, 행정 면에 있어서 내정(內政)의 간섭을 받지 않은 것은 그래도 이 샌님 혼(魂)의 덕택일 것이다. 국사(國事)에 통탄할 사태가 벌어졌을 적에, 직언(直言)으로써 지존(至尊)¹⁷에 직소(直訴)한 것도 이 샌님의 족속인 유림(儒林)에서가 아니고 무엇인가. 임란(壬亂) 당년(當年)에 국가의 운명이 단석(旦夕)¹⁸에 박도(迫到)되었을 때, 각지에서 봉기한 의병의 두목들도 다 이 '딸깍발이' 기백의 구현(具現)인 것이 의심 없다.

구한국(舊韓國) 말엽에 단발령이 내렸을 적에, 각지의 유림들이 맹렬하게 반대의 상서(上書)를 올리어서, "이 목은 잘릴지언정 이 머리는 깎을 수 없다(此頭可斷 此髮不可斷)"고 부르짖고 일어선 일이 있었으니, 그 일 자체는 미혹(迷惑)하기 짝이 없었지마는, 죽음도 개의

---

13 소중화(小中華): 작은 중국. 중화사상을 계승하고 지키는 나라.
14 삼학사(三學士): 병자호란 때 청나라에 대한 항복을 반대하고 주전론(主戰論)을 편 홍익한(洪翼漢), 윤집(尹集), 오달제(吳達濟)를 가리킴. 청나라에 붙잡혀 가서 죽임을 당함.
15 포은(圃隱): 고려 말의 충신 정몽주(鄭夢周)의 호.
16 민충정(閔忠正): 충정공 민영환(1861~1905). 1905년 일제가 을사조약으로 국권을 강탈하자 동포에게 국권 회복을 당부하는 유서를 남기고 자결함.
17 지존(至尊): 임금.
18 단석(旦夕): 아침저녁. 위급한 시기나 사태가 절박한 모양.

하지 않고 덤비는 그 의기야말로 본받음 직하지 않은 바도 아니다.

이와 같이 '딸깍발이'는 온통 못생긴 짓만 하고 있었던 것이 아니라 훌륭한 점도 적지않이 가지고 있었던 것이다. 퀴퀴한 샌님이라고 넘보고 깔보기만 하기에는, 너무도 좋은 일면을 지니고 있었던 것이다.

현대인은 너무 약다. 전체를 위하여 약은 것이 아니라 자기중심, 자기 본위로만 약다. 백년대계(百年大計)를 위하여 영리한 것이 아니라 당장 눈앞의 일, 코앞의 일에만 아름아름하는 고식지계(姑息之計)[19]에 현명하다. 염결(廉潔)[20]에 밝은 것이 아니라 극단의 이기주의에 밝다. 이것은 실상은 현명한 것이 아니요, 우매하기 짝이 없는 일이다. 제 꾀에 제가 빠져서 속아 넘어갈 현명이라고나 할까. 우리 현대인도 '딸깍발이'의 정신을 좀 배우자.

첫째 그 의기(義氣)를 배울 것이요, 둘째 그 강직을 배우자. 그 지나치게 청렴(淸廉)한 미덕은 오히려 분간을 하여가며 배워야 할 것이다.

—『벙어리 냉가슴』(일조각, 1956);『이희승전집 6』(서울대학교출판부, 2000)

19 고식지계(姑息之計): 일시적인 방책. 미봉책(彌縫策).
20 염결(廉潔): 청렴하고 결백함.

1. 다음 중 이 글에서 '딸깍발이'와 관계가 '먼' 것은?

❶ 청렴(淸廉)   ❷ 고지식함

❸ 기개(氣槪)   ❹ 이해(利害)

❺ 의기(義氣)   ❻ 강직(剛直)함

2. 이 글에 내포되어 있는 대립으로서 주제와 가장 관계가 '적은' 것은?

★ 길잡이 : 무엇을 주장하는 것은 그 반대쪽을 배제하거나 비판하는 것이다. 그러므로 글에

   내포되어 있는 대립은, 그 대립쌍 양쪽이 모두 비중 있게 서술되었든 어느 한쪽만 그랬

   든 간에, 모두 필자의 주장과 긴밀한/구조적인 관계에 있다.

❶ 딸깍발이 ＼ 현대인

❷ 딸깍발이 ＼ 일본인

❸ 딸깍발이의 외면 ＼ 딸깍발이의 내면

❹ 딸깍발이한테 본받을 점 ＼ 본받으면 안 될 면

3. 다음은 이 글의 중심제재인 딸깍발이에 관한 보조제재들을, 글에 나열된 순
서에 따라 대강 뭉뚱그려놓은 것이다. 빈칸에 알맞은 낱말 하나씩을 넣으
시오.

★ 길잡이 : 글을 다시 읽으면서 제재의 변화 위주로 구조단락을 만들어가되, 빈칸에 해당되

   는 부분의 제재들을 묶을 말을 찾는다.

❶ 딸깍발이라는 별명의 유래

❷ 딸깍발이의 생김새

❸ 딸깍발이의 ⬚⬚⬚⬚⬚⬚

❹ 딸깍발이의 생활 모습

❺ 딸깍발이의 ⬚⬚⬚⬚⬚⬚

4. 이 글은 딸깍발이라는 큰 제재를 다음과 같이 분석하고, 그것을 바탕으로 생각을 정리하고 조직했다고 할 수 있다. 아래 빈칸을 채우시오.

★ 길잡이: 글의 표현에 너무 얽매이지 말고, 문제에 주어진 말과 그림을 참고하면서 필자

가 자기 생각을 정리하고 조직하는 기본 구도 혹은 틀을 재구성해본다.

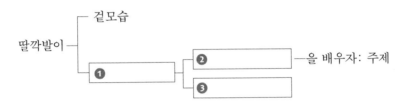

5. 딸깍발이에 대한 필자의 기본적인 태도에 가장 가까운 것은?

❶ 비판하는 태도   **❷** 존경하는 태도

❸ 덤덤한 태도   **❹** 감싸는 태도

❺ 무시하는 태도   **❻** 대견스러워하는 태도

6. 이 글의 주제는 맨 끝 단락에 드러나 있다. 그런데 마지막 문장에서 "지나치게 청렴한 미덕은 오히려 분간을 하여가며 배워야 할 것이다"라는 말은 딸깍발이의 정신을 이어받되 그의 어떤 면은 이어받으면 안 되겠다는 뜻인가? 이 글에서 필자가 지적했거나 암시한 것 가운데 한 가지를 지적해보시오.

7. 필자가 '딸깍발이 정신'이라고 본 것은 다음 중 무엇에 해당하는가? 아래에 인용한 글을 참고하여 고르시오.

❶ 버릇, 관습, 기질 등에 속하는 전통

❷ 사상, 규범 등에 속하는 전통

❸ 전통이 아님.

대체로 전통이란 것이 인위적인 계획에 의해서 조성되고, 변형되고, 폐기되고 하는 것은 아니다. 오히려 스스로 형성되고, 변화되고, 소멸하는 것이다. '스스로'라는 것은 넓은 의미의 사회의 상태 및 변동을 말하는 것이다. 즉 전통은 사회적인 소산(所産)이다. 따라서 사회가 변동됨에 따라서 전통도 거기에 적응해서 변화될 수밖에 없다.

그러는 속에서도 '이것이 전통이다'라는 자각성(自覺性)과 '무엇 때문에 이러해야 옳다'는 정당성(正當性)의 뒷받침이 없는 버릇, 관습, 기질 등은 사회와의 연관이 적기 때문에 변화가 적을 것이고, 어떤 사회 속에서도 사실상 존속이 될 수 있는 것이라 볼 수 있다.

이에 비해서 사상, 학문, 예술 등의 문화적 업적이나 사람과 사람 사이를 규제하는 규범 등의 전통은, 그것이 사회를 구성하고 지배하는 이념의 산물이라는 점에서, 따라서 자각성과 정당성의 관념이 강하다는 점에서, 사회 변동에 직접 연관되어 변화되는 것으로 보인다. 한 사회를 떠받쳐나가는 데 있어 이런 전통은 강한 힘이 되지만, 사회가 변화될 적에는 곧 그 영향을 받아서 변화와 붕괴도 더 빠른 그런 전통이다.

　전통이 국가와 민족의 앞날에 짐도 되고 힘도 될 수 있다고 할 때의 그 전통에는 주로 자각성, 정당성이 뒷받침되는 문화적 업적, 규범 등이 해당된다. 그런데 그것들 역시 사회 자체에 종속된다고 볼 때, 전통의 유지·육성·변화·폐기는 그 밑바탕이 되는 사회 자체에서 먼저 이루어져야 하는 것이다.

—고병익, 「전통의 의미」〔『동아사(東亞史)의 전통』, 일조각, 1976〕

8. 「딸깍발이」에서 필자는 현대인이 딸깍발이 정신을 잃어버렸다고 하였다. 그리고 그 원인에 대해서도 다소 언급하였다. 전통에 관한 문제 7의 인용글의 요지를 활용하여, 그 원인을 지적해보시오.

●**오류 분석**   다음 글은 길이가 짧지만 뜻이 깊고 구성도 탄탄하다. 그런데 주제가 적절히 파악되지 않는 경향이 있다. 글에 등장하는 두 사람이 상대방의 어떤 점을 비판하고 있는지에 관심을 갖고 읽으시오.

슬견설虱犬說

이규보(1168~1241): 고려 중기의 문인. 문장가로 이름이 높았고 벼슬이 상서(尙書)에 이름. 문집으로 『동국이상국집』이 전함.

장덕순 옮김

어떤 손〔客〕이 나에게 이런 말을 했다.

"어제 저녁엔 아주 처참한 광경을 보았습니다. 어떤 불량한 사람이 큰 몽둥이로 돌아다니는 개〔犬〕를 쳐서 죽이는데, 보기에도 너무 참혹하여 실로 마음이 아파서 견딜 수가 없었습니다. 그래서 이제부터는 맹세코 개나 돼지의 고기를 먹지 않기로 했습니다."

이 말을 듣고, 나는 이렇게 대답했다.

"어떤 사람이 불이 이글이글하는 화로를 끼고 앉아서, 이〔虱〕를 잡아서 그 불 속에 넣어 태워 죽이는 것을 보고, 나는 마음이 아파서 다시는 이를 잡지 않기로 맹세했습니다."

손이 실망하는 듯한 표정으로,

"이는 미물(微物)[1]이 아닙니까? 나는 덩그렇게 크고 육중한 짐승이 죽는 것을 보고 불쌍히 여겨서 한 말인데, 당신은 구태여 이를 예로 들어서 대꾸하니, 이는 필연코 나를 놀리는 것이 아닙니까?" 하고 대들었다. 나는 좀 구체적으로 설명할 필요를 느꼈다.

"무릇 피와 기운[혈기(血氣)]이 있는 것은 사람으로부터 소·말·돼지·양·벌레·개미에 이르기까지 모두가 한결같이 살기를 원하고 죽기를 싫어하는 것입니다. 어찌 큰 놈만 죽기를 싫어하고, 작은 놈만 죽기를 좋아하겠습니까? 그런즉, 개와 이의 죽음은 같은 것입니다. 그래서 예를 들어서 큰 놈과 작은 놈을 적당히 대조한 것이지, 당신을 놀리기 위해서 한 말은 아닙니다. 당신이 내 말을 믿지 못하겠으면 당신의 열 손가락을 깨물어보십시오. 엄지손가락만이 아프고 그 나머지는 아프지 않습니까? 한 몸에 붙어 있는 큰 지절(支節)과 작은 부분이 골고루 피와 살이 있으니, 그 아픔은 같은 것이 아니겠습니까? 하물며, 각기 기운과 숨을 받은 자로서 어찌 저놈은 죽음을 싫어하고 이놈은 좋아할 턱이 있겠습니까? 당신은 물러가서 눈 감고 고요히 생각해보십시오. 그리하여 달팽이의 뿔을 쇠뿔과 같게 보고, 메추리를 대붕(大鵬)[2]과 같은 것으로 보도록 해보십시오. 그런 뒤에야 나는 당신과 함께 도(道)를 이야기하겠습니다"
라고 했다.

—『동국이상국집(東國李相國集)』(다락원, 1985):『고등학교 국어(상)』(교육지원부, 1990)

---

1 미물(微物): 벌레 따위의 하찮은 동물. 작고 가치 없는 사물.
2 대붕(大鵬): 하루에 9만 리를 날아간다는 상상 속의 큰 새.

1. 다음은 두 사람의 말을 '대강' 요약한 것이다. 다른 단락을 요약한 문장들과 조화가 되게 빈칸을 적절한 말로 채우시오.

❶ 손(客): 개를 몽둥이로 쳐서 죽이는 광경을 보고 마음이 아파서 이제부터 개, 돼지의 고기를 먹지 않기로 결심했다.

❷ 나: 이를 태워 죽이는 광경을 보고 마음이 아파서 다시는 이를 잡지 않기로 했다.

❸ 손: ....

....

❹ 나: 큰 놈이나 작은 놈이나 죽기 싫어하는 것은 같다.

그 둘을 같게 볼 줄 알아야 함께 도(道)를 말할 수 있겠다.

2. 다음은 문제 1에서 요약한 바를 다시 요약한 것이다. 이미 요약된 말들을 참고하여 빈칸을 채우시오.

❶ 개를 참혹하게 죽이는 것을 봄. → 마음이 아픔. → 개, 돼지의 고기를 안 먹기로 함.

❷ 이를 참혹하게 죽이는 것을 봄. → 마음이 아픔. → 이를 안 잡기로 함.

❸ ....

.... → ....

❹ 큰 놈도 죽기 싫어함.

작은 놈도 죽기 싫어함. → 서로 같다.

274

3. 손과 나의 차이를 지적한 말로 거리가 '먼' 것은?

❶ 손은 사물의 차이점을 보았는데 나는 공통점을 보았다.

❷ 손은 사물의 겉을 보았는데 나는 속을 보았다.

❸ 손은 사물을 동정적으로 보았는데 나는 비판적으로 보았다.

❹ 손은 사물을 주관적으로 보았는데 나는 객관적으로 보았다.

4. 이 글의 일차적인 제재는 '개'와 '이'다. 그것을 제재로 필자가 궁극적으로 다루고자 하는 최종적·중심적 제재는?

❶ 개와 이의 특징

❷ 개와 이의 상징성/상징적 의미

❸ 개와 이 같은 것과 사람의 관계

❹ 개와 이 같은 것을 보는 사람의 태도

5. '나'는 이를 태워 죽이는 광경을 보고 마음이 아파서 다시는 이를 잡지 않기로 했다고 말한다. 그런데 그 말을 곧이곧대로 믿을 사람은 없다. 이가 죽는 것을 동정할 사람은 별로 없기 때문이다.

   그러면 말을 한 당사자도 믿지 않을 게 뻔한 그 말은, 어떤 의도를 가지고 일부러 한 말이다. 그 말은 개에 관한 손의 말을 흉내 낸 것인데, '나'는 왜 손에게 그런 말을 하였을까? 손이 개에 관해서 한 말에 어떤 문제점이 있기 때문에, 그것을 깨우쳐주기 위해 '방법적으로' 그런 것일 터이다.

   그렇다면 '나'는 손이 맨 처음에 한 말("어제 저녁엔~먹지 않기로 했습니다")

에 어떤 문제점이 있다고 보았던 것일까? 다음 중 가장 적절한 것을 고르시오.

❶ 죽이는 광경을 보고서야 불쌍한 마음이 생겼다는 점.

❷ 몸의 크기를 중요시하여 개와 돼지 같은 큰 짐승만 불쌍하게 여긴 점.

❸ 사람이 개, 돼지의 고기를 먹고 사는 것은 잘못이 아닌데 잘못인 것
처럼 생각한 점.

❹ 개를 참혹하게 죽이는 것을 말리지는 않고 엉뚱하게 고기를 안 먹겠
다고 한 점.

6. 손의 입장에서 볼 때 개와 이는 대립되는 것이다. 이 글에서,

(1) 그것과 같은 관계에 있는 보조제재들은 무엇이며, 그들 각각의 공통점은?

(2) 그리고 그렇게 대립적으로만 보는 게 잘못임을 깨우치기 위하여 '나'가
동원한 제재는 무엇인가?

7. 이 글의 중심에 놓여 있는 문제, 곧 '나'가 해결하고 또 이해시키려는 핵심적인 문제는?

　❶ 사람이 개와 돼지의 고기를 먹어야 하느냐, 먹지 말아야 하느냐?

　❷ 이와 같은 미물까지도 불쌍하게 여겨야 하느냐, 여기지 않아도 되느냐?

　❸ 사물의 크기를 중요시해야 하느냐, 하지 않아도 되느냐?

　❹ 인간 중심으로 볼 것이냐, 보편적으로 볼 것이냐?

　❺ 표면의 현상을 보는 데 그치느냐, 심층의 본질까지 볼 것이냐?

8. 다음은 이 글에 대한 어느 책에서의 해설이다. 읽고 물음에 답하시오.

> 　이나 개와 같은 평범한 제재를 통하여 우리는 사물을 그 본질에서 벗어나 차별적으로 바라보지 말아야 한다는 내용을 서술한 수필이다. 편견을 벗어나, 평정된 마음으로 사물을 바라보는 그러한 태도가 도(道)의 시작이라는 선인들의 사고를 엿볼 수 있는 글이다.
>
> 　　　　　　　　　　　[……]
>
> 　인간이 사물을 효용에 따라 가치를 매기고, 의미를 부여하는 것이 편견일 수 있음을 드러낸 글이다.

　초점이 흔들린 글이기는 하나, 「슬견설」의 주제가 '편견을 버리고 사물의 본질을 있는 그대로 보아야 한다' 혹은 '인간 중심의 편견에서 벗어나 사물을 공평하게 보아야 한다'라고 주장하는 셈이다. 이러한 해석이 부적절함을 증명하기 위해 여러 분석을 했다고 하자. 분석 결과 드러난 다음 사실들 가운데 그 부적절함을 증명하는 데 명백히 도움을 준다고 보기 '어려운' 것은?

❶ 손이 애초에 편견 때문에 개를 불쌍하게 여겼던 게 아니라는 사실.

❷ '나'의 생각에 따르면, 도(道)에 이르는 데는 편견을 버리고 안 버리는 일이 별로 중요하지 않다는 사실.

❸ 큰 것＝가치 있고 불쌍한 것, 작은 것＝가치 없고 불쌍하지 않은 것의 '편견'도 그 뿌리를 캐보면, 크고 작다는 '눈에 보이는 현상'에 사로잡힌 데서 비롯된 면이 있다는 사실.

❹ 개와 이를 다르게 보는 것이 이른바 '편견' 때문만은 아니라는 사실.

❺ 손과 '나' 사이의 대립이 편견의 유무 이전에 눈으로만 보느냐, 눈 감고도 보느냐에 있음을 알지 못했다는 사실.

9. 이 글은 두 사람이 주고받는 길지 않은 말로 되어 있으므로, 그 대화의 전개 과정이 곧 글의 구성 형식이 된다. 이 글의 구성을 나타내는 말로 가장 알맞은 것은?

❶ 발단－전개－분규－결말

❷ 문제 발생－문제 확대－문제 분석－해결

❸ 서론－문제 제기－해결 모색－결론

❹ 주장－반론－통합

다음 〈가〉와 〈나〉 두 글에서는 비슷한 제재가 매우 다르게 표현
되고 있다. 그 점을 비교하면서 읽으시오.

〈가〉

보리

한흑구(1909~1979): 수필가. 번역문학가. 수필집으로 『동해산문』
『인생산문』 등이 있음.

······ (생략) ······

3

춥고 어두운 겨울이 오랜 것은 아니었다.

어느덧 남향 언덕 위에 누른 잔디가 속잎을 날리고, 들판마다 민
들레가 웃음을 웃을 때면, 너, 보리는 논과 밭과 산등성이에까지,
이미 푸른 바다의 물결로써 온 누리를 덮는다.

보리다!

낮은 논에도, 높은 밭에도, 산등성이 위에도 보리다. 푸른 보리
다. 푸른 봄이다.

아지랑이를 몰고 가는 봄바람과 함께, 온 누리는 푸른 봄의 물결

을 이고, 들에도 언덕 위에도 산등성이에도 봄의 춤이 벌어진다. 푸르른 생명의 춤, 새말간 봄의 춤이 흘러넘친다.

이윽고, 봄은 너의 얼굴에서, 또한 너의 춤 속에서 노래하고 또한 자라난다.

아침 이슬을 머금고 너의 푸른 얼굴들이 새날과 함께 빛날 때에는, 노고지리들이 쌍쌍이 짝을 지어, 너의 머리 위에서 봄의 노래를 자지러지게 불러대고, 너의 깊고 아늑한 품속에 깃을 들이고 사랑의 보금자리를 틀어놓는다.

4

어느덧 갯가에 서 있는 수양버들이 그의 그늘을 시내 속에 깊게 드리우고, 나비들과 꿀벌들이 들과 산 위를 넘나들고, 뜰 안에 장미들이 그 무르익은 향기를 솜같이 부드러운 바람에 풍겨 보낼 때면, 너, 보리는 고요히 머리를 숙이기 시작한다.

온 겨울의 어둠과 추위를 다 이겨내고, 봄의 아지랑이와 따뜻한 햇볕과 무르익은 장미의 그윽한 향기를 온몸에 지니면서, 너, 보리는 이제 모든 고초와 사명을 다 마친 듯이 고요히 머리를 숙이고 성자(聖者)인 양 기도를 드린다.

5

이마 위에는 땀방울을 흘리면서 농부는 기쁜 얼굴로 너를 한 아름 덥석 안아서, 낫으로 스르릉스르릉 너를 거둔다.

농부들은 너를 먹고 살고, 너는 또한 농부들과 함께 자란다.

너, 보리는 그 순박하고 억세고 참을성 많은 농부들과 함께 자라나고, 또한 농부들은 너를 심고, 너를 키우고, 너를 사랑하면서 살아간다.

6

보리, 너는 항상 그 순박하고 억세고 참을성 많은 농부들과 함께 이 땅에서 영원히 사라지지 않을 것이다.

—『한국수필문학전집 4』(국제문화사, 1965)

〈나〉

권태

이상(1910~1937): 시인, 소설가, 수필가. 사망 후에 간행된 『이상 전집』이 있음.

…… (생략) ……

2

나는 개울가로 간다. 가물로 하여 너무나 빈약한 물이 소리 없이 흐른다. 뼈처럼 앙상한 물줄기가 왜 소리를 치지 않나?

너무 덥다. 나뭇잎들이 다 축 늘어져서 허덕허덕하도록 덥다. 이렇게 더우니 시냇물인들 서늘한 소리를 내어보는 재간도 없으리라.

나는 그 물가에 앉는다. 앉아서 자— 무슨 제목으로 나는 사색해야 할 것인가 생각해본다. 그러나 물론 아무런 제목도 떠오르지 않는다.

그렇다면 아무것도 생각 말기로 하자. 그저 한량없이 넓은 초록색 벌판, 지평선, 아무리 변화하여 보았댔자 결국 치열(稚劣)[1]한 곡예의 역(域)[2]을 벗어나지 않는 구름, 이런 것을 건너다본다.

지구 표면적의 100분의 99가 이 공포의 초록색이리라. 그렇다면 지구야말로 너무나 단조무미한 채색이다. 도회에는 초록이 드물다. 나는 처음 여기 표착(漂着)[3]하였을 때 이 신선한 초록빛에 놀랐고 사랑하였다. 그러나 닷새가 못 되어서 일망무제(一望無際)[4]의 초록색은 조물주의 몰취미(沒趣味)[5]와 신경의 조잡성으로 말미암은 무미건조한 지구의 여백인 것을 발견하고 다시금 놀라지 않을 수 없었다.

어쩔 작정으로 저렇게 퍼러냐. 하루 온종일 저 푸른빛은 아무 짓도 하지 않는다. 오직 그 푸른 것에 백치와 같이 만족하면서 푸른 채로 있다.

이윽고 밤이 오면 또 거대한 구렁이처럼 빛을 잃어버리고 소리도 없이 잔다. 이 무슨 거대한 겸손이냐.

---

1 치열(稚劣): 유치하고 열등한.
2 역(域): 범위, 지역.
3 표착(漂着): 떠돌다가 우연히 도착함.
4 일망무제(一望無際): 바라보기에 막힘이 없이 트임.
5 몰취미(沒趣味): 취미가 전혀 없음. 미적 감각이 아주 모자람.

이윽고 겨울이 오면 초록은 실색(失色)[6]한다. 그러나 그것은 남루(襤褸)[7]를 갈기갈기 찢은 것과 다름없는 추악한 색채로 변하는 것이다. 한겨울을 두고 이 황막하고 추악한 벌판을 바라보고 지내면서 그래도 자살 민절(自殺悶絕)[8]하지 않는 농민들은 불쌍하기도 하려니와 거대한 천치다.

그들의 일생이 또한 이 벌판처럼 단조한 권태 일색으로 도포(塗布)[9]된 것이리라. 일할 때는 초록 벌판처럼 더워서 숨이 카칵 막히게 싱거울 것이요 일하지 않을 때에는 겨울 황원(荒原)[10]처럼 거칠고 구지레하게 싱거울 것이다.

그들에게는 흥분이 없다. 벌판에 벼락이 떨어져도 그것은 뇌성 끝에 가끔 있는 다반사에 지나지 않는다. 촌동(村童)[11]이 범에게 물려가도 그것은 맹수가 사는 산촌에 가끔 있는 신벌(神罰)[12]에 지나지 않는다. 실로 전신주 하나 없는 벌판에서 그들이 무엇을 대상으로 흥분할 수 있으랴.

팔봉산 등을 넘어 철골 전신주가 늘어섰다. 그러나 그 동선은 이 촌락에 엽서 한 장을 내려뜨리지 않고 섰는 채다. 동선으로는 전류도 통하리라. 그러나 그들의 방이 아직도 송명(松明)[13]으로 어두침침

---

6 실색(失色): 색채를 잃음.
7 남루(襤褸): 헌 누더기 옷.
8 자살 민절(自殺悶絕): 자살과 기가 막혀 까무러침.
9 도포(塗布): 칠을 해 입힘.
10 황원(荒原): 황량한 벌판.
11 촌동(村童): 시골 아이.
12 신벌(神罰): 신이 내린 벌.
13 송명(松明): 소나무 관솔불.

한 이상 그 전신주들은 이 마을 동구에 늘어선 포플러 나무와 조금도 다름이 없다.

그들에게 희망이 있던가? 가을에 곡식이 익으리라. 그러나 그것은 희망은 아니다. 본능이다.

내일. 내일도 오늘 하던 계속의 일을 해야지. 이 끝없는 권태의 내일은 왜 이렇게 끝없이 있나? 그러나 그들은 그런 것을 생각할 줄 모른다. 간혹 그런 의혹이 전광과 같이 그들의 흉리(胸裏)[14]를 스치는 일이 있어도 다음 순간 하루의 노역으로 말미암아 잠이 오고 만다. 그러니 농민은 참 불행하도다. 그럼— 이 흉악한 권태를 자각할 줄 아는 나는 얼마나 행복된가.

…… (생략) ……

—『이상전집』(임종국 편. 문성사, 1966)

---

14 흉리(胸裏): 가슴속.

1. 글 〈가〉와 〈나〉의 공통된 제재인 '자연'과 그 속에서 살아가는 '농민'은 그 이미지가 매우 다르다.

    (1) '자연'의 경우를 보자. 〈가〉에서 보리의 "푸른색"은 생명 그 자체이다. 그러나 〈나〉에서 벌판의 "초록색"은 그와 매우 대조적이다. 그 점을 뚜렷이 드러내는, "초록색"과 유사한 의미로 쓰인 다른 표현을 〈나〉에서 찾아 적으시오.

    (2) 〈가〉와 〈나〉의 '농민'의 다른 점을 지적한 것으로서 가장 '거리가 먼' 것은?

	〈가〉	〈나〉
❶	찬양의 대상	연민의 대상
❷	행복함	불행함
❸	관념적 존재	현실적 존재
❹	필자와 분리됨	필자와 일체가 됨

2. 두 글은 그 내용과 함께 문체도 매우 대조적이다. 〈가〉의 문체적 특징과 보다 관련이 깊은 것을 두 가지 지적하시오.

    ❶ 반복법   ❷ 만연체   ❸ 단문(短文) 위주

    ❹ 시적(詩的)   ❺ 고백적   ❻ 도시적

3. 어떤 사람이 글 〈나〉에 대해 다음과 같이 말했다고 하자.

"이 글은 농민을 부정적인 존재로 그렸으므로 좋지 않은 작품이다."

이 말을 비판하면서 글 〈나〉의 특징 혹은 장점을 좋게 평가하는 글을 4~5문장 분량으로 적어보시오.

제7장

종합 연습

책은 도시를 찍은 사진이나

인생살이를 그린 그림과 같은 것이다.

뉴욕이나 파리를 사진으로는 보았지만

실제로 본 적은 없는 독자가 많다.

그러나 현명한 사람은 책과 더불어

인생 그 자체를 읽는다.

우주는 한 권의 커다란 책이다.

그리고 인생은 커다란 학교이다.

―임어당(林語堂), 「교양의 즐거움」, 『생활의 발견』

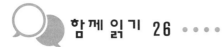

함께 읽기 26 ● ● ● ● ● ● ● ● ● ● ● ● ● ● ● ● ●

읽기는 쓰기의 바탕이다. 그래서 많은 글쓰기가 다른 글을 바탕으로, 경우에 따라서는 다른 글 읽기 자체를 글감으로 삼아 이루어진다. 그 양상에 주목하면서 다음 글을 읽으시오.

언어의 경제학

남영신(1948~   ): 국어학자. 국어문화운동본부 이사장. 『우리말 분류사전』 『국어 천년의 실패와 성공』 등을 펴냄.

"부모가 부모의 역할을 해내지 못했을 때 화폐 경제[1]의 생산성은 얼마나 큰 손실을 입게 될까?" 이 질문은 앨빈 토플러[2]가 그의 저서 『부의 미래(*Revolutionary Wealth*)』에서 독자들에게 한 것이다. 좀 부연하자면 이렇다. 부모가 아이를 기르면서 '단체나 지역사회에서 타인과 함께 일할 수 있는 행동 규칙 등의 문화를 전수해주지 않는다면' 경제가 생산적일 수 없을 것이고, 이런 부모의 기능을 부모 아닌 사람에게 비용을 들여 대신하게 한다면 천문학적인 돈이 들면서도 온전히 부모의 기능을 대신하지 못하게 될 것이므로, 그런 사

---

1 화폐 경제: 화폐를 매개로 재화가 교환되고 유통되는 경제.
2 앨빈 토플러Alvin Toffler(1928~2016): 미국의 미래학자. 정보화 사회를 내다본 대표 저서 『제3의 물결』 외에 『미래의 충격』 『권력 이동』 등을 지음.

회는 미래 경제 체제에서 성장하기 어렵다는 것이다.

그러면서 그는 부모가 아이들에게 가르치는 것 가운데에서 가장 중요한 것이 언어라고 말했다. 그는 "그중 언어는 가장 중요한 부분이다. 말을 제대로 구사하지 못하는 일꾼이 어떻게 생산적이겠는가?" "언어는 화폐 경제에서 특히 중요하고 지식을 바탕으로 한 경제에서는 그 중요성이 두 배가 된다"라고도 했다.

한국에서 태어나 부모에게서 한국어로 말하는 것을 들으면서 자란 한국인에게는 너무나 당연하여 별로 특별할 것이 없이 들릴 것이다. 그러나 '부모의 역할'이 단순히 한국어를 습득하게 하는 것이 아니라, 한국어와 함께 한국 문화를 전수하여 아이가 한국 사회에서 정상적으로 적응하면서 잘 살아가게 하는 것까지를 포함하고 있다는 점에 주목하여야 한다.

그는 이렇게 주장한다. "우리 인간이 언어를 배우느라 정신없이 시간을 보내고 있기는 하지만, 실제로 필요한 기술은 어릴 적 가정에서 가족 구성원의 말을 듣고 대화하면서 모두 습득했다고 볼 수 있다. 어머니와 아버지는 자녀가 가장 처음 만나게 되는 스승이다."

그의 말을 종합하여 이해하자면, '지식을 바탕으로 하는 경제에서 언어가 매우 중요한데, 그것은 대체로 어릴 적에 부모와 대화하면서 습득하게 된다. 아이들은 언어 습득 과정에서 공동체 안에서 살아가는 규범을 자연스럽게 익히게 된다. 부모가 이런 역할을 제대로 하지 않아서 아이들이 언어 능력과 사회적응 능력이 부족한 상태로 자라게 되는 사회는 미래 지식 경제사회에서 경제적인 발전을 이루기 어렵다' 정도가 될 것이다.

나는 이 글을 읽으면서 두 가지 걱정을 했다. 첫째는 '한국의 부모가 한국어를 제대로 구사하면서 아이들과 대화하고 있는지,' 둘째는 '그 대화 가운데에서 자연스럽게 한국이라는 사회공동체의 일원으로서 지켜야 할 규칙을 아이들이 이해하고 적응할 수 있도록 배려하고 있는지'이다.

첫째 걱정과 관련해서 나는 한국 부모들이 아이들에게 지금보다는 고급한 말로 대화해야 한다고 생각한다. 지식 정보 사회에 걸맞은 고급한 언어생활을 하지 않으면 아이들이 그런 문화에 적응하기 위해서 별도의 비용을 들여야 하기 때문이다. 저급한 단어, 욕설 등을 멀리하고, 무의미한 말을 줄이며, 논리적이고 합리적인 언어생활을 해야 아이들도 자연스럽게 지식 정보 사회에 적합한 언어생활과 행동양식을 익힐 수 있게 될 것이다.

둘째 걱정과 관련해서 나는 한국 부모들이 아이들에게 단체나 지역사회의 일원으로서 어떤 행동을 해야 하는지 가르쳐야 한다고 생각한다. 이것은 지식으로 가르치는 것이 아니라(지식은 학교에서 가르친다) 그때그때 몸소 실천하거나 아이의 잘못을 바로잡아 주는 대화방식으로 가르쳐야 한다. 남에게 해를 입히는 일, 규칙을 안 지키는 일, 약속을 어기는 일이 어떤 결과를 가져오는지를 언어생활의 일부로서 자연스럽게 가르치라는 것이다.

이 두 가지 역할을 제대로 하지 못한 부모 때문에 우리 사회는 그들의 자녀를 가르치는 데 많은 사회적 비용을 들여야 하고, 그런 자녀가 일으키는 마찰을 줄이기 위해서 엄청난 사회적 노력을 기울여야 할 것이니, 우리 사회의 생산성이 급격히 떨어질 수밖에 없다.

부모가 자식에게 한국어 습득 훈련을 충실히 하지 않는 것이 지식 정보 사회에서 한국의 경제 발전에 직접적인 영향을 미치게 되는 날이 점점 가까워 오고 있다는 말이다.

　이런 점에서 나는 최근 우리 사회에 급격히 불고 있는 영어 쏠림 현상에 우려를 하고 있다. 부모가 어린 자녀에게 한국어로 대화하면서 한국 문화를 전수해주어야 할 중요한 시점에, 문화가 한국 사회와 생판 다른 외국으로 자녀를 보내어 영어를 습득하게 함으로써 한국어를 중심으로 하는 한국 문화에서 멀어지게 한다면 이들이 앞으로 한국 사회에 얼마나 많은 짐을 지우게 될 것인가? 부모들이 자신의 역할을 포기하고 돈으로 그것을 대신하게 한 결과 그 자녀들로 인해서 한국 사회가 겪어야 할 갈등과 불화, 그리고 이들을 한국 사회에 적응시키기 위해서 한국 사회가 들여야 할 비용이 얼마나 늘어날 것인가. 그리고 무엇보다도 이 때문에 결과적으로 일어날 　　　　　　　　　　　　　　을/를 우리가 감당할 수 있을지 걱정하지 않을 수 없는 시점에 와 있다.

—다산포럼 제307호(다산연구소, 2007. 8. 3)

1. 이 글은 크게 2개의 구조단락(뜻덩이)으로 나눌 수 있다. 그것은 '앨빈 토플러의 주장—'나'의 생각'의 구성이다.

　(1) 둘째 구조단락이 시작되는 곳의 첫 어절을 적으시오.

(2) 앞의 둘째 구조단락은 다시 둘로 나눌 수 있다. 그럴 경우 글은 총 3개의 구조단락으로 구성된다. 그중에서 이 글의 중심에 놓인 두번째 구조단락 위주로 볼 때, 필자는 현재의 한국 사회 상황에 대해 무엇을 걱정하고 있는가? 1문장으로 구체적으로 답하시오.

★ 길잡이: 글의 해당 부분을 요약하여 문제가 요구하는 형태로 표현한다.

(3) 앞에서 설정한 세 구조단락의 관계(글 전체의 구성)를 나타낸 것으로 가장 적절한 것은?

❶ 이론—적용—결론

❷ 의문—대답—확인

❸ 근거 제시—주장—예증

❹ 문제 제기—논증—해결

2. 이 글을 '통일성' 있게 마무리하려면, 마지막 문장의 [　　　　　] 안에 어떤 말이 들어가야 하겠는가? 이 글에서 반복하여 중요하게 사용된 말(들)을 활용하여, 두 단어 이상으로 적으시오.

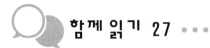

어떤 주장이나 깨달음을 제시하는 글의 경우, 필자는 논리적 과정을 밟아 그것을 확립해간다. 자기 생각을 일반화하는 과정을 통해 독자를 설득해가는 것이다. 그 과정에 관심을 쏟으면서 다음 글을 읽으시오.

모자철학

A. G. 가드너Alfred George Gardiner(1865~1946): 영국의 언론가, 수필가, 전기 작가. 『바닷가 조약돌』『바람에 날리는 잎들』등의 수필집을 지음.

이창배 옮김

일전에 나는 모자에 다리미질을 하려고 어느 모자집에 들어갔었다. 그 모자는 비바람에 낡아서 털이 부하게 일었었기 때문에 될 수 있는 대로 새것처럼 반들거리게 보이고 싶었던 것이다. 광내는 것을 보면서 기다리고 있을 때, 모자 장수는 자기가 정말 흥미를 갖는 문제—즉 모자와 머리의 문제에 대하여 내게 얘기를 꺼냈다.

"그렇습니다" 하고, 그는 내가 한 어떤 말에 대해서 대답했다. "머리의 모양이나 크기에는 놀랄 만한 차이가 있습니다. 댁의 머리는 소위 보통의 머리라는 것입니다. 제 말은 다름이 아니라—" 하고, 내 보통의 얼굴에 언뜻 실망의 빛이 어리는 것을 확실히 보았던지 그는 덧붙였다. "이런 뜻입니다. 댁의 머리가 비정상적이 아니라는 말입니다. 그러나 머리에 따라서는—자, 저기 있는 저 모자를 보십시오. 저것은 머리가 아주 우습게 머리가 생긴 분의 것입니다. 길고 폭이 좁고, 혹투성이의—아주 비정상적인 머리입니다. 그리고 크기로 말하면, 참 놀랄 만큼 차이가 심합니다. 저희는 변호사들과 거래가 많습니다만, 그분들의 머리 사이즈는 놀랄 지경입니다. 댁에서도 놀라실 겁니다. 아마 그분들의 머리가 그렇게 커지는 것은 생각할 일이 많기 때문이 아닐까요. 저기 모자는 ○○씨(유명한 변호사의 이름을 대면서)의 것인뎁쇼, 엄청나게 큰 머립니다—7인치 반—이것이 그분의 사이즈입니다. 그리고 그분들 中에는 7인치 이상 되는 분이 많이 있거든요."

"제가 보기에는요" 하고 그는 말을 이었다. "머리 사이즈는 직업에 따르는 듯합니다. 제가 전에 항구도시에 있었는데요, 그때 많은 선장님들 일을 해드렸지요. 보통이 아닙니다, 그분들 머리는. 아마 그건 그분들의 걱정 근심 때문이겠지요, 조수(潮水)며 바람이며 빙산(氷山)이며 기타 여러 가지 것을 생각하자니……"

나는 필경 그 모자 장수에게 빈약한 인상을 주었으리라는 사실을 의식하면서 나의 보통의 머리를 떠받들고 상점을 나왔다. 그 상인에게 나는 겨우 6인치 8분 7의 사이즈의 인간밖에 아무것도 아니고, 따라서 대단치 않은 인간이었던 것이다. 나는 속에 보석을 지닌 머리는 반드시 큰 머리가 아니라는 것을 지적해주고 싶었다. 물론 위인의 머리통이 왕왕 큰 것은 사실이다. 비스마르크의 사이즈는 7인치 4분 1이었고, 글래드스턴도 그러했고, 캠벨배너먼[1]도 그러했다. 그러나 이와 반대로, 바이런은 머리가 작았고, 뇌가 대단히 작았었다. 그런데 괴테는 말하기를 바이런은 셰익스피어 이래 유럽에서 나온 가장 우수한 두뇌의 소유자였다는 것이 아닌가. 보통의 경우라면 동의할 수 없지만, 작은 머리를 가진 사람으로서 나는 이에 관하여 이 문제에 대한 괴테의 말을 받아들이는 데 주저하지 않는다. 홈스[2]의 말과 같이 중요한 것은 뇌의 크기가 아니고 그 회전이다(이 계제에 생각컨대, 홈스는 머리가 작았던 모양이다). 하여튼 나는 그 모자 장수에게 말해주고 싶었다. 비록 내가 머리는 작을망정, 내 뇌의 회전은 최상등이라고 믿어지는 유력한 이유가 있다고.

나는 그렇게 말하진 않았다. 다만 내가 지금 그 사건을 다시 생각하는 것은, 그것으로 우리는 제각기 자기 특유의 창구멍을 통해서 인생을 들여다보는 버릇이 있다는 것을 알 수 있기 때문이다. 지금 본 것은 그 모자의 사이즈를 통해서 온 세상을 들여다보는 사람의 경우였다. 그는 존스가 7인치 2분의 1을 쓴다 해서 그를 존경하고, 스미스는 6인치 4분의 3밖에 안 된대서 아무것도 아니라고 무시한다. 정도의 차는 있지만 우리는 모두 이러한 제한된 직업적 시야를 가지고 있는 것이다. 재단사는 제군의 의복을 훑어보고서 그 재봉 솜씨와 광택의 정도에 따라서 제군을 측정한다. 그 사람에게 있어 제군은 다만 옷걸이에 불과하고, 제군의 가치는 제군이 입고

---

1 글래드스턴William Gladstone(1809~1898), 캠벨배너먼Henry Campbell-Bannerman(1836~1908): 둘 다 영국 자유당의 정치가.
2 홈스Oliver Wendell Holmes(1809~1894): 미국의 생리학자, 시인, 수필가.

있는 의복에 정비례한다. 화공(靴工)은 제군의 신을 보고서, 그 신의 질과 손질한 상태에 따라 제군의 지식이나 사회적·경제적 정도를 자질[3]한다. 만일 제군이 굽이 닳아서 낮아진 신을 신고 있으면, 제군의 모자가 아무리 번들거려도 제군에 대한 그의 평가는 변하지 않는다. 모자는 그의 시야에 들어오지 않는다. 그것은 그의 평가 기준의 일부도 되지 않는다.

치과의(齒科醫)도 마찬가지다. 그는 온 세상을 이에 의하여 판단한다. 제군의 입을 잠깐 들여다보기만 하고서도 그는 제군의 성격이나 습관이나 건강 상태·지위·성질 등에 대하여 확고부동의 확신을 갖는다. 그가 신경을 건드리면 제군은 몸을 움츠린다. '아하, 이 친구 술 담배와 차나 커피를 과음하는구' 하고 심중으로 혼자 생각한다. 그가 치열(齒列)이 고르지 못한 것을 본다. "가엾게도, 이 사람은 아무렇게나 자랐구나" 하고 말한다. 그는 치아가 잘 관리되지 않은 것을 본다. "칠칠치 못한 친구로군. 쓸데없는 데에 돈을 다 쓰고 식구는 돌보지 않는 것이 사실이겠지" 하고 그는 말한다. 그리고 제군에 대한 진찰이 끝날 무렵에는, 그는 제군의 이만 가지고도 제군의 전기(傳記)를 쓸 수 있을 것같이 생각한다. 그리고 아마 그것은 대부분의 전기와 마찬가지로 올바른 것이 될 것이다―또한 마찬가지로 그릇된 것이 될 것이다.

매한가지로 실업가(實業家)는 회계실 열쇠 구멍으로 인생을 내다본다. 그에게 있어 세계는 하나의 상품 시장이고, 그는 이웃 사람을

---

3 자질: 자로 물건을 재는 일.

그의 가게 문 유리의 사이즈로써 판단한다. 그리고 금융업자도 일반이다. 로스차일드가[4]의 한 사람이, 친구 한 사람이 죽었을 때 겨우 백만(百萬)의 돈밖에 남기지 않았다는 말을 듣고는, "저런 저런, 그 친구 꽤 잘사는 줄 알았더니"라고 말했다는 것이다. 일단 유사시(有事時)를 위해서 겨우 백만밖에 저축하지 않았었기 때문에 그의 일생은 실패라는 것이다. 새커리는 『허영(虛榮)의 시장(市場)』에서 이런 생각을 아주 잘 나타냈다. 오즈번 영감[5]은 조지에게 "수완이 있고, 부지런히 일하고, 판단이 현명하고, 그러면 어떻게 되는지 알겠지. 나와 나의 은행 통장을 보아라. 한편 돌아가신 불쌍한 세들리 할아버지와 그분의 실패를 보아라. 그렇지만 30년 전에는 그분이 나보다 나았단다. 아마 2만 파운드는 우세했겠지"라고 말했다.

생각컨대, 나도 또한 사물을 직업적인 눈으로 보는 모양이어서, 사람을 판단하는 데 있어, 그들의 행동이 아니라 언어를 사용하는 기교를 기준으로 삼는 경향이 있다. 그리고 나는 알고 있지만, 화가가 우리 집에 들어오면, 그는 벽에 걸린 그림에 의해서 '내 사이즈를 결정한다.' 그와 마찬가지로 가구상이 오면 의자의 모양이나 양탄자의 질(質)로써 내 '위치를 결정짓고,' 미식가(美食家)가 오면 요리나 술로써 판정을 내린다. 샴페인을 내면 우리를 존경한다. 만일 혹크[6]면 평범한 사람 축에 넣고 만다.

　　　　　　　　우리들은 모두가 인생을 살아감에 있어 각자의 취미

4 로스차일드The Rothschilde: 유명한 유대계의 국제 금융 자본가 집안.
5 오즈번 영감: 새커리의 소설 『허영의 시장』에 나오는 런던의 유지상(油脂商). 조지는 그의 손자.
6 혹크: 독일산 백포도주.

나 직업이나 편견으로 물들은 안경을 쓰고 사는 것이고, 이웃 사람을 우리 자신의 자〔尺〕로 재고, 자기류(自己流)의 산술(算術)에 의해서 그들을 계산한다. 우리는 주관적으로 보지 객관적으로는 보지 않는다. 즉 볼 수 있는 것을 보는 것이지, 실제로 있는 대로 보는 것은 아니다. 우리가 사실이라는 그 다채로운 것을 알아보려고 할 때에 수없이 실패를 하는 것은 결코 이상한 일이 아니다.

—『모자철학』(범우사, 1977)

---

1. 다섯째 단락의 밑줄 친 '창구멍'과 통하는 뜻으로 쓰인 말을 이 글의 마지막 단락에서 있는 대로 찾아 쓰시오.

2. 이 글의 전개 과정을 가장 적절하게 나타낸 것은?

   ❶ 발단—전개—절정—결말
   ❷ 문제 제시—문제 해결—해결한 내용의 구체화—결론
   ❸ 주장 1—주장 2(반론)—예증—주장 2의 확정
   ❹ 특수한 경험—가설—검토—가설의 일반화

3. 이 글의 필자는 모자집 주인을 포함한 대부분의 사람들이 어떤 잘못에 빠져 있다는 것인가?

4. 마지막 단락의 [　　　] 속에 들어갈 말로서 가장 적합하지 '않은' 것은?

❶ 요컨대 　　　　　　　　　❷ 한마디로

❸ 결론적으로 말하면 　　　　❹ 마침내

5. 이 글에는 독자를 미소 짓게 하는 부분, 곧 유머(해학)가 있거나 풍자를 하는 부분이 많다. 그 가운데 필자 자신의 말로서, 과장이 심하여 그런 특성이 두드러진 부분을 한 곳만 옮겨 적으시오.

6. 자기가 다른 사람을 판단하는 데 의식적·무의식적으로 사용해온 기준 한 가지를 적고, 그것이 왜 자신의 사람 판단 기준이 되었는지에 대해 추리 혹은 분석하는 글을 지으시오. (띄어쓰기 포함 총 300자 내외의 산문.)

다음 글의 제재 바뀜에 주의를 기울이면서, 읽고 답하시오.

삶의 광택

이어령(1934~): 문학평론가. 평론집 『저항의 문학』, 수필집 『이것이 한국이다』 등을 지음.

나는 후회한다. 너에게 포마이커 책상을 사 준 것을 지금 후회하고 있다. 그냥 나무 책상을 사 주었더라면 좋았을 걸 그랬다. 어렸을 적에 내가 쓰던 책상은 거친 참나무로 만든 것이었다. 심심할 때, 어려운 숙제가 풀리지 않을 때, 그리고 바깥에서 비가 내리고 있을 때, 나는 그 참나무 책상을 길들이기 위해서 마른걸레질을 했다. 백 번이고 천 번이고 문지른다. 그렇게 해서 길들여져 반질반질해진 그 책상의 광택 위에는 상기된 내 얼굴이 어른거린다. ― ❶

너의 매끄러운 포마이커 책상은 처음부터 번쩍거리는 광택을 가지고 있다. 그것은 길들일 수가 없을 것이다. 다만, 물걸레로 닦아내는 수고만 하면 된다. 그러나 결코 너의 포마이커 책상은 옛날의 그 참나무 책상이 지니고 있던 심오한 광택, 나무의 목질 그 밑바닥으로부터 솟아 나온 그런 광택의 의미를 너에게 가르쳐줄 수 없을 것이다. ― ❷

책상만이 아니었다. 옛날 사람들은 무엇이든 손으로 문지르고 닦아서 광택을 내게 하는 버릇을 가지고 있었다. 청동화로나 놋그릇들을 그렇게 닦아서 길을 들였다. 마룻바닥을, 장롱을, 그리고 솥을 그들은 정성스럽게 문질러 윤택이 흐르게 했던 것이다. 거기에는 오랜 참을성으로 얻어진 이상한 만족감과 희열이란 것이 있다. — ❸

아들이여, 그러나 나는 네가 무엇을 닦는 것을 본 적이 없다. 옛날 애들처럼 제복 단추나 배지를 윤이 나게 닦는 것을 본 적이 없다. 그럴 필요가 없기 때문인지도 모른다. — ❹

스테인리스 그릇이나 양은솥은 너의 포마이커 책상처럼 처음부터 인공적인 광택을 지니고 있어 길들일 필요가 없고, 또 길들일 수도 없다. — ❺

아들이여, 무엇인가 요즈음 사람들이 참을성 있게 닦고 또 닦아서 사물로부터 광택을 내는 일을 볼 수 있다면, 그것은 구두닦이 정도가 아닐까 싶다. 카뮈라는 프랑스의 소설가는 구두닦이가 일하는 모습을 보고 무한한 희열을 느꼈다고 했다. 구두닦이 아이들이 부드러운 솔질을 하고 구두의 최종적인 광택을 낼 때, 사람들은 그 순간, 그 부드러운 작업이 끝났거니 생각할지 모른다. 그러나 그때 바로, 그 악착스러운 손이 다시, 반짝거리는 구두 표면에 구두약을 칠해 광을 죽이고, 또 문질러 가죽 뒷면까지 구두약을 배어들게 하고, 가죽 맨 깊은 곳에서 빚어지는, 이중의, 정말 최종적인 광택을 솟아나게 한다. — ❻

아들이여, 우리도 이 생활에서 그런 빛을 끄집어낼 수는 없는 것일까? 화공 약품으로는 도저히 그 영혼의 광택을 끄집어낼 수는 없

을 것이다. 투박한 나무에서, 거친 쇠에서, 그 내면의 빛을 솟아나게
하는 자는 종교와 예술의 희열이 무엇인가를 아는 사람이다. — ❼

—『중학교 국어 1-1』(한국교육개발원, 1984)

---

1. 이 글의 몸통에 해당하는 단락 ❷~❻은 과거와 현재 사이의 대립을 바탕으
   로 하고 있다. 단락의 순서나 양에 구애받지 말고, 그 대립된 내용을 간추려
   서 괄호 안을 채우시오.

   옛날에는 물건들이 문지르고 닦아야 광택이 났다.
   　→ 옛날 사람들은 광택을 내는 데서 만족과 희열을 느꼈다.
   오늘날에는 (㉠　　　　　　　　　　　　　　　　)
   　→ 오늘의 사람들은 (㉡　　　　　　　　　　　　　)

2. 이 글에 사용된 대립적 요소로서 가장 의미의 '기능성이 약한' 것은?
   ❶ 자연＼인공　　　　　　　　　❷ 거칠음＼매끈함
   ❸ 몸으로 길들임＼길들이지 못함　❹ 빛＼어둠

3. 이 글은 모두 7단락이다. 다음은 전체 흐름을 잡기 위해 각 단락의 소주제를
   간추려본 것이다. 이미 간추려 놓은 말들의 흐름에 어울리도록, 빈 곳에 적
   절한 말을 적으시오.

❶ 나는 너에게 포마이커 책상을 사준 것을 후회하고 있다.

❷ 포마이커 책상은 (   ) 때문이다.

❸ 옛날 사람들은 물건을 참을성 있게 문질러 광택이 나게 하는 데서 만족과 희열을 느꼈다.

❹ 나는 네가 무엇을 광택이 나게 닦는 것을 본 적이 없다.

❺ 요새 물건들은 (   )

❻ (   )

❼ 오늘의 우리도 생활에서 '영혼의 광택'이 나게 하자.

4. 이 글에서 '광택'의 의미는, 참나무 책상 따위의 '물건의 광택'으로부터 제목에서와 같이 '삶의 광택'으로 바뀌고 있다. 한편 물건의 경우, 그 광택을 내는 행위를 가리키는 말로 "길들이다" "닦고 문지르다" 따위가 사용되고 있다. 그렇다면 삶의 경우, 그 광택을 내는/얻는 행위는 어떤 말로 표현해야 적합할까? 이 글에 나타난 필자의 생각과 그 표현을 참고하여 답하시오.

★ 길잡이: 광택을 내는 행위가 삶에서 지니는 가치, 내적 의미 등을 제시하는 표현들에 주목한다.

물건의 광택	⇒	삶의 광택
길들이다/오래 닦고 문지르다		( )

5. 결국 필자(아버지)가 아들에게 하고 싶었던 말은 무엇이라고 할 수 있는가?
   필자(아버지)의 말투로, 1문장으로 답하시오.

   ★ 길잡이: 주제문을 대화투로 쓴다.

6. 어떤 사람이 이 글을 읽고 다음과 같이 말했다고 하자. 그의 말에 어떤 문제
   점이 있는지, 그러한 문제점은 왜 생겼는지를 조리 있게 서술해보시오. (분
   량 제한 없음.)

   "내 책상도 포마이커 책상인데, 이 글을 읽고 보니 그걸 내다 버리
   고 옛날 사람들이 쓰던 것과 같은 참나무 책상으로 바꿔야겠다."

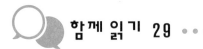

필자의 생각을 일단 이해하고 공감하려는 자세로 읽을 때, 읽는 보람이 커질 수 있다. 다음 글은 한국인의 사고(思考) 경향에 대해 비판적이다. 필자의 문제의식에 동참하고자 노력하면서 읽고 물음에 답하시오.

한국인—사고의 자립

박이문(1931~): 문예이론가, 철학자. 『시와 과학』 『문학 속의 철학』 『철학이란 무엇인가』 등을 지음.

어떤 경우이고 무엇에 대해서 일반적으로 말할 때 반드시 위험을 안게 됨은 누구나 다 알고 있는 바이다. 왜냐하면 그러한 진술과 맞지 않는 예외가 흔히 있게 마련이기 때문이다. 이러한 위험을 의식하면서도 나는 현재 한국인의 사고(思考)가 대체로 말해서 아직도 자립(自立)하고 있지 못하다고 주장하고 싶다. — ❶

사고는 의식의 이성적 활동을 의미한다. 모든 '앎,' 모든 이론, 모든 과학은 이성의 열매에 불과하다. 구체적으로 이성적 활동은 자연과학, 인문·사회과학 등에서 가장 뚜렷하게 나타난다. 한국인의 사고가 아직도 자립하지 못하고 있다는 말은 다름 아니라 '앎'의 분야, 과학적·이론적인 분야에서 우리의 이성적 활동이 빈약하다는 것을 의미한다. 학문의 방법이 비교적 단순한 자연과학계는 어떨는지 모르지만 그 밖의 여러 학계, 문화계에서 우리는 뚜렷한 우리들 자신의 이론을 세워본 적이 없을 뿐 아니라 그러한 것을 성취하려는 의욕조차 가져볼 수 없을 만큼, 우리 자신 스스로의 사고를 멈추고 남의 사고에 의지해오는 데만 급급해왔고, 아직도 그러한 상태에서 벗어나지 못하고 있다. ― ❷

사고는 기억이 아니다. 그것은 이성에 의해서, 이성의 엄격하고 보편적인 법칙에 따라서 어떤 사실, 사태, 사건의 '옳고' '그름'을 따지는 문자 그대로 '이치(理致)'의 추구력을 말한다. 진리와 오류는 반드시 증명되어야만 한다. 증명하려는 불같은 의욕이 없는 사고는 있을 수 없으며, 이성을 등한히 하는 사고는 사고의 죽음과 마찬가지이다. 참된 사고에는 엄청난 지적 긴장이 수반돼 피땀 나는 지적 노력이 따르게 마련이다. 그렇기 때문에 이러한 어려운 과정을 거치지 않고 그저 결론만을 찾으려는 가지가지 유혹이 사고 과정에 항상 따르고 있음은 자연스러운 이치이다. 한국인의 사고의 빈곤은 모든 학문 영역에서 뚜렷하게 독창적인 이론이 하나도 한국에서 세워지지 않고 있다는 것으로 증명되거니와, 학계나 문화계에서 볼 수 있는 이른바 학자, 지식인들의 태도 혹은 경향 속에서 한국의 사고가 얼마만큼 자립에서 멀리 떨어져 있는가를 알 수 있다. 현재 한국인의 사고하는 태도에서 대략 세 가지 경향을 볼 수 있다. ― ❸

첫째, 사대주의(事大主義)이다. 멀쩡하고 아름다운 우리말이 있음에도 불구하고 특히 신문, 잡지에는 그런 말 대신 알 수도 없는 외국어를 쓰려는 경향이 근래 심해지고 있다. 빌려 쓴 외국어가 흔히 잘못 쓰이고 있다는 사실은 참으로 우습고도 가슴 아픈 일이다. 이러한 경향은 잠재적이나마 외국어 숭배의 심리를 반증한다. 사대 심리는 여기에서만 끝나지 않는다. 외국 문학의 인기, 무조건적인 외국인 학자에의 엄청난 관심은 무엇을 의미하는가? 내용상으로 볼 때 별로, 아니 전혀 관계도 없는 기사나 원고임에도 불구하고 외국인의 것이라고, 외국의 것이라고, 무조건 대대적으로 신문이나 잡지에 보도되고 실리는 것은 무엇을 의미하는가? — ❹

권위주의는 일종의 사대주의다. 왜냐하면 사대주의는 근본적으로 외국 문화의 권위를 인정함으로써 생기기 때문이다. 우리는 사고의 권위주의에서 일종의 사대사상을 또한 찾아볼 수 있다. 대단치도 않은 학술론이나 잡문에도 필자의 학술적 양심, 유식을 보이려는 듯이 흔히 외국 문서의 참조가 다닥다닥 붙어 있는 것을 보는가 하면, 필요도 없는데 공연히 외국어를 원문대로 삽입한다. 그뿐 아니다. 어떤 주장을 할 때 그 주장을 논리적으로 증명하기에 앞서 이미 권위 있는 사람들, 특히 외국인들의 견해를 인용함으로써 그 주장이 옳은 것처럼 보이게 하려는 은근한 압력이 많다. 그러나 사고는 권위와 아무런 관계가 없다. 참다운 사고는 우선 권위를 일단 비평적으로 대하는 데서만 출발한다. 어떠한 사실 혹은 주장은 권위 있는 사람이 그것을 인정해서 옳게 되는 것이 아니다. 어떤 사실이 정말이라면 그것은 단순히 그 사실이 정말이기 때문이요, 어떤 주장이 옳다면 그것은 그것을 뒷받침하는 논리에 빈틈이 없기 때문이다. — ❺

둘째, 사대주의의 반동으로 나타나는 국수주의(國粹主義)이다. 이 경향은 첫째 경향에 비해서 약하지만 무시 못 할 경향이다. 국수주의적 사고는 '옳고' '그름'의 기준, 곧 가치의 기준을 문제와 아무런 관계가 없는 이념 혹은 감정에 두고 있는 사고방식이다. 한 이론이나 주장은 그것이 동양인에 의해서 세워진 것이기 때문에 옳은 것이 되고, 한 예술 작품은 그것이 한국인에 의해서 창조된 것이기 때문에 좋아진다. 사대사상, 열등의식 등에 사로잡힌 나머지 동양적인 것, 한국의 것을 무조건 무시하는 자학을 해서는 안 됨은 말할 필요도 없지만, 애국심이나 어떤 감정에 좌우되어 그와는 정반대의 길을 택함도 사고하는 태도가 아니라 사고의 자위행위이다. 자위행위가 건전한 기쁨을 가져오지 않음은 물론이거니와 그런 행위를 하는 본인에게 심리적으로나 육체적으로 해로움은 누구나 다 알고 있는 바이다. — ❻

　마지막으로 한국적 사고의 특색은 냉소주의라고 이름 붙일 수 있다. 냉소주의자들은 전혀 사고할 능력이 없으면서도 어떤 우연이나 딴 이유로 사고하는 사람, 즉 학자, 교수, 문화인이란 이름을 갖게 된 사람들이거나, 사고할 능력은 있지만 사고하기를 중지한 게으름뱅이들이다. 그러면서도 그들은 자신을 사고인의 범주 속에 넣으며 또 그렇게 해주기를 바란다. 그들은 삼사십이 못 되어 이미 '도(道)'에 통해서, 우주적 고차원에서 관조적인 태도를 취한다. 그들의 눈에는 무엇을 더 알고 따지며 캐보려는 모든 지적 노력이 철없는 짓으로 보인다. 그들에게는 열심히 수학을 따지고 예술을 논하며 정의를 찾으려는 사고가 유치한 것으로 보이고, 참다운 사고는 그러한 '작은' 사고의 테두리를 넘어서 낚싯대를 잡고 바라보는 구름 속

같은 데에만 있는 것이라고 본다. 그러나 이러한 태도는 사고의 죽음을 의미한다. 냉소주의자들은 사고하는 사람이 아니라 사고를 부정하는 패배자에 지나지 않는다. — ❼

극단적으로 말해서 오늘날 한국에는 사고가 없다. 좀 양보해서 설사 사고가 있다 해도 한국의 사고는 아직도 자립해 있지 않다. 한 사람이 정말 한 분야에서만이라도 자주적인 사고를 할 만한 정도에 이르려면 오랫동안의 교육과 훈련이 필요하고, 특히 진리를 찾으려는 강력하고 꾸준한 의욕이 있어야만 한다. 그와 마찬가지로 한 문화가 자주성을 가지려면 오랜 세월을 두고 시련과 노력을 쌓아야만 한다. 무엇보다 그것은 우리들의 열성적 태도와 체계적인 노력을 요구한다. 한국의 사고는 어떻게 해야 진정한 자주성을 찾게 될 것인가? — ❽

장기적 방법으로서 우선 주입적 교육에서 비평적 교육으로 교육의 목표를 바꿀 필요가 있다. 그것은 기억 능력에 중점을 두지 않고 논리적 사고력을 기르는 데 힘쓰는 것이다. 당장 실시할 수 있는 방법으로는, 각 분야에서 건전한 토론과 논쟁이 일어날 수 있는 분위기를 조성하고 필요한 조직과 훈련을 하는 것이다. 한 논리, 한 주장을 내세우는 어느 책이나 논문이 나타날 때, 그것이 어떤 사람에 의해서 주장된 것이든 간에, 반드시 엄격한 분석을 통한 비평을 받아야 한다. 우리에겐 상호 간의 공개적 비판이 거의 전무하다. 학자나 지식인들이 상호 찬미로 끝날 때 사고는 끝이 나고 진리는 숨겨진다. — ❾

그러나 무엇보다 중요한 것은 진리에의, 앎에의 끊임없는 정열이다. 파우스트 같은 창조에의 끝없는 의욕이 없이는 모든 것이 형식에 그치게 된다. 진리에의 헌신이야말로 사고하는 사람의 가장 근본적인 윤리가 된다. 그 윤리는 진리를 위해선 모든 것을 희생할 것을 요구한다. 사고의 독립 없이 진정한 의미에서의 한국의 독립은 없다. 이러한 독립을 위해서 우리는 말해야 한다. 따져야 한다. 끊임없이 말하며 따져야 한다. — ❿

—『하나만의 선택』(문학과지성사, 1978)

1. 필자는 왜 사대주의가 사고의 자립을 가로막는다고 보는가? 1문장으로 답하시오.

   ★ 길잡이: 이 글의 관련 부분에서 '자립하지 못한 사고'란 어떤 사고인가를 살펴본다.

2. 이 글은 모두 10개 단락으로 되어 있다. 이를 3개의 구조단락으로 재구성할 경우를 가정하여 다음 물음에 답하시오.

   (1) 둘째 구조단락에 소제목(중간제목)을 붙인다면 어떻게 붙일 수 있겠는가? 굳이 말을 줄이거나 압축하지 말고 자연스러운 표현 그대로 붙여보시오.

   (2) 그들 세 구조단락의 관계를 나타낸 말로 가장 적합한 것은?
      ❶ 가설—검토—결론   ❷ 주장—증명—대책
      ❸ 문제 제기—예시—주장   ❹ 현상—예측—극복 방안

3. 앞으로 한국인의 사고가 자립을 하려면 어떻게 해야 한다고 필자는 주장하는가? 필자가 내세운 바 두 가지를 간략히 요약하여 적으시오.

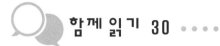

다음은 수필이라는 갈래, 책의 서문 등에 관한 지식을 제공하는 '글에 관한 글'이다. 또 읽기의 대상, 방법, 결과 등을 한꺼번에 보여주는 '글읽기에 관한 글'이기도 하다. 그런 점들에 유의하면서 읽으시오. 〔일부만 인용하여 혼란이 생길 수 있으므로 처음 발표될 당시 장(章)마다 매겨져 있었던 번호를 살려서 붙이고, 읽기 편하게 단락을 나누기도 하였다.〕

서문과 독자

김현(1942~1990): 문학평론가, 불문학자. 『행복한 책읽기』를 포함한 여러 저서가 『김현 문학전집』(전 16권)으로 정리되어 있음.

1

어디까지를 텍스트(text)[1]라고 부를 수 있을까라고 묻는다면, 그런 질문도 질문일 수 있나 하는 회의가 곧 생겨날지 모른다. 텍스트란 어떤 제목 밑에 딸린 모든 것을 포괄하는 중성적 명칭이다. 텍스트는 모든 장르적 구분과 양적(量的) 구분을 함축하고 있는 개념이

1 텍스트text: 문학 작품 혹은 그 원전(原典)을 가리키는 말. 오늘날에는 작가를 배제한, '의미를 낳고 전달하는 독자적인 체계'라는 뜻이 강조됨. 의사소통을 매개하는 것으로서 논의 대상이 된 것이면 무엇이든 텍스트라 부르기도 함.

다. 그런 의미에서 텍스트는 매우 자명한 개념처럼 보인다.

그러나 그 텍스트를 자세히 들여다보면, 텍스트를 이루는 요소들이 간단하고 단순하지 않다는 것을 알 수 있다. 우선 제목과 필자의 이름, 그다음 책 뒤표지나 앞날개에 붙어 있는, 물론 없을 수도 있는 요약문들과 필자 소개문들; 맨 첫 페이지나 맨 마지막 페이지에 붙어 있는, 이것 또한 없을 수도 있는 인용문들; 띠지에 쓰인 글들. 이런 것들은 텍스트에 속하는가, 안 속하는가? 어디까지를 텍스트라고 부를 수 있는가라는 우스꽝스러운 질문도, 그 문제에 허심탄회하게 접근하면, 그리 간단한 문제가 아니라는 것이 분명해진다. 텍스트와 관련된 모든 것은 다 텍스트이다라고 동어 반복적으로 쉽게 말할 수는 없다. 우선 제목과 필자의 이름에 대해 그것을 텍스트라고 분명히 말할 수도 없지만 아니라고 말할 수도 없다. 그다음의 것들은 더 말할 나위도 없다.

그 문제에 대한 비교적 합리적인 접근은 제라르 주네트라는 프랑스의 한 비평가에 의해 행해졌는데, 그는 텍스트에 붙어 있는 모든 것을 곁다리텍스트(paratexte)라고 부르기를 제안하고 있다. 곁다리텍스트란 엄격한 의미에서 텍스트라고 부를 수는 없지만, 아니 텍스트라고 부르기는 좀 거북하지만, 텍스트에 붙어 텍스트가 되고 있는 텍스트들이다.

곁다리텍스트 중에서 매우 중요한 역할을 맡고 있는 것 중의 하나가 서문(序文)이다. 서문, 혹은 서시(序詩)는 텍스트 전체의 구조를 암시하거나 텍스트 생성의 비밀을 암묵적으로 드러낸다. 서문은 텍스트와 그것을 쓴 사람 사이의 가교이다. 그것은 사람과 텍스트에

다 같이 관련을 맺고 있다. 서문 연구는 텍스트학에서 중요하게 다뤄져야 할 부분이지만, 그 연구는 아직 충분하지 못하다. 서문학이라고 불러야 할 서문 연구는 서문이 곁다리텍스트이지만 텍스트 못지않은 중요성을 갖고 있음을 보여준다.

나는 여기에서 몽테뉴, 『수상록(隨想錄)』; 루소, 『고백』; 라블레, 『가르강튀아』; 보들레르, 『악의 꽃』의 서문 혹은 서시를 분석해보임으로써, 곁다리텍스트의 의미를 밝혀볼 작정이다. 그 네 개의 서문의 선택은 자의적(恣意的)이지만, 목적론적이다. 다시 말해 그것을 택한 것은 내 마음대로이지만, 그 선택에는 분명한 목적이 있다.

2

독자여, 여기 이 책은 성실한 마음으로 씌어진 것이다. 이 작품은 초두부터 내 집안일이나 사삿일을 말해보는 것 밖의 다른 어떤 목적도 있지 않음을 말해둔다. 이것은 추호도 그대를 위해서 봉사하거나, 내 영광을 도모해서 한 일은 아니다. 그런 생각은 내 힘에 겨운 일이다. 나의 일가권속이나 친구들의 편의를 도모하기 위한 것으로, 내가 세상을 떠난 뒤에(오래잖아 그렇게 되겠지만), 그들이 내 어느 모습이나 기분의 특징을 몇 가지 이 책에서 찾아보면, 나에 관해 알고 있는 지식을 더 온전하고 생생하게 간직하도록 하려는 것이다. 이것이 세상 사람들의 호평을 사기 위한 기도였다면, 나는 내 자신을 좀더 잘 장식하고 조심스레 연구해서 내보였을 것이다. 모두들 여기 내 생긴 그대로, 자연스럽고 평범하고 꾸밈없는, 별것 아닌 나를 보아주기 바란다. 왜냐하면 내가 묘사하는 것은 나 자신이기 때문이다. 내 결점들이 있는 그대로 나온다. 터놓고 보여줄 수 있는 한도까지 천품 그대로의 내 형태를 내놓는다. 만일 내가 아직도 대자연의 태초의 법칙 아래 감미로운 자유를 누리며 살고 있다는 국민 속에서 태어났다면, 나는 기꺼이 내 자신을 통째로 적나라하게 그렸으리라는 것을 장담한다. 그러니 독자여, 여기서는 내 자신이 바로 내 책자의 재료이다. 이렇게도 경박하고 헛된 일이니, 그대가 한가한 시간을 허비할 거리도 못 될 것이다. 그러면 안녕. 1580년 3월 1일. 드 몽테뉴. (손우성 역)

「독자에게(Au Lecteur)」라는 제목이 붙어 있는 이 서문은 백여 개가 넘는 『수상록』의 모든 판본에 다 실려 있는 것은 아니며, 어떤 판본들에는 맨 마지막이, 1580년 3월 1일 대신, 1580년 6월 12일(1595년 판본들), 1588년 6월 12일(1588년 판본들)이라고 오기되어 있다. 모든 판본에 서문이 다 실려 있는 것은 아니라는 사실은, 어떤 편찬자들은 이 서문을 필요불가결한 것으로 생각하지 않았음을 보여주는 흥미 있는 사실이다. 서문은 실어도 괜찮고 안 실어도 괜찮은 텍스트의 한 부분이다.

몽테뉴가 자기 글을 읽을 일반 독자—「독자에게」의 독자는 일반적인 추상적 독자이다—에게 강조하고 있는 것은 내가 묘사하는 것은 나이며, 내가 내 책의 자료이다는 것이다. 그 주제는 두 가지로 변주되어 나타난다. 우선 첫째로, 왜 그가 그의 책의 주제로 자기 그를 선택했는가 하는 것. 그는 자기를 주제로 책을 쓰는 것이 독자들에게 봉사하기 위한 것도 아니며, 자기의 영광을 위한 것도 아니라는 것을 분명히 한다. 그가 그를 주제로 책을 쓰는 것은, 개인적, 더 나아가 봐도 집안의 일에 지나지 않는다. 그는 그의 인척·친구 들이 그가 죽은 뒤에도 그에 대한 지식을 더 완전하고 생생하게 간직할 수 있도록 자기를 주제로 삼는다. 그렇기 때문에 그 자신을 꾸미고 계산하지 않는다. 그는 세상 사람들의 호평 받기를 바라지 않는다. 그가 바라는 것은 자신을 있는 그대로 정확히 드러내는 것이다.

그다음, 자신을 자기 책의 자료로 삼는 것은 경박하고 헛된 일이라는 것. 자신을 주제로 삼는 것은 경박하고 헛된 일이기 때문에 그것에 시간을 낭비할 필요가 없다고까지 몽테뉴는 단언한다. 왜 그는 자신을 주제로 하는 책을 쓰는 것을 바람직하지 않은 것, 하찮고 경박한 것으로 생각하였을까? 16세기만 하더라도 독창성은 중요한 미적 가치가 아니고 고전의 주석이나 해설이 훨씬 중요성을 띠고 있었기 때문이다. 독창성이 중요한 미적 가치를 획득하는 것은 18세기 이후부터이다. 예술이 자연을 모방하는 한, 독창성은 중요한 미적 가치가 아니다. 모방 이론에서, 필립 모리츠가, 예술이 자연을 모방하는 것이 아니라 예술가가 자연을 모방한다는, 중요하고도 결정적인 전환을 이룩한 이후에야 독창성은 중요한 가치를 획득하게 된다. 그 이전에 훨씬 더 중요성을 띠고 있었던 것은 수사학—변론술이다. 수사학은 고전에 의거해 말하고 글쓰는 기술이며, 그 기술은 섬세한 규칙들로 이뤄져 있다. 그것은 허황한 말보다 전거(典據) 있는 말을 좋아하며 그래서 고전에 대단한 가치를 부여한다. 고전에 큰 가치를 부여하기 때문에 수사학은 인용학(引用學)에 가까워지려는 경향이 있다. 잘 인용하는 것은 수사학의 큰 목표 중의 하나이다.

몽테뉴의 서문은 자신을 그린다고 하는 하찮은 일을 하는 이유와 그것의 가치를 말하고 있다. 그것은 중세기의 전통을 그대로 받아들이면서 중세기에는 없었던 새로운 시도를 하는 이유와 그것의 가치를 중세기적인 어투로 말하고 있다. 자신을 그린다고 하는 것은 16세기만 하더라도 경박하고 헛된 시도이지만, 몽테뉴는 일가 친지를 핑계하여 그것을 '시도(essai)'[2]한다. 그 시도는 비체계적이고 무질서한 시도이지만, 그 시도 속에는 몽테뉴의 자아가 숨어 있다. "나는 내 글을 질서 있게 정렬시켜줄 헌병이 없어서 그저 되는 대로 나열해놓을 뿐이다. 내 몽상이 솟아오르는 대로 그저 쌓아갈 따름이다. 때로는 몽상들이 뭉쳐서 밀려오고, 때로는 한 줄로 길게 뻗어온다. 나는 내 생각들이 아무리 산만하고 무질서해도 그것은 내가 타고난 심성의 한 방식인 것을 사람들이 알아주기를 바란다. 나는 있는 그대로의 나를 내놓는다. 그래서 내 글에 실린 것은 모르면 안 될 재료도 아니고 아무렇게나 말해서 안 될 제재도 아니다." "나는 나 자신을 확보하지 못한다. 그는 늘 타고난 취몽(醉夢)으로 혼돈 속에 비틀거리며 간다. 나는 그가 있는 대로 내가 그에게 흥미를 갖는 그 순간에 그를 잡아본다. 나는 그 존재를 묘사하지 않는다. 그 통

---

2 시도essai: '시도하다' '시험하다'의 뜻을 지닌 라틴어 엑시게레exigere에서 나왔으며, 영어 에 세이essay의 어원이 된 프랑스말. 1580년에 몽테뉴가 기존의 형식이나 지식 체계에 구애받지 않고 시험적으로 썼다는 뜻에서 자기 책의 이름(『에세Essais』—'수상록'은 이를 번역한 것)에 사용한 것을 계기로 갈래의 명칭 곧 '수필'이 됨.

과를 묘사한다. 한 연대(年代)에서 다른 연대로의, 또는 사람들 말마따나 7년씩의 통과가 아니라 매일 매순(每旬)의 통과를 그린다. 내 이야기는 시간에 맞춰가야 한다. 나는 운수뿐 아니라 의향으로도 금시 변할 것이다. 나는 변해가는 잡다한 사실들과 질정(質定) 없는[3] 공상들, 그리고 반대되는 생각들이라도 있으면 있는 대로 기록해보는 것이다. 내가 다른 내 자신이 되거나 다른 사정이나 고찰로 제재를 파악하게 되거나 그냥 적어간다.”

그러나 그 되는 대로의 모순된 시도를 몽테뉴는 16세기 사람답게 고전 인용으로 가득 채운다. 고전 인용으로 가득 차 있는 자기의 이야기들! 그의 시도는 구체적·모순적·개인적 시도이지만, 서술은 인용으로 가득 찬 통개인적(通個人的)·테스트 상호 관련적 시두이다. 아마도 몽테뉴의 동시대인들에게는 몽테뉴의 모순적 말들보다는 고전 인용이 더 중요해 보이지 않았을까? 그의 시도—수필essai을 가득 채우고 있는 인용 끝에, 그의 개인적 성찰이 슬그머니 그 모습을 드러낼 때, 당대인들이 느낀 것은 무엇이었을까?

고전 인용과 개인적인 성찰을 뒤섞어놓은 몽테뉴의 모순된 시도를 의미 있는 새로운 문학 양식으로 받아들인 것은 20세기에 들어와서이다(루카치, 프라이). 그것이야말로 몽테뉴가 운수라고 부른 것에 가까운 현상이다. “그런데 나는 의술뿐 아니라 더 확실성 있는 여러 예술들도 운수에 매이는 수가 많다고 본다. 시상(詩想)이 솟아올라 작가가 황홀한 무아경에 실려가며 시를 읊는 경우는 어째서

---

3 질정(質定) 없는: 갈피를 잡아 뚜렷이 작정한 것이 없는.

운수를 탔다고 하지 못할 것인가? 이러한 영감은 자기의 능력과 힘에 넘치는 일이며 그것이 자기 자신의 밖에서 오는 힘인 것을 작가 자신이 인정한다. 〔……〕 능력 있는 독자는 흔히 다른 사람의 문장 속에 작가 자신의 그런 점을 알아보며 거기 넣는 것과는 다른 완벽성이 있는 것을 발견하며 거기에 더 풍부한 의미와 양상을 찾아준다."

몽테뉴의 시도를 수필로 바꾼 것은 바로 그 독자들이다. 몽테뉴는 수사학의 세계에서 경박하고 하찮은 주제일지 모르는 자아를 주제로 한 책을 쓰려 하지만, 그 내가 세계의 지주이며 세계를 사유하는 내가 없으면 세계도 없다라는 데까지는 나아가지 못한다. 아니다, 나아가지 않는다. 그는 변화하는 모순의 자아를 바라다보는 회의주의자이다. 그의 회의는 그러나 데카르트적 코기토(cogito)[4]로 나아가는 한 교량이다. 그의 경박하고 헛된 시도는 뜻있고 중요한 수필이 된다. 몽테뉴는 그러나 독자들이 그의 시도를 중요하고 값있는 것으로 취급하지 않기를 바란다. 그의 독자들은 그의 일가권속들이며, 그에 관한 기록은 그것이 아무리 값없고 경박한 것일지라도 그들의 추억 속에서는 의미를 잃지 않으리라는 것을 몽테뉴는 잘 알고 있다. 그의 일가권속은 몽테뉴의 시도가 갖는 경박·헛됨에도 불구하고 갈수록 늘어나 거기에 "더 풍부한 의미와 양상을" 부여한다.

---

4 코기토cogito: 데카르트(1596~1650)가 한 말 "나는 생각한다. 그러므로 존재한다cogito ergo sum"의 첫머리. 여기서는, 진리에 도달하기 위하여 모든 인습과 선입견의 근거를 의심해보는 자아, 혹은 그러한 의심을 하는 주체로서의 나―그것만은 의심할 수 없는 존재로서의 '생각하는 나'를 가리킴.

…… (중략) ……

6

곁다리텍스트는 텍스트에 곁다리로 붙어 있는 텍스트이지만 텍스트에 못지않게 중요한 텍스트이다. 텍스트에는 의미 없는 것이 하나도 없고, 모든 것이 다 제 나름의 의미를 갖고 있다고 생각하는 의미론자들의 말은 그런 의미에서 옳다. 서문이라는 곁다리텍스트는 텍스트에 대한 저자의 생각, 텍스트의 구조, 그 텍스트를 읽어줄 독자에 대한 저자의 느낌을 중층적으로 용해하고 있다. 그것은 또한 저자의 생각만이 텍스트에서는 중요한 것이 아니고 그 텍스트를 수용·발전시킨 독자들도 마찬가지로 중요하다는 것을 역으로 보여준다. 저자가 선택한 독자를 넘어서지 못한 텍스트는 좋은 텍스트가 아니다. 몽테뉴의 일가친척, 루소의 집요한 적, 라블레의 친구 독자, 보들레르의 위선의 독자는 더 큰 독자들의 무리에 합류하면서 더 큰 의미망(意味網)을 구축한다. 그들이 더 큰 독자를 발견하지 못했더라면, 하기야, 그들이 있었다는 사실도 알려지지는 않았으리라. 독자야말로 모든 텍스트의 생명의 바다이다.

—『존재와 언어/현대 프랑스 문학을 찾아서(김현 문학전집 12)』(문학과지성사, 1992)

---

1. 이 글의 필자는 몽테뉴가 왜 『수상록』 서문에서 자기의 책이 "경박하고 헛되"며 "히찮은" 것이라고 말했다고 보는가? 반드시 '독자'라는 낱말을 써서 1문장으로 답하시오.

2. 필자는 몽테뉴의 시도가 어떤 점에서 '모순적'인 시도라고 보았는가?

3. 이 글의 마무리 부분에는 "저자가 선택한 독자를 넘어서지 못한 텍스트는 좋은 텍스트가 아니다"라는 말이 있다. 이에 따른다면 『수상록』은 어째서 좋은 텍스트라고 할 수 있는가? 구체적으로 답하시오.

   ★ 길잡이 : 『수상록』이 수필 장르의 성립에 어떻게 기여했는가, 혹은 수필 장르가 어떻게 형성되었는가에 관한 서술에 주목한다.

4. 이 글에 따르면 서문 혹은 서시는 다음 중 특히 무엇을 파악하는 데 도움을 주는 '곁다리텍스트'인가?
   ❶ 제재와 주제   ❷ 갈래
   ❸ 구성   ❹ 문체
   ❺ 저자의 상황과 관점

다음 글에는 이제까지 이 책에서 강조하고 추구해온 바와 대조적인 주장이 들어 있다. 그러한 점에 유의하면서 두 사람 이상이 함께 읽고 서로 상의하여 문제를 풀어보시오.

자유로운 책읽기에 대하여
─책에 대한 '엄숙주의'와 '모범주의'로부터의 해방

김병익(1938~): 문학평론가. 『지성과 반지성』 『열림과 일굼』 『들린 시대의 문학』 등을 지음.

언젠가 "요즘 무슨 책을 읽느냐"는 질문을 받고 "읽기는, 이젠 써야지"라고 대답한 적이 있는데, 지금 생각해도 참 희떠운[1] 말이었다. 써야지라고 말한 대로 쓰지 않고 있는 것도 사실이고, 이처럼 간교하게, 읽지 않고 있음을 자백한 것도 사실이지만, 그 사실을 너무 늠름하게 말하는 것은 아무래도 시건방진 일이 아닐 수 없기 때문이다. 『책읽기의 괴로움』이란 제목으로 책을 낸 친구 비평가야말로 내가 아는 사람들 중에 가장 빨리, 그래서 많이, 그러고도 가장 재미있어하며 책을 읽는 대학교수로, 자주 만나면서도 흠칫흠칫 나

1 희떠운: 속은 형편없는데 겉은 호화롭고 통이 큰.

를 놀라게 하곤 하지만, 그의 사르트르적인 책사랑은 그의 성격이고 나 같은 사람이야말로 책읽기란 진정 괴로움일 수밖에 없는 것이다. 화창한 날, 또는 싱그러운 밤에, 검정색 벌레 기어가듯 한없이 늘어서 있는 활자들을 헤아려 나가는 일처럼 지겨운 짓이 있겠는가. 밀어내듯 글자 한 자 한 자, 단어 하나하나 눌러가며 몇 줄 지나다 보면 머릿속은 어디 엉뚱한 데 가 있고, 그동안 무얼 책에서 움켜잡았고 생각 속에 어떤 것을 새겨놓았는지 전혀 감감해지기가 십상이다.

그래도 젊은 시절에는 억지로라도 허덕거리며 북한산 오르듯이 책 한 권을 보아 넘기기는 했는데, 이제는 격한 운동은 나이 든 몸에는 피하는 것이 좋듯이, 어렵고 따분한 책은 굳이 읽을 것이 무어겠는가고 스스로를 변명해줄 구실이 생겼다. 게다가 재미있고 편한 소일거리는 좀 많은가. 상대가 놀러 오면 바둑을 두고, 집에서는 뉴스를 본다는 핑계로 앞뒤 프로의 텔레비전에 눈을 두거나 동네 가게에서 빌려온 쿵후 비디오를 즐기다가, 아니면 더 많이 손에 익히겠다는 명분으로 컴퓨터 앞에 앉아 테트리스 게임을 하다가, 이도 저도 지치고 더 할 일이 없을 때, 마치 날라리 학생이 하다 하다 더 할 일이 없어 학교에 나가보듯이, 베개를 가슴에 깔고 드디어 여러 날 전부터 넘겨오던 책장을 마지못해 떠들어보는 판이니, 책이란 나의 일상 중에 손에 들어보고 싶은 마지막 일거리인 것이다.

나의 책 안 읽음을 나는 아마 자학적으로 과장했는지도 모르겠다. 최소한의 체면으로 책을 보기야 하겠지만, 그러나 전날처럼 진지하고 성실하게 책 읽는 태도는 벗어난 것이 사실일 것이다. 이

'벗어났다'는 말이 희떠운 수작이지만, 좀 정직하게 말하면, 책 읽는 데 꾀가 났다는 것이 올바른 말일 것이다. 그게 그렇다는 것은 살아온 생애 동안에 묻지 않을 수 없는 때〔垢〕 때문에, 책에 대해서도 바둑 하수에게 그러듯이 한몫 잡아주게 되었다는 데서 먼저 드러난다. 책 속에 길이 있다는 것은 물론 공자님 말씀 같은 것이지만, 길이 있다는 것과 그것이 곧 길이라는 것과는 분명 다른 말이며, 그래서 그 말은 책의 길이 삶의 길이 아닐 수도, 언짢은 길일 수도 있으며, 책 밖에 길이 있을 수도 있다는 말이 될 터였다. 책이 삶을 뛰어넘게도 하며 참된 삶을 열어주기도 하고 현실을 바로 보게 만드는 것도 진실이겠지만, 그렇다고 모든 책이 그럴 리가 없으며, 책을 읽는 모든 사람들이 그리 될 리도 없는 것이다. 아무리 양보해도, 책은 곧 삶도 아니고 또한 현실과 등식화되는 것도 아니며 책이 곧 세계의 실재일 리도 없다.

책이란 잘해보았자 삶의 또 하나의 작은 경험이며, 현실을 바라보는 눈을 길러주며 세계를 그럴듯하게 베껴줄 뿐이다. 책에 대한 전적이며 무한적인 신뢰에 대해 이쯤만이라도 유보를 준다면, 오직 책에서만 진리를 발견하고 올곧은 삶을 가질 수 있다고 믿는 사람이야말로 골샌님의 외진 맹목임을 확인할 수 있을 것이다. 나이 든 보수 우파 인사가 요즘의 우리나라 책들을 조금만 읽어도 자기가 얼마나 물정 모르는 사람인가를 깨달을 것이 사실이라면, 바로 그러는 그만큼, 패기에 찬 젊은 지식인들이 책에 대한 유보로 책에서 한발 물러서서 삶의 실제를 바라본다면 지금처럼 막무가내의 고집은 덜 부리게 될 것도 정말이다. 책에 씌어진 것이 그럴듯하게 여겨지고 거기에 빠져들 것 같을 때, 현명한 독자여, 그것에 침을 뱉고 거기로부터 얼른 빠져나오라! 책을 제대로 읽는다는 것, 책의 값을 올바로 매긴다는 것은 이렇게, 정말 사랑하는 연인에 대해서처럼, 다가서며 의혹을 두고, 도망가다가도 미련으로 돌아서고 껴안으면서도 그의 배신 가능성을 결코 지워버리지 않는 데서 얻어지는 것이다. 이런 자신만만한 나의 주장에는 책에 대해 꾀를 부리는 나의 게으름을 숨기려는 꾀바른[2] 속셈이 자리하고 있지만, 다독이니 정독이니, 밑줄 치기니 메모하기니의 머리 아픈 모범적 독서 교훈을 내팽개치고 나처럼 편하게, 책 읽는 괴로움으로부터의 자유로운 태도에 대한 옹호론이 이렇게 해서 생겨나는 것이다.

이 독서법의 한 가지는 아무 책의 아무 데나를 펼쳐서 보다가, 아무 때 어디서나 덮고 싶은 대로 덮어버리는 것이다. 내가 10살 때쯤이었는지, 맨 처음 본 소설이 장비호가 나오는 방인근의 탐정소설이었는데, 그것을 나는 처음부터가 아니라 재미있게 보이는 소제목의 중간부터 읽기 시작해서 처음으로 돌아가 결국 다 보게 되었다. 그러나 지금 내가 권하는 방법은 좀더 개방적이어서 체계적으로, 또는 줄거리를 따라 읽지 않아도 되는 경우이다. 나는 잠이 안 올 때 잠자려고 고생하기보다, 불을 켜고 머리맡의 책을 집어 아무 곳이나 떠들어, 읽다 말다 하며 졸음이 오면 그대로 잠에 맡기곤 해서 한때 내게 달겨들 것 같던 불면증을 벗어난 적이 있다. 이때 읽

2 꾀바른: 어려운 일을 피하는 꾀가 많은.

은 것이 여러 권으로 된 『열국지』 등등이었는데, 잠결에 읽은 탓으로 기억해두어야 할 이야기나 구절을 곧 잊어버리는 커다란 흠이 있음에도, 책에 대한 억압감 없이, 그리고 시간도 부담 없이 보낼 수 있는 가장 편한 독서법으로는 이 이상 좋은 것이 없을 것이다. 성 어거스틴이 탕아로 피로하고 힘들게 나날을 지내다가 무심코 잡은 성경의 무심코 펼쳐 눈에 띄는 대로 읽은 「로마서」의 어떤 구절에 충격을 받고 회개하여 기독교 신자가 되었다는데, 어쩌면 이런 감동적인 순간이 이런 무책임한 책읽기에서 얻어질 수 있을는지도 모를 일이다.

이 방법보다 좀더 체계적이기는 하지만 마찬가지로 자유로울 수 있는 독서법은 책의 페이지마다에서 몇 개의 단어만 헤아리며 빠르게 넘기는 일이다. 나는 얼마 전 한 여류 작가의 흥미로운 제목을 가진 창작집을 마음먹고 집어 들고 두어 페이지쯤을 찬찬히 보다가 곧 슬슬 그림만 보는 만화장 넘기듯이 페이지를 넘겨 한 시간 만에 근 300페이지짜리 그 책을 다 읽어버렸다. 내가 속독술을 가진 것은 결코 아니었고 그 책이 그 정도로 만만한 읽을거리, 아니 넘길 거리였기 때문일 것인데, 이런 경우는 대체로 저자의 수준이 독자에게 허술하게 잡혀든 때이다. 하긴 최남선 같은 대학자는 한눈으로 6행을 읽을 수 있었다는 얘기를 들었는데, 거기에는 육당의 박람(博覽)[3]이 우선한 것이겠지만 한자투성이의 글들이 눈으로 빨리 빨려들어 오는 덕도 있을 것이다. 그런데 이렇게 눈에 띄는 단어들만 걷어가며 읽는 것이 매우 무책임할 듯싶지만, 실은 매우 정확하

---

3 박람(博覽): 책을 널리 많이 읽음. 박람강기(博覽强記, 책을 널리 많이 읽고 기억을 잘함)의 줄임말.

게 내용이 전달되고 신속하게 이해되는 경우가 많다. 서점에서 서서 슬쩍 책을 보는 때, 혹은 벼락치기 시험 공부하느라 읽을 때, 그것들이 머릿속에 잘 들어오고 오래 기억되는 것과 비슷하다. 그러나 아무래도 이 거친 독서법은 중요한 곳을 놓치거나 뜻을 정반대로 알게 만들 경우를 많이 빚어놓을 것이다. 그러나 그런들 어떻겠는가. 허술한 책에 대해서까지 우리가 정중하다면 우리의 정력의 낭비가 될 것이며, 저자의 수준에 우리가 맞춰주는 것이 예의일지도 모른다.

이것과는 정반대의, 아껴 읽는 방법을 나는 흔하지는 않지만 아껴서 사용한다. 일부러 책을 천천히, 마치 귀한 사탕 과자를 닳는 것이 아까워 아주 조금씩 빨듯이 그렇게 한 줄 한 줄을, 한 페이지 한 페이지를 늑장 부리며 읽어가는 것이다. 나는 이 같은 책읽기가 얼마나 감미로운 것인가를 전방의 졸병으로 근무할 때 체험했었다. 김은국 씨의 『순교자』 영문판이 막 국내에서 발간되었을 때, 그것을 사들고 귀대한 후 정확하고도 쉬운 문장에 힘입은 그의 신학적 (神學的) 스릴은 정말 후딱 읽어버리기에는 너무 아까웠다. 그래서 나는 외출 나간 읍내의 다방에서 한두 장, 내무반의 취침 전에 서너 줄, 느릿느릿 읽어갔다. 이렇게 하게 된 데에는, 그다음에 읽을 다른 책이 없었던 탓도 있었다. 결국에는 다 읽고 말았지만, 이 재미에 힘이 나서 다음 휴가에는 시인 황동규에게 책을 빌려 같은 방식으로 더 읽어냈다. 그것이 영문판으로 번역된 도스토옙스키의 『악령』과 『백치』였다. 물론 내가 영어를 잘할 리도 없고 사전을 찾을 계제도 아니어서 대충대충 줄거리만 엉성한 대로 걷어가는 정도에 그치고 만 것이지만, 책 읽는 달콤함이란 그 이전이나 이후에나 이만한 적이 별로 없었다. 김승옥의 첫 작품집 『서울 1964년 겨울』을 처음 읽을 때, 조세희의 『난장이가 쏘아올린 작은 공』을 두번째로 읽을 때, 그리고 지금 윤후명의 단편집 『원숭이는 없다』를 보면서 내 나름의 방법으로 즐길 수 있게 된 것은 내 군대 시절의 경험에서 얻은 지독법(遲讀法) 덕분이다. 기능적인 시대에 이러한 독서법은 비능률적이고 더구나 천천히 읽는 사이에 끼어드는 분방한 상념 때문에 책과 관련 적은 것들이 이 책에 대한 기억을 혼란스럽게 만들지만, 그러면 어떠랴, 때로는 정확한 이해보다도 절실한 감정이 더욱 아름다운 지혜가 될 것인 것을. 바슐라르도 아마 그래서 의도적인 오독(誤讀)을 바랐을 것이다.

이 비기능적인 독서법 때문에 정작 시간 손해가 커서 책 읽는 허영을 채우지 못할 경우, 나는 물론 서슴없이 사술(詐術)을 쓰기도 한다. 그러니까 읽지도 않고 읽은 척하는 방법이 있다는 것이다. 이러기 위해서는 물론 그 책을 사긴 해야 한다. 사서는 목차, 서문이나 후기, 판권란 등을 훑는다. 그리고 신문의 안내, 좀더 성의가 있으면 계간지쯤의 서평을 읽는다. 책 중의 한 장(章)을 읽을 수 있다면 이미 사술이라 할 수 없는 양심적인 정도가 되지만, 어떻든 그거라도 본다면 더욱 완벽히 나는 한 권의 책을 읽은 폭이 되고, 게다가 그 책에 대한 서평 한 편을 더 읽은 셈이 된다. 나는 이 방법을 '사술'이라고 했지만 나 같은 범인(凡人)의 게으름에 그 말이 해당되는 것이지, 바쁜 학자들이나 방대한 저술가들에게는 그것이 아마도 성실하고 적절한 독서법이 될 것이다. 오늘날처럼 엄청난 정보들이

홍수처럼 쏟아져 나오는데, 며칠, 적어도 몇 시간씩이나 걸릴 정독법으로 어떻게 그 많은 정보들을 따라가겠는가. 작고한 우리나라의 대표적인 재벌 기업인은 읽어야 할 책을 비서진에게 읽도록 하고 짧은 요약을 받아 그것으로 한 권의 책을 소화해냈다는 이야기를 들은 적이 있고, 로스토라는 미국의 경제학자는 한 해에 한 권의 저술을 낼 목표로 조수에게 읽은 책을 카드로 정리케 했다는 말도 귓결에 스친 적이 있는데, 정말 그들은 그럴 수밖에 없을 것이다. 어떻든 이런 경우, 중요한 것은 독서한다는 행위 자체가 아니라 책을 통해 획득할 정보이며, 기업인과 저술가는 비서와 조수에게 좋은 책을 읽게 하는 혜택까지 베푼 것이다. 나는 이렇게 바쁜 사람이 아니므로 나 같은 다른 사람에게 굳이 권하는 것은 아니지만, 이것이 나쁜 일은 아니라는 것, 적어도 책에 대한 엄숙주의는 버려야 한다는 말만은 강조하고 싶다.

요즘 우리나라에도 정력적으로 소개되는 미셸 푸코식으로 쓰자면, 책과 책읽기에 대해서 우리는 비체계적인 방식을 취하는 것이 좋다. 책이 문화의 가장 중요한 척도가 되고 책읽기는 어떤 다른 문화 행위보다 근본적인 것은 사실이지만, 그것만이 유일한 척도라든가 거기에서만 전적인 가치를 얻어낼 수 있다든가 하는 것은 현대와 같은 다원주의(多元主義) 시대에 망언이 될 뿐만 아니라, 책을 읽어야 한다는 것이 그만한 무게의 억압감으로 내리눌러 책을 즐거움 혹은 괴로움의 정신적 대상이 아니라 속박과 적개심의 매듭이 되게끔 만드는 것이다. 책에서 엄숙주의를 풀어내고 책읽기에서 모범주의를 풀어낼 것—이것이 내가 지금껏 끝내 숨기는 데 실패한 한마디인 것 같다. 그러나 어이없어라, 책읽기의 자유로움을 실현하는 데에는 책에 대한 의무감의 괴로운 터널을 거치지 않으면 안 되는 것을, 비체계(非體系)의 체계화(體系化)라는 아이러니[4]는 어디에서나 피할 수 없는 순환논법의 고리인 것을, 책을 통하지 않고 어떻게 명쾌하게 깨달을 수 있겠는가.

—『우공(愚公)의 호수를 보며』(세계사, 1991)

---

4 비체계(非體系)의 체계화(體系化)라는 아이러니: 어떤 체계나 모범적 원칙을 거부하고 자유롭게 하는 일도 종내는 그 나름대로의 체계를 지향하게 된다는, 본래 의도와 결과 사이의 어긋남.

---

1. 이 글에서 말하는 책에 대한 엄숙주의와 모범주의란 독자가 지닌 어떤 태도를 가리키는가?

    책에 대한 엄숙주의: ㉠ ....

    책에 대한 모범주의: ㉡ ....

2. 필자가 소개한 자유로운 책읽기 방법의 하나로 '지독법'이 있는데, 그것은 어떻게 읽는 것인가? 그리고 필자가 판단한 그것의 장점과 단점은?

    지독법: ....

    장점: ....

    단점: ....

3. 이제까지 여러분이 읽어온 이 책은, 앞의 내용을 바탕으로 볼 때 비판받을 수 있는 면이 있다. 다음 빈 곳을 채우는 방식으로 그 비판을 해보시오.

『수필로 배우는 글읽기』라는 이 책은 문제점을 지니고 있는데, 그것은

....

.... 가능성이 있기 때문이다.

4. 우리가 이제까지 해온 일—읽기의 원리를 찾고 그에 따라 연습을 하는 일에 대해, 이 글의 필자는 아무 소용도 없다고 하겠는가? 아니면 그것대로 가치가 있다고 하겠는가? 그렇게 생각한 이유는 무엇인가? 아래의 여백에 200자 내외로 적으시오.

★ 길잡이: 이 글 필자의 궁극적인 관점과 논리를 파악하여 그것을 바탕으로 답한다.

용어 찾아보기

ㄱ

가주제 → 주제
개요(아웃라인) 181, 182
경수필 → 수필
계열 45, 46, 136, 202, 232
관점 → 필자의 관점
구성 28, 30, 171, 182, 194~199,
　　201, 211
구조 30, 173, 174, 181, 184, 195,
　　216, 241
구조단락 → 단락
기대지평 76
기행문 78, 98, 103, 201
끝상황 151

ㄴ

내용단락 → 단락
논문 100, 102, 104, 128
논설 98, 103, 104, 250

ㄷ

단락 28, 171, 175~185, 190, 194,
　　195, 199, 229
　　구조단락 39~42, 181, 185, 195,
　　　　197, 202, 234
　　내용단락 180, 181, 195
　　보조단락 127, 177, 178, 181,
　　　　184, 202
　　중심단락 184, 202
　　형식단락 180, 181
대립 42, 45~47, 50, 197, 200, 202,
　　254, 303
대립쌍 49, 202, 214, 268

ㅁ

매재 26, 77
매체 26, 27, 30, 77, 78
맥락 29, 40, 45, 80, 122, 174, 181,
　　251~255
멀티미디어 → 복합매체
문단 175

문맥 35, 38, 40, 80, 116, 181, 183, 194

문체 28, 30, 77, 78, 99, 197, 285

문해력(literacy) 26

정격 수필 98

　중수필 98, 104, 128

스토리 → 줄거리

ㅂ

배경지식 68

보조단락 → 단락

보조제재 → 제재

복합매체 26

빈틈 32, 35, 50, 194

ㅇ

언어활동의 기본 상황(요소) 27, 100, 126, 251

연결성 196, 198, 203, 221

영상 문해력 26

영상 언어 78

이념 125, 252

이름 짓기 40, 202

이야기 78, 101, 130, 184

이야기(서사적) 수필 78, 101, 147, 345, 348

일반화 40, 294, 370

ㅅ

사건 40, 101~103, 105, 125, 130, 147, 184

상황 → 필자의 상황

서문 313~316, 321, 322

서사적 수필 → 이야기(서사적) 수필

설명문 100, 102, 105, 106, 112, 128, 250

소재 29, 227, 231

소주제 → 주제

소주제문 42, 181~184, 248

수필 97~106, 123, 128, 250, 313

　경수필 98, 104, 107, 128

　비정격 수필 98

ㅈ

정격 수필 → 수필

재구성 44, 51, 55, 123, 138, 194, 202

제재 29, 30, 41, 77, 91, 129, 177, 202, 227~235, 250

　간접적 제재 228~230, 235

　구체적 제재 29, 227~230

　보조제재 185, 229, 230, 234, 276

제재 분석 41, 234, 362

중심제재 29, 91, 107, 129, 202, 229, 234, 248, 254

직접적 제재 228, 230, 234

추상적 제재 29, 227~230

주제 29, 55, 100~105, 181, 194, 227~235, 248~251, 254

가주제 255

소주제 181~183, 229, 248, 304

주제문 182, 194, 248~250, 253, 255

줄거리(스토리) 101~103, 151, 184

중수필 → 수필

중심단락 → 단락

ㅊ

처음상황 151

초점 29, 59, 91, 110, 126, 202, 230~234

층위 172, 179, 184, 195

ㅌ

통일성 196, 197, 203, 293

ㅍ

패러다임 202

필자의 관점 30, 44, 121~127, 129, 135, 160, 234, 254

필자의 상황 30, 44, 121~125, 127, 129, 137, 234, 254

ㅎ

해석의 순환 184, 255

형상화 99, 100

형식 28, 30, 77~79, 98, 103~105, 171, 174, 202

형식단락 → 단락

화제 344

답과 해설

1. 미리 익음/미리 익어 떨어짐/일찍 깨달음/천분의 절정을(에) 빨리 도달함.

2. ⑩ 인생이 미리 익어 떨어진 그 배와 같다는 생각이 들었다.

// 짧은 인생/여물지 못한 삶이 그와 같을 듯했다.

➡ '삶이 쓸쓸하게/슬프게 여겨졌다'는 식의 답은, 그다음에 이어진 글만 보고 성급히 답을 한 것이다. 이 글은 천재를 조숙한 배에 비유하고 있는데, 그것이 이 문장에서부터 이루어지고 있다.

3. (농익은) 능금

➡ 이 글의 대립 구조와, 그에 따른 대립된 비유의 의미를 파악하는 문제이다.

4. ❹

➡ 천재가 일찍 죽는 것을 슬퍼해야 하느냐 마느냐는 필자가 주로 관심을 가지고 있는, 이 글의 초점에 놓인 문제가 아니다.

5. ❸

➡ ❷나 ❹를 답으로 택한 사람은 글 자체를 충실하게 읽지 않은 것이다. 어쩌면 '❸좋은 글을 쓰는' 것은 인생의 목표가 될 수 없다는 선입견 때문에 그랬을지도 모른다. 그러나 필자는 분명히 '좋은 글을 써보려면 오래 살아야 될 것 같다'고 말하였고, 그것은 필자와 같은 작가에게는 얼마든지 인생의 최고 목표가 될 수 있다.

1. 그날

2. 시, 춤, 노래, 암벽 타기, 사랑

➡ 위의 것들은 필자의 깨달음을 확대하기 위해 이 글에 동원된 제재들이다. 바꿔 말하면, 필자 스스로 그것을 검증하기 위해 해보았던 다른 경험들이다.

3. ㉠ 자전거를 배우다 얻은 경험이 삶의 큰 깨달음으로 자리 잡았다.

// 자전거를 배우다가 얻은 깨달음이 내 삶에 중요한 것이 되었다.

➡ 답의 주어가 '자전거가'보다 '자전거를 배우다 얻은 경험/깨달음이'가 적합하다. '자전거가 내 삶에 중요해졌다' '내가 자전거 타기에 빠졌다' 같은 답은 이 글의 전체가 아니라 앞부분만을 고려한, 혹은 속까지가 아니라 겉만을 고려한, 불충분한 답이다.

4. ❷

➡ 하루 종일 수백 번 "꼬라박기"를 반복한다. 그리고 마지막에는 자기의 "본능"에 따라 위험한 주행을 감행하여 마침내 자전거를 탈 줄 알게 된다.

필자는 집념이 강하면서도 해학(유머)적인 면이 있음을, 몇 군데 표현에서 느낄 수 있다.

함께 읽기 3 ─ 「병과 인내심」 ························· 82쪽

1. ❷

➡ 이 글에서 필자는 무엇을 알리거나 깨우쳐주고자 하지 않는다. 어떤 가치 평가도 유보
한 채 담담히 자기의 성격 또는 기질과 그것의 유래에 대해 말하고 있다. ❹와 비슷한
문장이 본문에 나오지만 ❹하고는 다른 내용이다. 이 글에서 '인내심'이란 '기다리기
좋아하는' 필자의 성격과 관련된 말이되, 괴로운 일을 '참고 견뎌내는' 미덕과는 거리가
있는, 필자의 말대로라면 "아무런 상관도 없는" 말이다. 기다리기 좋아하는 것은 남들
한테는 미덕처럼 보일지 몰라도 자기 입장에서는 그저 성격일 뿐이다. 이른바 '인내심'
이 있고 없고의 여부와는 상관이 적은 것이다.

2. ❸

➡ 자신의 성격을 좋거나 나쁘게 생각하지 않는 게 필자의 입장이다. 따라서 그 성격 때문
에 자기의 삶이 어둡거나 불행해졌다고는 생각지 않을 터이다. 사실 이 글에는 그런 얘
기가 비치지도 않는다.

3. ⑩ 필자는 그 책을 조금씩/아껴가면서 천천히 읽을 것이다.

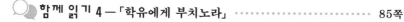 **함께 읽기 4** —「학유에게 부치노라」 ························· 85쪽

1. 정독/숙독

2. 사물의 이치를 완전히 알아내는/가장 밑에까지 캐내는 것.

➡ 『대학(大學)』에 나오는 격물치지(格物致知)의 '격물'이다. 격물치지란 학문 연마와 인
   격 수양의 중요한 방법으로서, 사물이나 현상 속에 내재한 이치를 탐구하여 완전히 자
   기의 것으로 만드는 것을 뜻한다. 다산은 아들에게 독서를 통해/독서에서도 그것을 실
   천하라고 당부하고 있다.

함께 읽기 5 — 「미운 간호부」 ·· 88쪽

1. ㉠ 잘못을 하였다.

   ㉡ 소녀 부모의 마음을 헤아려 따뜻하게/인정 있게/완곡하게/교양 있게
   말을 하지 않은 잘못을 하였다.

➡ 간호부는 규정을 어기지는 않았지만, 분명 잘못을 하였다(규정이 '전염병 환자 처리 규
   정'이 아니라 '고객에 대한 봉사 규정'이라면, 그것도 어겼다고 볼 수 있다). 그녀가 잘
   못을 저지른 원인은 업무 능력이 낮아서라기보다 교양이 부족했기 때문이다.

2. ❶, ❺

➡ 이 글은 간호부의 행동이 '기계적임' '냉정함' → '기계(문명)' '과학 문명'이 발달한 미래
   인간 사회의 '냉정함'으로 비약하고 있다. 앞의 경험적 사실과 뒤의 현대 과학 문명 비
   판이 논리적으로 맞물리지 않는 것이다. 이러한 논리적 비약은, 과학의 발달은 인간성
   의 쇠퇴를 초래한다는 단순한 생각 때문에 더 심각한 문제점을 낳고 있다.

3. 예 '필자의 의도'(라고 여겨지는 것)에 끌려가지 말고 글의 논리가 합리
   적인가를 비판적으로 읽는다.
   // 제재/이야깃감에 감정적으로 반응하기보다 글 자체의 구조를 냉정하
   게 따진다.
   // 자기의 평소 생각/가치관과 거리를 두고, 객관적인 입장에서 읽으려
   고 한다.

342

1. ❹

→ 이 글에서 '독서'는 단순히 책읽기만 가리키지 않고, 모든 사물을 인식하는 기본적인 힘
   을 기르는 활동이다. 따라서 그 대상은 책 → 컴퓨터 모니터(에 뜬 기호나 영상) → 온갖
   사물로 확대된다. 이에 따라 그것을 '읽는' 활동도 단순한 지식 알기/정보 모으기 → 사
   물의 의미 인식하기/의미 재창조하기로 심화·확대되고 있다.

2. ❸

3. ㉠ SNS에 사진이나 글 올리기. // 페이스북으로 소식과 정보 주고받기.
   // 포털 사이트에서 실시간 검색어 클릭하기.

4. ㉠ 자료를 깊이 이해하며 알아낸 지식으로 사물의 의미를 성찰할 정신
   능력이 없으면, 인터넷으로 (질 높은 지식을 찾기도 어렵고) 정보나 자료
   를 찾아내 봐야 소용이 없기 때문이다.

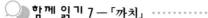

1. ❹

➡ 이 글은 까치'에 대한' 무엇을 말하기보다 까치'를 통해' 무엇을 말하는 편이다. 따라서 궁극적으로 이 글에서 까치는 관찰이나 탐구의 대상이라기보다 필자의 마음을 이끌어 내고 표현하는 매개물에 가깝다.

2. ❷, ❺, ❻

3. ❷, ❹, ❺

➡ ❶과 ❻을 좋아하지 않는 것은 아파트, 색스럽게 꾸민 비둘기장, 문명(文名)을 날리는 것 등을 탐탁하게 여기지 않는 데서 엿볼 수 있다. ❺를 좋아하고 ❸을 좋아하지 않음은 엉성한 까치집과 용자창, 수수한 민화 등을 좋아하는 데서 알 수 있다.

4. ❹

➡ 1번 문제의 해설에서 이 글은 까치'를 통해' 자신의 마음을 드러내는 수필이라고 보았다. 이 글의 초점은 까치의 생김새나 습성 등 까치 자체에 관한 객관적 정보보다 그것을 좋아하는 '나'(필자)의 마음에 놓여 있다. 까치집 이야기에서 자기가 짓고 싶은 사랑채 이야기로, 다시 비둘기장과 고층 아파트 이야기로 화제가 자꾸 바뀔 수 있는 것도 그런 수필다운 특징 때문이다. 이 글에서 까치는 필자가 추구하는 자연적인 삶을 함께하는, 혹은 상징하는 존재이다(☞ 제6장 2절).

답을 ❶로 본 사람은 이 글의 한 부분 — 민화의 내용에 대해 잘못 생각했던 일 — 만을 가지고 주제를 잡는 오류를 범한 것이다.

5. ❷

➡ A는 주관적인 경험을, B는 객관적인 증거를 중요시한다.

1. ㉠ 사람/목수와 거위 주인이 판단한 그들의 쓰임새/필요성이 달랐기 때문이다.

   // 목수는 곧은 나무가 필요한 상황이고, 주인은 잘 울지 않는 거위를 잡는 게 좋은 상황이었기 때문이다.

➡ '쓰이는 상황/쓰임새/쓰일 자리/필요성이 달랐기 때문이다' 정도의 표현만으로는 불충분하다. 상황, 쓰임새 등이 중요하되 그것을 결정하는 것은 사람임을 분명히 하는 게 바람직하기 때문이다.

2. ❹

➡ 문맥의 흐름 혹은 서술의 초점이 '평등한 대접'의 문제가 아니라 '가치/평가의 기준'이 상황이나 필요에 따라 바뀌는 문제에 놓여 있다.

3. ❶

➡ 대상 글들은 모두 경험/경험적 사건을 서술하고 그에 대한 생각과 느낌을 피력하는 '이야기 수필' 형태이다. 그것은 구체적인 것 → 추상적인 것, 특수한 것 → 일반적인 것으로 나아가는 전개 방식을 보인다(☞ 제5장 3절).

1. '책의 해'를 보내는/마무리하는 시기.

➡ 1993년 12월 5일 『출판저널』 제140호에 발표된 글이다. 1993년은 '책의 해'였다.

2. ㉔ 글(책)을 읽는 문화가 실종됨. // 보는 문화가 읽는 문화를 대체해가고 있음. // 생각을 기피하고 놀이만 추구하는 이들이 많음. // 교양과 양식 쌓기를 게을리하는 사람이 많음.

➡ '한국 사회'가 아니라 '현대 사회'에 관해 물었으므로, 한국 사회의 특징 혹은 문제점에 한정된 말은 답으로 적합하지 않다.

3. 쓰는 문화.

그것 없이는 '파는 문화'와 '읽는 문화'가 존재할 수 없기 때문이다.

// 그것이 가장 수준 높은 훈련과 노력을 필요로 하는 일이기 때문이다.

4. ❷, ❻

➡ 태도를 가리키는 말은 대개 보기에 나열되어 있는 것과 같은 말들이다. 태도는 글에 직접 드러나 있기도 하지만 바라보거나 말을 하는 행위에서 간접적으로 제시되기도 한다. 이 글에서는 단호하게 자기의 의견을 제시하는 말투에서 필자의 비판적이고 적극적인 태도가 짙게 느껴진다.

5. ㉠ ㉔ 양식 있는 사회를 만들/교양 있는 시민을 일구어내

㉡ ㉔ 책을 읽고 쓰는 문화를 육성

➡ 필자는 글의 머리말과 맺음말에서 거듭하여 양식 있는 사회, 교양 있는 시민에 대해 언급하고 있다. 필자가 이 글을 쓴 일차적인 목적은 한국 책 문화의 문제점을 지적하기 위함이지만, 궁극적으로는 이를 통해 그러한 사회와 시민을 육성하기 위해서라고 볼 수 있다.

1. 예 필자/'나'는 누가 자기 집을 마음대로 팔아버려서 고소를 하였다. 그
  일 때문에 법원에서 소환장이 와서 필자는 법정에 나갔다.

2. ❷

⇒ 이 글에서 돈이 없어서 고생을 한다는 얘기가 나오고, 또 돈이 많았더라면 사정이 무척
  달라졌겠지만, 필자의 관심의 초점에 놓인 것은 돈이 있고 없음보다 권력이 있고 없음,
  혹은 공적(公的)인 지위의 높고 낮음이다. '삼등석'이라는 제목, 필자가 주로 차별 대
  우, 권위주의적 태도 등에서 울분을 느낀다는 점 등이 이를 뒷받침한다.

3. ❸

4. ❶

⇒ 이 글에서 필자의 태도는 간접적으로 드러난다. 즉, 말투라든가 낱말의 사용 등을 통해
  '말을 하는 행위'를 미루어 짐작해야 알 수 있다. '3등석' '2등석' '교장 앞에 불려나가는
  국민학교 어린이' 등의 비유, 법관들의 복장을 일부러 '이상한 복장'이라고 함으로써 낯
  설게 하기, '민주주의의 바다 같은 은혜'라는 식의 빈정거림 등에서 비꼬는(풍자적인)
  태도를 읽을 수 있다.

함께 읽기 11—「현이의 연극」 ···················· 153쪽

1. 이렇게

2. ❶ 평범하다/우둔하다/실망스럽다

   ❷ 서글프다/창피하다/부끄럽다

   ❸ 대견하다/똑똑하다/성실하다/자랑스럽다

   ❹ (현이에게) 미안하다/(자신이) 부끄럽다/후회스럽다

➡ 필자의 현이에 대한 생각과 느낌은 나빠졌다가 도로 좋아지는데, 자기 자신에 대한 생
   각과 느낌은 나빠진 뒤 계속 좋지 않다. 그 원인이 처음에는 현이 때문이었지만 나중에
   는 자기 자신 때문이다. 이러한 변화와 그 이유, 바로 그것이 이 이야기(서사적) 수필의
   핵심에 해당한다.

3. ❸

➡ 이 글에는 필자와 현이 두 사람이 등장하는데, 둘 가운데 주인공을 정한다면 필자가 주
   인공이다. 그리고 필자 자신의 마음, 곧 현이에 대한 자신의 심리 쪽에 글의 초점이 놓
   여 있다. 그것은 다음 문제들을 풀어가는 동안 확인될 터이다.

4. (1) 현이

   (2) ❶

   (3) ❸

   (4) ㉎ 나는 자식을 남과 비교하는 마음/자기 자식이 남보다 우월해져야
       한다는 이기적인 마음을 갖고 있었다. 그러나 자식의 순수한 행동을
       보고 그게 잘못임을 깨닫게/반성하게 되었다.

   (5) ㉎ 욕망이 앞서면 순수한 마음을 잃게 된다. // 애정은 강한 이기심
       을 동반한다. // 어린애가 어른을 깨우치기도 한다.

➡ 이 글의 제목이 '현이의 연극'이고, 현이가 순진한/맑은 행동을 했다고 해서 이 글이 현

348

이 중심의 글이라고는 할 수 없다. '자기가 자기 이야기를 하는' 상황이므로, 현이나 현이의 연극 구경이 이 글의 궁극적인 제재 혹은 대상은 아니다. 그들은 어디까지나 필자가 자신을 되돌아보는 계기가 된 존재요, 사건이라고 봄이 적절하다. 그러므로 이 글을 읽은 독자가 현이의 행동을 보고, '사람은 맡은 일에 최선을 다해야 한다'와 같은 생각을 할 수는 있겠지만, 그것이 이 글의 주제라고 보기는 어렵다.

1. ㉠ 긍정적으로 보는/매우 사랑스러워하는/자기도 그와 같은 사람이 되고 싶은

2. ㉠ A는 자기도 플루트 연주자 같은 사람이 되고 싶어 하는 관점이고, B는 (플루트 연주자와 같은 사람에 해당하는) 현이를 보면서 자기 자신을 부끄럽게 여기는 관점이다.

   // A가 주체가 대상이 되고 싶어 하는 관점이라면, B는 주체가 대상을 통해 자기 자신을 반성하는 관점이다.

➡ 이 글에서 플루트 연주자의 삶 ― 자기가 맡은 역할이 작더라도 충실하게 해내며 사는 삶 ― 을 「현이의 연극」에서는 현이가 실천하고 있다. 이렇게 비슷한 인물이 등장하지만, 두 글의 초점 혹은 주제는 서로 다르다. 대상은 비슷해도 그것을 놓고 필자가 이야기를 하는 상황과 관점이 서로 다르기 때문이다.

* 163쪽 '허균이라는 사람'에 관한 조사 내용은 생략.

1. ⑩ 정책이 잘못되고 위정자가 백성을 수탈하여 나라가 위태롭다. // 삼정(三政)이 문란하고 탐관오리가 날뛰어서 백성들이 난을 일으키기 쉽다.

2. ㉠ ⑩ 양반 계층/위정자들/관직자들.
   ㉡ ⑩ 필자 역시 그 계층에 속해 있는/계층과 밀접한 관계(에 있되, 상황을 개선하기 위해 문제점을 강하게 비판하는 관계).
➡ 백성이 "천하에 가장 두려운 것은 〔……〕 무서운 것이다"라든가, "오늘의 우리는 그렇지 못하다. 변변치 못한 백성을 거느리고 있으면서……"와 "~다면 겨우 유지할 수는 있겠다" 같은 표현들은, 이 글이 전제하고 있는 독자가 지배 계층이요, 필자 역시 그 속에 서서 같은 계층의 사람들을 비판하고 있음을 암시한다.

3. ⑩ 지금 위정자들은, 백성을 무서워할 줄 알아야 한다/백성을 보살펴서 적어도 호민이 생기지는 않게 해야 한다.

1. 소인종

2. 경전(들)

3. 리틀 리딩

4. (1) ❷

(2) 예 우리는 고전/위인들의 지혜가 담긴 책을 읽지 않아서 천박하다/무식하다/지적으로 열등하다.

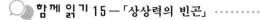 **함께 읽기 15 —「상상력의 빈곤」** ·············· 190쪽

1. (1) 공사는

   (2) 예 공사 중에 생긴 일/공사하면서 겪은 고통

   (3) 공사를

   (4) 시간의 흐름/제재의 변화

➡ 마지막 단락 외의 부분을 자연스럽게 나누면 단락이 7개 정도가 된다. 이들을 다시 세
   덩어리로 뭉친다면, 혹은 그곳의 단락을 처음부터 '크게' 3개로만 나눈다면, '공사 준비
   과정 — 공사 — (공사로 인해 경험한 일에 대한) 생각'으로 나눌 수 있다. 이는 이 글의
   질서에 따른, 즉 시간의 흐름에 따른 제재의 변화를 기준으로 삼은 것인데, 실제 글에
   서 해당 덩어리를 나누는 자리는 다소 달라질 수도 있다.

   (4)에 앞의 세 과정을 적었다면, 구분의 '기준'을 지적했다고 보기는 어렵지만, 답에 근
   접한 것이다.

2. ❸

➡ 필자의 궁극적인 관심사, 바꿔 말해 이 글에서 필자가 씨름하는 문제의 최종적인 귀결
   점은 '사회 현실의 개선/개혁'이다.

1. 예 외로움/고독.

➡ "고독이 몸부림쳐, 사람은 영원히 외로운 존재, 가슴을 깎는다" 등의 표현에서 특히 짙
게 드러나는 감정, 분위기이다. 그 정도가 지나쳐서 감상적(感傷的)인 면이 있다.

한편 '슬픔'이라는 답이 나올 수도 있으나, 그것은 외로움 또는 고독에서 비롯된 것이라
볼 수 있고 또 이 글에서 지배적이지도 않으므로 적절하다고 볼 수 없다.

2. 북구 노르웨이서 잡혀온 처녀, 시베리아 눈 오는 벌판(을 혼자 걸어가는
사람), 고단한 나그네, 그림자, 꽃 한 송이 없는 방 안, 상장, 쥐.

➡ 모두 외로움/고독을 표현하기에 적합한, 통일성을 지닌 제재이자 비유들이다. 다소 서
구 취향 혹은 이국취미(異國趣味)가 엿보인다. 마지막의 '쥐'는 '가슴을 깎는' '나'와 병
치됨으로써 필자 자신을 가리킨다.

3. ❸

➡ 공간은 방(집 안) → 거리 → 방으로 순환한다. 시간은 필자가 회상을 함에 따라 현재 →
과거 → 현재로 한 차례 역진한다. 그것은 이 글에 변화를 주고 있다.

4. 뉘, 것이다.

➡ 그 부분이 너무 돌연히 제시되어 이전과 자연스럽게 '연결'되지 않으며, 글 전체를 지배
하는 감정의 '통일성'도 해치고 있다. 각도를 달리하여 보면, 그 부분은 따로 한 단락으
로 구분할 수 있는데, 그럴 경우 연결상의 문제점이 두드러지게 드러난다.

필자는 외로움의 극한에까지 간 상태에서 다시 돌이켜 집으로 돌아오는 고비를 마련
하기 위해, 혹은 극단에 이르지 않고 마음을 돌려 집으로 돌아오게 된 이유를 암시하기
위해 그 부분을 넣은 듯하다. 그러나 '바람직한' 것을 성급하게 앞세우다가 글의 구조를
해쳤다고 볼 수 있다.

1. 예 그런 글/사람들은 현대 문명의 병적인 면을 너무 과장하고 있다.

   // 현대 문명에 대한 비판이 지나쳐서 과거의 문명에 대한 맹목적인 복고 취향에 흐르고 있다.

   // 과거에 대한 감상적인 향수를 품고 있어서 긍정적으로 볼 수 없다.

➡ 요약에 필요한 적절한 단어나 문구는 해당 단락뿐 아니라 그 이후의 단락, 특히 글의 마무리 단락에서도 발견되는 경우가 많다. 이 글도 그런 경우에 가까워서, 둘째 단락의 핵심어와 같거나 유사한 표현이 셋째 단락에서도 등장한다.

2. ❶, ❸, ❺

3. 예 명석한 눈으로 보아야 한다. // 합리적으로 보아야 하다 // 감상에서 벗어나서 보아야 한다.

➡ '비합리적 사고' '감상에 빠지면 안 된다' 등은 부정적 표현이다.

4. ❹

➡ ❶~❸ 가운데 이 글이 취한 구성에 가장 가까운 것은 ❸이다. 한편 필자는 현대 문명의 병적인 요소에 대한 비판이 지나쳐서 복고 취향에 빠지는 경우를 주로 문제 삼고 있지, 그 비판 자체가 근본적으로 잘못되었다고 보아 대안을 내세우는 데까지 나아가고 있지는 않다.

5. 예 「까치」의 필자는 예스럽고 소박한 것을 좋아하는데, 자연 상태를 지향하는 그런 경향은 전통적인 사상을 답습하는 면이 있다. 그러나 나날이 기계화되고 도시화되어가는 현대의 문화에 걸맞지 않은 면이 있다. '이미 그 속에서 살고 있는' 현대 문명을 지나치게 기피하고 '전에 있었던' 것에 너무 복고적/낭만적/감상적으로 쏠리고 있다.

➡ 이 같은 문제점을 지닌 글이 중등학교 국어 과목 교과서에는 유난히 많이 수록되어 왔다. 그들도 같은 맥락에서 비판할 수 있을 것이다. 그들의 주된 내용은 '현대의 물질문명 사회에서 우리는 과거의 전통을 잃어가고 있다'는 것이다. 그런데 그런 태도는, 거기내포된 전통문화 애호 정신은 높이 평가할 수 있지만, 과거와 현재, 정신과 물질, 자연물과 인공물 등을 대립 관계로만 보는 문제점을 안고 있다. 한마디로 거기에는 과거의농업 중심 문화를 존중만 하려는 복고적이고 퇴행적인 면이 있으므로, 독자가 현대 사회를 건설하고 살아가는 데 오히려 장애를 일으킬 수도 있다.

1. ㉎ ❶ 낮 ❷ 현재 ❸ 수레 위/들판 ❹ 여기 ❺ 하늘 ❻ 높은 데 ❼ 우리 ❽ 속모습/내면 ❾ 생각/심리/상념/관념

➡ 이 글은 단락 개념이 덜 확립된 시대의 글인 데다가, 시간과 공간의 변화에 지나치게 신경을 쓰다 보니 단락을 너무 자주 나누게 된 듯하다. 이들 가운데 무엇(들)을 기준으로 단락을 뭉치고 다시 나눠야 좋을지는 더 생각해보아야 할 문제이나, 어떻든 그 여러 가지가 맞물리고 병치되면서 이 글은 다소 교향악과도 같은 울림을 갖게 되었다.
현재와 과거가 모호하게 뒤섞이고, 공간 역시 여기인지 저쪽인지 알기 어려운 중간 부분은, 문제에서 점선 화살표로 표시하였다.

2. 어둠, 대지, 현재, 현실, 열매.

3. ❹

➡ ❶이라고 답한 사람은 글의 마지막 부분을 충실하게 읽지 않은 것이다. 필자에게 있어서 '현재, 여기'에서의 열매를 거두는 기쁨은 '과거'에 '저쪽'에 대해 꾸었던 꿈의 좌절과 포기를 동반하고 있기 때문에 의미가 감소된다. 그 점은 앞의 2번 문제에서 '열매'가 '어둠'과 같은 계열에 속하는 데서도 알 수 있다. 그러므로 그는 지금 기쁘지 않고 슬픈 '상황'에 놓여 있다. 그가 지식인이기 때문에 그런 듯하다.
한편 이 글이 쓰인 시대적, 역사적 맥락을 고려하여볼 때 ❸과 같이 해석할 가능성도 없지 않다. 그러나 그 경우에도 '수탈당하는 슬픔'보다는 일제가 지배하는 현실에서 '청춘의 꿈을 잃어버리게 된 슬픔'(❹)이 두드러지게 표현되어 있다고 봄이 적절하다. 글 자체에 주로 나타나 있는 대립은 앞의 2번 문제에서 본 것들이지, 가령 억압\자유, 빼앗김\가짐 등이라고는 하기 어렵다.

1. ❹ 예 나무에게는 '바람'과 '새' 같은 믿지 못할 친구도 있다.

   ❺ 예 (그러나) 나무는 모두를 친구로 대한다.

   ❽ 예 나무는 하늘의 뜻에 따라서 살 뿐, 누구를 원망하지 않는다.

   ❿ 예 나는 다시 태어난다면 나무로 태어나고 싶다/나무가 되고 싶다.

⇒ ❽은 하늘의 뜻에 따른다는 점, 누구를 원망하지 않는다는 점, 그리고 분수를 알고 지
   킨다는 점 등이 함께 녹아 있어 요약하기가 쉽지 않다. 그만큼 복합적인, 달리 보면 모
   호한 단락이라고 할 수 있다.

2. 3) 예 나무는 누구든지 친구로 포용한다/나무는 우애가 있다.

   4) 예 나무는 하늘의 뜻에 순종한다/따라서 산다.

3. 3)

⇒ 1)~4) 가운데 3)은 분량이 가장 많은데도 5)에서 고려되고 있지 않을뿐더러 다른 것
   들과 잘 어울리지 않는다. 그것 때문에 1)~4) 전체의 연결성과 통일성이 결정적으로
   약해진다. 그렇다면 3)은 1), 2), 4) 가운데 하나에 종속되는, 다시 말해 그들과 나란
   히 놓이지 않는 것인가? 다음 문제에서 그 점을 다루어보자. 한편 3)은 그 생각과 표현
   이 다른 부분에 비해 너무 아이 같다는 문제점도 안고 있다.

4. 고독

⇒ 필자는 유교 이념이 가장 이상적인 인간으로 보았던 군자 혹은 선비의 모습을 나무에
   서 보고/나무에 투영하고 있는데, 그 전통적인 생각에 '고독'이라는 다소 서구적/개인
   주의적이고 감상적인 제재가 끼어들어 이런 문제점이 생긴 것으로 보인다.

5. ❶ ○ ❷ × ❸ ○ ❹ × ❺ ○ ❻ ○

1. (1) 예 머리말─예 1─예 2

  (2) 전자계산기는

  (3) 가상 현실

2. 예 익숙한 기술(들)의 새로운 모습(들)/예전 기술의 새로운 형태/묵은 기술이 혁신된 것.

➡ 이 글의 제목은 '익숙한 기술의 새로운 모습'이다. 원문에는 '~들'이 붙은 데도 있고 안 붙은 데도 있다.

3. 예 사람들이 새로운/현대의 기술들을 쉽게 이해/접근하도록 돕기 위하여.

1. ❶ ㉠ 서글픔, 순수한 감성

   ❸ ㉠ 그리움, 떠나고픈 충동, 서글픔

   ❻ ㉠ 맑음, 그윽함

   ⓫ ㉠ (그윽한) 기품

   ⓭ ㉠ 순결함, 겸손함

2. (1) ❼

   ➡ ❼은 구조단락 '1) 가을에 느끼는 외로움과 서글픔'과, '2) 가을이 마음에 주는 순수함, 깨끗함'을 연결하기 위한 단락이다. 그러기 위해 '외롭고 서글픔'을 '착함'과 동일시하고, 다시 '착함'과 '순수함'을 '감상적으로' 동일시하고 있다. (다음 3번 문제에서 드러나듯이) 이러한 관계는 전체를 두 구조단락으로 볼 경우 전반부와 후반부 사이에도 존재한다고 볼 수 있는데, 그 감상성이 문제이다.

   (2) ㉠ 중심제재가 전반부의 '가을'/'가을이 주는 느낌'인지 후반부의 '(가을의 꽃) 들국화'/'들국화의 특성'인지 모호함.

   // 전반부의 지배적 제재 '서글픔'과 후반부의 지배적 제재 '(청초한/순결한) 기품' 사이의 통일성, 연결성이 부족함.

   // 중심제재가 모호하여 글의 초점이 혼란되고 통일성이 결여됨.

   ➡ 분량 면에서 '가을'에 관한 서술과 '들국화'에 관한 서술이 비슷한데, 필자가 가을을 사랑하는 이유와 들국화를 좋아하는 이유가 충분히 통합되어 있다고 보기 어렵다.

3. ㉠ 비슷한 점: ㉠ 기개, 지조, 겸손 등, 예전에 선비가 추구하던 미덕을 자연물에서 찾고 있음. // 자연물을 있는 그대로 바라보기보다 윤리적 가치 중심으로 바라보고 있음. // 유교의 이상적 인물형을 자연물에서 찾고(자연물로 상징화/의인화하고) 있음.

   ➡ '자연물을 보고 인간의 어떤 면/도덕적 가치를 생각함/얻어냄' 식의 답은, 그 '인간의

어떤 면/도덕적 가치'가 무엇인지를 구체적으로 지적하지 않았으므로 충분한 답이 못
된다.

ⓛ 비판: 例 한국에서는 자연에서 인간의 모습을 찾는 태도, 달리 말하
면 인간의 이상적 모습을 자연 속에서 찾거나 자연물에 빗대어 표현하
는 태도가 하나의 문화적 전통을 이루고 있다. '사군자(四君子)'가 그 대
표적인 예이다. 그래서 이상적 인간형을 자연물로 빗대어 표현하는 그
림이라든가 글이 예로부터 많았다. 〔근대 수필 가운데 자연물을 제재로
'~예찬' '~송(頌)' '~부(賦)'유의 글들이 많고 또 높이 평가되는 것은 그
때문이다.〕 그러나 오늘날 그것은 지나치게 정태적(靜態的)이고 과거의
이상에 집착하는 면이 있다. 자연보다는 인간 사회에 더 관심을 갖고,
홀로 고고함과 아울러 함께 살아감도 중요시하며, 또 자연을 너무 윤리
적·관념적으로만 바라볼 게 아니라 인간적·사실적으로 바라보고 표현
하는 태도가 바람직하다.

1. ❶ 음식 먹는 행동

   ❷ 남을 대하는 행동

➡ '음식 먹는 행동'은 쉽게 찾을 수 있으나 '남을 대하는 행동'은 찾기 어렵다. 그것은 찾는 다기보다 여러 제재들을 묶어서 빈칸에 적합하도록 말을 지어내는 일에 가깝다. 이런 경우 제재 찾기는 하나의 '짓기'요 '설정하기'이다.

2. ❺

➡ 필자가 보기에 품위의 기준은 시대에 따라 크게 변하는 게 아니라는 생각이 글의 앞머리에 나와 있다. 한편 ❶~❹는 단락들을 몇 개의 구조단락으로 뭉쳤을 때 각각에 붙일 수 있는 제목으로, 대충 그 본래의 순서에 따라 배열된 것이다. 그것들은 품위와 관련된, 한 단계 높은 차원의 '제재'들이다. '길에서 음식 먹기' '소리 내어 코 풀기' 같은 구체적인 것도 제재이지만, 이렇게 추상적인 것도 제재라고 하였다.

3. ㉠ 품위를 유지하는 길/방법/요령

➡ 제재 분석에 관한 문제이다. 제목이 '품위'인데 그것의 어떤 측면에 초점을 맞춘 글인가를 파악해야 한다. 중심제재를 그렇게 볼 경우 이 글의 주제는 '품위를 유지하려면 남에게 불쾌감을 주는 언행을 삼가야 한다'로 표현할 수 있을 것이다.

4. ㉠ 사람이 사람답게 살려면 품위를 유지해야 한다. // 품위를 유지하지 못하면 사람대접을 받으며 살 수 없게 된다. // 우리가 세계인들과 어깨를 나란히 하여 살아가기 위해서는 품위 있는 국민이 되어야 한다.

5. ❶

➡ 가정교육과 어렸을 적의 버릇이 중요하다는 것, 훈장 선생님이 사라진 것도 하나의 원인으로 꼽은 점 등에서 교육자적 면모가 드러난다.

1. ❹
➡ 필자는 딸깍발이, 즉 '남산골샌님'의 특징으로서 긍정적인 면과 함께 고지식함 같은 부
정적인 면까지 서술하고 있다.

2. ❷
➡ '딸깍발이'는 낮추어 부르는 별명이다. 거기에는 그들을 낮춰 보는 일반인의 생각이 짙
게 배어 있고, 필자는 그것을 완전히 부정하지는 않으면서 본받아야 할 점을 부각시키
고 있다. 그가 나막신을 신고 가는 모습을 표현하기 위해 게다를 신은 일본인과 비교하
고 있는데, 그것은 대립 관계도 아니고 이 글에서 그다지 중요하지도 않다.

3. ❸ 차림새/행동거지/의복과 걸음걸이/외양/행색.
   ❺ 징신/혼/성격.

4. ❶ 정신/사상/내면/속모습.
   ❷ 긍정적인 면/좋은 점/본받을 점.
   ❸ 부정적인 면/나쁜 점/본받지 말아야 할 점.
➡ ❷에 '의기, 강직'을 넣을 경우 ❸에 '청렴' 같은 말을 넣어야 일관성이 있는데, 그러면
두 구조단락의 대조 관계가 드러나지 않는다. '청렴' 역시 배울 면이 있다고 했기 때문
에 그 대조 관계에 부합되지도 않는다.

5. ❹
➡ 딸깍발이라는 낮추어 부르는 별명을 그대로 사용하는 점, 차림새나 행동거지를 우스꽝
스럽게 묘사하는 점 등에서 비판적인 태도가 엿보인다. 하지만 전체적으로 보아 본받
을 점을 찾아내어 감싸주는 동시에 좋게 평가하고 있다. 하지만 '존경한다'고까지는 하
기 어렵다.

6. ㈃ 경제적 무능/재물에 대한 지나친 무관심/집안 살림을 돌보지 않는 면.

➡ 본받아서는 안 되겠다고 한 것 중에 '목은 잘릴지언정~'의 완고함(시대 변화에 적응하지 못하는 면)도 있는데, 그것이 '지나치게 청렴한' 면은 아니다.

7. ❷

➡ 글에 나타나 있듯이 딸깍발이의 정신은 유교 '이념'과 그에 따른 '규범'을 바탕으로 한 것이며, 자각성과 정당성을 바탕으로 한 것이다. 그것은 사회 변화와 관계가 깊어서, 현대인들이 그것을 전통이라고 생각하는 자각성과 정당성이 약해지자 급격히 사라져가고 있다.

8. ㈃ 현대인의 사상이/현대 사회가 이기적/자기중심적으로 변했기 때문.

➡ '현대인의 이기주의/약아빠짐'이라는 답은 정밀하지 못하다. 참고로 인용된 글에서 고병익은 전통을 두 가지로 나누고 있고, 그것의 유지·육성·변화·폐기 등은 '사회 자체'의 변동에 따라 일어나는 것이라고 말하고 있다. 한편 '현대 사회가 변했기 때문'이라는 답 역시 그 변화의 내용이 구체적이지 않아 충분한 답이 못 된다.

1. ㉝ 나는 큰 짐승을 불쌍히 여겨서 한 말인데 당신은 미물을 가지고 대꾸하니, 나를 놀리는 것 아니오?

2. ㉝ 개는 큰 짐승.

  이는 미물/작고 하찮은 생물 → 서로 다르다/같지 않다.

3. ❸

⇒ 손이 개를 동정했다면 '나'도 이를 동정했다고 할 수 있다.

4. ❹

⇒ 이 글의 일차적인 제재는 개와 이인데, 그것을 가지고 궁극적으로 표현하고자 하는 것은 도(道)에 이르기 위한 태도의 문제, 곧 사물을 관찰하고 궁리하여 진리를 캐낼 때 취해야 할 자세 혹은 방법의 문제이다. 그것은 이 글의 마지막 부분 ── "~것으로 보도록 해보십시오. 그런 뒤에야 나는 당신과 함께 도(道)를 이야기하겠습니다" ── 에 드러나 있다.

5. ❶

⇒ 개를 죽이는 광경에서 동정심을 느낄 수는 있지만, 그 순간적인 감정에 휘둘려 개와 돼지의 고기를 안 먹겠다고 한 판단은 합리적이지 않다. '나'는 손님의 이러한 어리석음 또는 비합리성을 깨우치기 위한 '방편으로' 일부러 이에 관하여 자기도 비합리적인 이야기를 한 것이다. ❷는 첫번째가 아니라 두번째에 손이 한 말에서 드러나는 문제점이다. ❸, ❹는 이 글의 초점 혹은 문맥에서 벗어난 것이다.

6. (1) 보조제재: 쇠뿔＼달팽이의 뿔

　　　　　대붕＼메추리

　　공통점: 큼＼작음.

➡ 공통점이 사람에게 이로움＼해로움이 아니라는 사실을 유념해야 이 글의 주제를 적절
히 파악할 수 있다.

(2) 손가락/엄지손가락과 그 나머지 손가락.

7. ❺

➡ 이 글은 사물을 보는 태도와 방법, 곧 사물을 인식하여 도(道: 진리, 이치)를 깨치는 길
에 초점이 놓인 글이다. ❹의 인간에게 이로움, 해로움의 문제는 이 글의 바닥에 깔려
있기는 하나 문맥에서 중요하게 고려되지는 않고 있다.

보통 사람의 안목을 뛰어넘어 '달팽이의 뿔을 쇠뿔과 같게 보고 메추리를 대붕과 같은
것으로 보기' 위해서는, 눈에만 의존하는 — 죽이는 걸 눈으로 보지 않았을 때에는 개,
돼지를 동정하지 않다가 눈으로 보고서야 동정하며, 눈에 크게 보이는 것만 중시하고
작게 보이는 것은 중시하지 않는 — 손〔客〕과 같이 행동해서는 안 된다는 것이 이 글의
핵심이다.

8. ❷

➡ 이 글의 주제는 '눈에 보이는 것/현상에 매이지 말고 눈에 보이지 않는 것/현상을 지배
하는 원리, 본질을 보아야/인식해야 한다/도에 이를 수 있다'라고 할 수 있다. 대다수의
해석이 이 8번 문제에 인용한 것과 같이 지나치게 '편견'을 중요시하고 있다. 그런 해석
에 빠지게 된 원인 가운데 하나가, 필자가 이 글을 쓴 목적보다는 '나'가 손의 행동을 비
판하는 글 속의 '현상'에 너무 매인 데 있는 듯하다.

눈으로만 봄＼눈을 감고서도 봄의 대립이 좀더 뚜렷이 드러나도록, 원문을 참고하여
끝부분의 번역을 다소 손질하였다.

9. ❷

➡ 기(起)−승(承)−전(轉)−결(結)이라고 할 수도 있는데, 필자 스스로 문제를 일으키고 〔起〕 이어받는〔承〕 형태로 서술되어 있지 않으므로 글 자체에 어울리게 말을 조금 바꾸었다.

한편 이 글이 ❹와 유사한 변증법적 과정으로 전개된다는 주장이 있다. 그런데 표면적으로는 '나'의 이〔虱〕 이야기(혹은 손의 반박)가 정(正)에 대한 반(反)처럼 보이나 사실 그렇지 않고, 따라서 결말도 '변증법적 통합'이 아니기 때문에 잘못된 주장이라고 본다.

1. (1) (무미건조한) 지구의 여백

   (2) ❹

➡ 〈나〉와 비교해볼 때 〈가〉에 그려진 농민은, 종결어미가 대부분 '-ㄴ다'형인 데서 알 수 있듯이, 어떤 실제(역사적) 시간과 공간 속의 존재라기보다 관념적 존재이다. 그만큼 필자 자신의 관념이 만들어낸, 주체와 객체가 융합된 존재이다.

2. ❶, ❹

3. ㉔ 무엇을 항상 긍정적으로 그려야만 하는 것은 아니다. 게다가 글 〈나〉는 농민이 아니라 '나'의 심리 상태에 초점이 놓여 있다. 〈나〉에서 필자의 도시적이고 근대적인 자의식(自意識)은 매우 절망적인 상태이다. 그것이 일제강점기의 척박한 농촌 현실—자의식은커녕 먹고사는 생존의 문제가 급한—이라는 대조적인 제재를 통해 참신하면서도 강렬하게 표현된 글이 〈나〉이다.

함께 읽기 26 —「언어의 경제학」 ·························· 289쪽

1. (1) 나는

(2) 예 부모들이 언어교육을 통해 정보 사회가 요구하는 사고 능력과 생활양식을 자녀에게 가르치는 데 등한하다는 점이 앞으로 한국의 경제 발전을 가로막을 것을 걱정하고 있다.

// 한국의 부모들이 자녀의 언어 지도/국어 훈련을 잘 시키지 않아서 한국 경제의 생산성이 떨어질 것을 염려하고 있다.

(3) ❸

➡ 이 글에서 토플러의 책/주장은 글쓰기의 동기를 마련했지만, 결국 필자의 주장을 뒷받침하는 근거로 사용되고 있다. 그리고 둘째 구조단락과 셋째 구조단락의 관계는 구체화/적용/예증 관계로서 크게 보면 반복적 관계이다.

한편 둘째 구조단락에서 필자는 한국의 현실, 즉 한국 부모들이 하고 있는 자식 교육의 문제점을 비교적 부드럽게, 간접적으로 지적하고 있다. '~하지 않고 있다/~하는 게 문제이다'를 피하여 '~해야 한다고 생각한다' 식으로 표현하고 있는 것이다. 따라서 본래의 의도를 뚜렷이 파악해야 그 구성적 위치/기능이 분명해진다.

2. 예 한국 경제의 생산성 저하/경제적 손실/경제 발전의 퇴보

➡ '생산성'이란 단어를 사용해야 가장 적절한 답이 될 수 있다. 이 단어는 제1단락, 제9단락에서 반복하여 사용되며, 또 이와 통하는 뜻을 지닌 말들/이 단어를 사용해서 요약할 수 있는 말들이 곳곳에 더 사용되고 있다.

1. 안경, 자, (자기류의) 산술.

⇒ '창구멍'을 비롯해 이들 모두가 '편견' 혹은 각자의 '편협한/주관적인 인식/판단 기준/
방법'을 빗대어 표현한 것들이다.

2. ❹

⇒ 이 글의 구성을 기호로 나타내면 x1—a—x2, x3, x4…… A와 같다. 모자집 주인의 행
동에서 알아낸 사실을 그와 유사한 여러 경우들을 예로 들면서 일반적·보편적인 것으
로 확장하고 일반화하는 전개 형식인 것이다. 그것을 달리 나타내면 ❹와 같다.

3. ㉎ 직업적 편견/주관적이고 제한된 시야를 바탕으로 세워진 기준을 가
지고 사물을 판단하는 잘못.
// 부분적인 사실만을 가지고 그 소유자나 모든 사람이 그런 것처럼 판
단하는 잘못.
// 성급한 일반화의 오류.

4. ❹

⇒ ❶~❸은 모두 앞의 내용을 요약하고 분명하게 드러낼 때 쓰는 말들이다. 이 글의 마
지막 단락은 '요약적 결론'에 해당하므로 그런 말들이 쓰일 수 있다. ❹는 기대하는 일
이 드디어 벌어질 때 쓰는 접속사이다.

5. ㉎ 제군은 다만 옷걸이에 불과하고. // 이만 가지고도 제군의 전기를 쓸
수 있을 것같이 생각한다.

6. 생략.

1. ㉠ ⑩ 광택이 나는 물건을 사서 쓰므로/물건에 광택을 주어 생산하므로
   광택을/내지 않는다/낼 필요가 없다.
   ㉡ ⑩ 광택을 내는 행위의 희열/광택을 내는 행위가 길러주는 삶의 태도
   를 모른다.

➡ ㉠에는 광택 내는 일을 하지 않는 이유가 밝혀져야, ㉡에는 광택 내는 일이 사람에게
   끼치는 영향이 지적돼야 충분한 답이 된다.

2. ❹

➡ 단락 ➐에 나오는 "빛"은 이 글의 중심제재인 '광택'과 통하므로 아주 가능성이 없지는
   않다. 하지만 '빛'과 '어둠'의 대립 관계는 이 글에서 중요하게 활용되고 있지 않다.

3. ❷ ⑩ 길들이는/광택 내는 노력을 할 필요가 없기
   // 노력을 바쳐서 얻는 광택의 의미를 배울 기회를 주지 않기
   ❺ ⑩ 이미 광택이 나게 만들어져/인공적인 광택이 주어져 있기 때문이다.
   // 길들이지 않아도 광택이 나게 만들어져 있는 까닭이다.
   ❻ ⑩ 우리는/현대인은 광택을 낼 일이 없어서 그 행위의 의미/행위에
   서 얻는 만족과 희열을 맛볼 기회가 없다.

➡ ❻은 심층적 의미를 읽어야 한다. 글의 흐름으로 보아, 구두닦이 이야기는 '오늘날에
   도 구두닦이는 광택 내는 일을 한다' 같은 표면적 정보를 제시하기 위한 게 아니다. 과
   거와 현재의 대립 관계를 고려하면 이 단락은 오늘의 사람들은 옛 사람들과는 달리, 광
   택 내는 행위를 할 기회가 없어졌고, 그래서 그 행위를 통해 얻는 희열로부터 멀어졌음
   을 제시하기 위한 단락이다.
   한편 이 글은 복고적인 경향이 있고 현대 문명을 너무 도식적으로 본 면이 없지 않다
   (☞ 함께 읽기 17의 글「문명 비판과 복고 취향」및 그 문제 5번의 해설 참조).

4. ⑩ 정성을 다한다/참을성 있게 노력한다/대상과 하나가 된다/깊이 파고
   들어 희열을 맛본다/최선을 다해 내면을 성숙시킨다.

→ 글에 "정성" "참을성" "영혼의 광택" "내면의 빛" "희열" 따위의 말이 그 광택을 내는
   행위와 연관되어 사용되고 있다. 따라서 답은 그들을 고려하거나 '해석한' 표현이 적절
   하다.

   문제에서 지적했듯이, 이 글에서 '광택'은 책상 같은 물건의 윤기를 가리키다가, '삶의
   광택'을 가리키는 것으로 확산된다기보다 '바뀐다.' 그 말이 지시적으로 사용되다가 비
   유적으로, 추상적으로 사용되는 것이다. 그래서 글의 뒤로 가면서 그 말이 무엇을 뜻하
   는지, 그에 함축된 뜻이 무엇인지를 파악하기 어렵고 또 여러 해석이 나오게 된다. 그러
   한 전환 혹은 확산이 너무 급격하고 비약적이라는 점을 들어 이 글을 비판할 수 있다.

5. ⑩ 무슨 일이든 스스로 끈기 있게 정성을 다해야 높은 경지에 오를 수
   있단다.
   // 인내심을 가지고 대상에 몰두해야 내면이 풍부한 사람이 될 수 있어.
   // 무엇이든 온몸으로 부딪쳐서 그것과 자기가 하나가 되는 희열을 맛보
   도록 하렴.

6. ⑩ 이 글에서 포마이커 책상은 현실의 문제점을 지적하기 위해 사용된
   비유적 사물이다. 그러므로 그 책상 자체의 장단점이 무엇이고 오늘날
   그것을 사용해야 하는가 말아야 하는가 하는 문제는 이 글의 핵에서 벗
   어난 것이다. 그런 식의 말이 나온 원인은, 포마이커 책상이라는 제재
   와, 그것을 가지고 표현하는 의미 곧 주제를 구별하지 않았기 때문이다.

1. ㉠ 외국 사람의 견해/외국 것은 무조건 옳고 권위 있다고 여김으로써 자주적·합리적으로 사고하려는 노력을 하지 않게 만들기 때문이다. // 남의 사고에 권위를 부여하고 자기의 사고는 하찮게 여기도록 열등의식을 조장하기 때문이다.

➡ 그냥 '사고'가 아니라 '사고의 자립 또는 자주성' 문제에 초점이 맞춰져 있으므로 그에 초점을 맞추어 필자의 견해를 파악하고 표현해야 한다. 아울러 '권위주위'가 사대주의를 낳는다고 하였으므로 그 내용도 포함되어야 한다.

2. (1) (한국인의) 사고가 자립해 있지 않다는 증거/사고의 자립을 막는 요인
(2) ❷

➡ 이 글의 구조단락은 ❶ ❸, ❹ ❼, ❽ ❿으로 묶인다. 단락 ❶의 소주제가 ⓿에서 되풀이되고 또 제재/제목과 긴밀한 것으로 보아, 그것이 전체의 주제이다. 둘째 구조단락 ❹~❼과 그것의 관계 혹은 ❹~❼이 글의 구조 속에서 하는 기능과 관련된 문제가 (1)과 (2)이다. ❸에서 "이른바 학자, 지식인들의 태도 혹은 경향 속에서 한국의 사고가 얼마만큼 자립에서 멀리 떨어져 있는가를 알 수 있다"고 하면서 ❹~❼의 세 가지를 나열하고 있으므로 소제목을 앞의 답과 같이 붙일 수 있다. 결국 둘째 구조단락은 주장의 근거를 제시하는 역할과 원인을 분석하는 역할이 겹쳐 있다. 따라서 첫째와 둘째 구조단락의 관계는 주장─증명/원인 분석의 관계라고 볼 수 있다.

3. ㉠ 첫째, 비평 능력/논리적 사고능력을 기르는 쪽으로 교육의 목표를 바꾼다.
둘째, 각자가 진리/앎/창조에의 정열/의욕을 가지고 끊임없이 말하고 따진다.

1. ⑩ 자기 자신/개인적 자아에 관하여 쓴 책이기 때문이다. // 자기 생각을 담은 책을 쓰는 일을 독자들이 가치 있게 여기지 않던 시대였기 때문이다.

➡ 필자는 몽테뉴가 스스로 자기 책의 가치를 깎아내린 까닭, 어쩌면 비난을 피하기 위해 일부러 겸손한 척한 그 까닭을 서양의 중세라는 시대적 배경에서 찾고 있다. 서양 수필 (집)의 효시인 『수상록』의 서문을, 필자와 독자가 처했던 역사적·사회적 상황의 맥락 속에 놓고 해석하고 있는 것이다.

2. ⑩ 자기 자신에 관한 개인적 성찰과 고전 인용을 뒤섞은 점/개인적 성찰의 내용을 고전 인용 중심의 수사학적 형식으로 서술한 점.

➡ 한국에서도 예전에는 글을 짓고 평가함에 있어서 독창성보다는 고전의 인용, 주석, 해석 등을 중요시하였다. '함께 읽기 4'의 「학유에게 부치노라」를 그런 맥락에서 다시 읽어보면 참고가 될 것이다.

3. ⑩ 몽테뉴는 자기의 독자를 '일가권속과 친구들'로 잡고 있는데, 그들뿐아니라 다른 일반 독자들까지 『수상록』의 독자가 되었기 (그리하여 그와 같은 글이 수필이라는 하나의 갈래로 자리 잡을 수 있었기) 때문이다.

4. ❺

➡ 서문 혹은 서시에는 텍스트 자체, 독자 등에 대한 저자의 생각과 느낌이 용해되어 있다고 하였다. 이는 특히 그의 상황과 관점을 파악하는 데 있어 그것이 매우 소중한 곁다리텍스트임을 말해준다.

1. ㉠ (예) 진리는 책에서만 얻을 수 있다고 여겨 그 권위를 지나치게 숭상하는 태도.
   ㉡ (예) 책읽기에 어떤 모범적인 규칙이 있다고 믿고 맹목적으로 그것에 따르는 태도.

2. 지독법: (예) 책을 아주 느리게 조금씩 읽는 방법.
   장점: (예) 절실한 감정으로 깊이 있게 읽을 수 있음.
   단점: (예) 시간이 많이 걸림/많이 읽지 못함/상념이 끼어들어 정확하게 읽는 것을 방해함.

3. (예) 책/책읽기에 대한 엄숙주의와 모범주의를 부채질하여 오히려 그것에 대한 부담감, 적개심 등을 키워놓을
   // 책읽기는 체계를 세워서 하기 어려운 일인데 원리와 방법에 따른 연습을 강조함으로써 반드시 그대로 해야만 되는 것처럼 여기게 할
   // 책의 내용이 곧 삶 자체가 아닌데도 오직 책에서만 진리와 올바른 삶의 길을 발견할 수 있는 것처럼 생각하게 만들

4. (예) 가치가 있다고 할 것이다.
   왜냐하면 필자는 글의 마무리 부분에서, 원칙이나 체계 없이 자유롭게 책을 읽는 방법/태도 또한 책을 읽어야 깨달을 수 있는 것이며, 그 비체계적인 방법 역시 나름대로의 어떤 체계를 지향하게 마련이라는 뜻의 말을 하고 있기 때문이다.
   // 왜냐하면 책읽기의 자유로움을 추구할 수 있기 위해서도 많이 읽고 잘 읽어야 한다는 오랫동안의 '속박'(강박감/노력/훈련)을 거쳐야 하며, 자유롭게 읽든 어떤 규범에 따라서 읽든 간에, 원리와 방법의 체계화는 피할 수 없다고 보고 있기 때문이다.